欢迎来到
黄昏之乡 2

薄暮
冰轮

著

刚才那陈腐的气味也随着钟声消散，周围被大火侵蚀过的痕迹也消失不见，留下一个华美的古堡，锃亮的大理石地面倒映着灯光……

门后的墙壁两侧挂满了镜子和面具,每一个面具都有精美的装饰,看起来华丽又高雅……

就在大殿最深处，女神高举着利剑，刺穿了一头咆哮着的黑龙的逆鳞，将它钉死在了巨型的十字架前。

关键应该不是玫瑰花,而是数量,玫瑰花刚好七朵,在这里是代表"我爱你"的意思。

图书在版编目（CIP）数据

欢迎来到黄昏之乡 .2/ 薄暮冰轮著 . — 武汉 ：长江出版社，2023.12
ISBN 978-7-5492-9258-5

Ⅰ.①欢… Ⅱ.①薄… Ⅲ.①长篇小说－中国－当代
Ⅳ.① I247.5

中国国家版本馆 CIP 数据核字（2023）第 240607 号

欢迎来到黄昏之乡 .2/ 薄暮冰轮 著
HUANYING LAIDAO HUANGHUNZHIXIANG.2

出　　版	长江出版社
	（武汉市解放大道 1863 号）
出版统筹	曾英姿
选题策划	雷凤伶
市场发行	长江出版社发行部
网　　址	http://www.cjpress.com.cn
责任编辑	江　南
印　　刷	湖南天闻新华印务有限公司
版　　次	2023 年 12 月第 1 版
印　　次	2023 年 12 月第 1 次印刷
开　　本	880mm×1230mm 1/32
印　　张	10
字　　数	251 千字
书　　号	ISBN 978-7-5492-9258-5
定　　价	52.80 元

版权所有，盗版必究。如有质量问题，请联系本社退换。
电话：027-82926557（总编室）　027-82926806（市场营销部）

目录 CONTENTS

001 第五章 古堡惊魂

135 第六章 红

目 录
CONTENTS

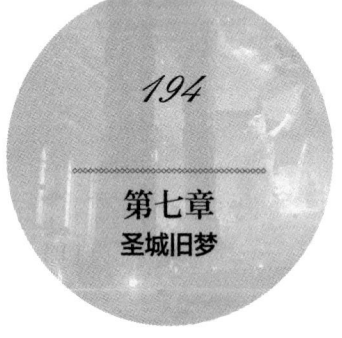

194

第七章
圣城旧梦

第五章

古堡惊魂

【1】

"玩家齐乐人,开始任务:古堡惊魂。"

"任务背景:三对情侣为了百年一度的流星雨深夜来到郊外的山上观星,山上有一座欧式古堡,相传为一对来此地经商的德国夫妇修建,后来因为一场大火而废弃,当地人屡次试图对古堡进行修复,却都发生了意外,现已无人踏足。当晚午夜时分,晴朗的夜空突然乌云密布下起了暴雨,六人被困在山顶,雨势渐大,其中一人提议到古堡的屋檐下躲雨……"

"任务要求:于天亮前离开古堡,且任务完成度在百分之三十以上,奖励生存天数二十天,超过部分额外奖励生存天数,完成度在百分之九十以上可以获得抽奖机会一次。"

"数据同步倒计时,十、九、八、七、六、五、四、三、二、一,同步完成。"

齐乐人被雨水淋得一个激灵清醒了过来,四周下着雨,两对情侣挤在树下,其中一个长发的女生娇滴滴地抱怨道:"怎么突然下雨了?天气预报明明说是大晴天的。"

她的男友揽着她的肩膀安慰了一番,却没法抹平她内心的不甘,她又喋喋不休地抱怨了起来:"说好的百年一度的流星雨呢,早知道我就不来了!衣服都淋湿了,感冒了可怎么办呀?人家本来就体质不好,不能淋雨的。"

"罗雪怡,本来就是你说要来的,现在下雨了也没办法,走吧,下山回家。"另一个短发的女生不耐烦地说着,挽着男友的手臂就要往山下走。

名叫罗雪怡的长发女孩噘着嘴不满道："这又不能怪我,我哪知道会下雨啊,再说了你和肖洪也是答应来的呀,看流星雨多浪漫啊,谁知道会下雨……"

"雨越来越大,山路又湿滑,不太安全,我们还是在附近避一避等雨小了再说吧。"短发女生的男友肖洪拉住她不让走。

"越下越大怎么办?再说了这里哪有躲雨的地方啊,再过一会儿树也挡不住这雨了!"短发女生烦躁地说。

"哎呀,南璐就是心急,我看这雨过一会儿就会停啦。至于避雨的地方,喏,去那个古堡的屋檐躲一躲咯。"罗雪怡指着不远处被树木遮挡着的古堡说道。

毫无疑问,眼前的几个NPC正在作死,齐乐人本着救人一命的念头决定规劝一下,他和吕医生要进古堡这是必然的,但这几个NPC就不必去送人头了:"那里年久失修不知道安不安全,我和吕仓曙先过去看一下吧。"

一旁的吕医生小声叹了口气,用只有他俩听得见的声音说:"根据我的经验,你是拦不住一颗拳拳作死之心的。"

果然,罗雪怡娇声娇气地说道:"哪会不安全啊,别说你也信那种谣言,不就是座古堡嘛,难道还会突然有鬼跑出来不成。"说着她还咯咯笑了,似乎被自己的话逗乐了。

"很明显,这个罗雪怡扮演的是经典的作死性格的那种角色,真是传神极了。"吕医生吐槽说。

不料她还神来一笔地补了一句:"我知道你和吕学弟感情好,但今天我们就当定电灯泡了,呵呵。"

这一刻,齐乐人和吕医生心里都发出了"什么?!"的惊叹。

"现在我知道为什么任务背景里这么说了。"吕医生恍然道,"对这种事情我要坚定地拒绝。"

齐乐人斜了他一眼:"你有什么好拒绝的,像我这种才要抗议吧。"

"不,我可以接受,但是我不想和你凑一块儿。"吕医生严肃道。

"为什么?"齐乐人感到自己好像被嫌弃了。

"因为你比我高,和你在一起感觉我像那个……"吕医生一脸凝重。

"哪个?"齐乐人问道,"……你懂得挺多啊。"

"别说悄悄话了,跟上啊。"罗雪怡招呼他们赶紧上前,两个人只好跟上,迎着大雨来到不远处古堡的屋檐下。

古堡果然已经很陈旧了,不论是高耸的塔楼还是坚固的外墙,都抵挡不了岁月的侵蚀,到处可见破损的痕迹。

齐乐人不动声色地打量着旁边的四个NPC。

古堡惊魂这个任务是个副本任务,他和吕医生准备完毕后就开启了任务来到了副本世界。每个副本世界几乎都是平行世界,区域也有大有小,齐乐人怀疑这个副本的区域也就这个山头那么大,如果现在他不管不顾下山,很可能会被系统强制遣返。

NPC是这个副本自带的,对于副本任务里的NPC玩家们也有不同的看法。有的人将他们当作真正的人类一样对待,也有的完全无视了这群NPC。总的来说NPC不影响玩家打出最基本的结局,但是有些任务,如果要挖掘出所谓的真结局,有可能需要NPC的帮助。

罗雪怡的男友叫苗博,苗博对罗雪怡千依百顺,完全是个忠犬男友的典范。短发女生南璐对罗雪怡似乎别有情绪,她的男友肖洪对女生之间微妙的气场似乎全然不知。

应该都不是什么重要角色吧，齐乐人心想。他看了一眼时间，快凌晨一点了，留给他们的任务时间并不太多，如果六点天就亮的话，他们只有五个小时了。

"这门好像没锁啊，难道锁在里面？"罗雪怡一边说着，一边推了一把看起来十分结实的大门。

咯吱一声，木门竟然被推开了半扇，露出了一片漆黑的空间。

罗雪怡的尖叫声几乎震破几人的耳膜，南璐捂着耳朵愤愤道："叫什么叫啊，吓死人了！"

罗雪怡缩在苗博怀里语带哭腔地道："门开了，门开了！"

"开就开了，我们不进去就是了。"苗博拍着她的背安慰道。

肖洪偷瞄了两眼罗雪怡，也附和道："是啊，我们等雨小点就走，不会进去的。"

吕医生一撇嘴，小声对齐乐人说："信不信，马上就有意外要发生了。"

"信。"

果然，漆黑的山林间突然传来了一声狼嚎，刺破雨夜，也刺破了几人的心理防线，罗雪怡又是一声尖叫："啊啊啊，有狼！"

"别叫啊，引来了野狼怎么办？！"南璐也慌了，抱着肖洪的胳膊哆嗦着，肖洪被她勒得慌，试图把手臂抽出来，但是没成功。

"这里怎么会有狼？这不可能啊。"苗博被罗雪怡抱着，惊惧地质疑道。

这一片离城区不算太远，从来没听说过有人见过野狼，但是越来越近的狼嚎声还是让几个年轻人慌乱了起来，比起以讹传讹的闹鬼谣言，还是近在咫尺的野狼更危险——杀过狼的齐乐人对此持保留意见——几人没挣扎多久就选择进古堡避一避。

果然还是要进去啊。齐乐人在心里叹了口气，拽着一脸不情愿的吕医生走进了古堡中。

陈腐的气息扑面而来，木门被关上了，苗博提议找点桌子之类的东西把门堵上以免狼进来，其余人没有反对。手电筒能照亮的范围十分有限，四周依旧黑沉沉的，墙上还有烟熏火燎过的痕迹，看起来的确是发生过火灾的样子。

"这个古堡到底是怎么烧毁的？"齐乐人趁着任务还没进入危险阶段，抓紧时间打听了起来。

南璐挽着肖洪的手臂说道："听说住在这座古堡里的贵妇人发现了丈夫的不忠，一怒之下杀光了整个古堡的人，将这座城堡付之一炬了。你看，现在到处都有烧过的痕迹。"

已经冷静下来的罗雪怡呵呵笑道："就只是传说而已，我看大概只是夜间失火烧毁了古堡，年代久了就以讹传讹了。"

"是啊小璐，这种谣言就不要听信了。"南璐的男朋友肖洪也说道。

南璐冷笑了一声，没再说什么。

齐乐人的手电筒在附近照了一遍，这个大厅足有上百平方，高度也远超寻常的建筑，上面吊着的顶灯哪怕经过了几十年依旧华美，只可惜再也无法亮起了。再往前走就是左右两个弧形的楼梯，共同通往二楼。楼梯旁的墙壁上依稀可见有画框，可惜上面的画已经被烧毁了。

"齐乐人，你去哪里？楼梯的地板说不定都烧坏了，你最好别乱走。"南璐见齐乐人走向楼梯，将他叫了回来。

齐乐人于是退了回去，跟着他们往侧边的走廊走去，准备找点桌椅之类的东西堵上门。

眼前突然一阵刺眼的光亮,齐乐人走在队伍最后,骤然看见了走廊深处迎面扑来的大火,像是海浪一样向他们涌来!

怎么回事?为什么突然有火?!

前面的几人已经尖叫了起来,向着大门的方向狂奔,齐乐人慢了一拍才转身跑,幸好那火势蔓延得不是很快,只是太亮太刺眼,几乎让人眼睛都睁不开。

"门不见了!"罗雪怡惊恐地说道,几人焦急地拍打着原本应该是大门的墙面,对非自然事物的恐惧一下子冲掉了人的理智,还有越来越近的大火,快将几个年轻人逼疯了。

"当——"

一声悠远的钟声从弧形楼梯的方向传来,凌晨一点了。

火焰在钟声中消失了,被火光照亮的一切重新回归黑暗之中,只剩下几人的手电筒照亮了一小片空间。

可就算如此,几人也很快发现了异常。

南璐声音颤抖道:"烧过的痕迹,不见了……"

整座古堡仿佛在钟声中回到了过去。

啪的一声轻响,电灯被打开了,整个大厅在灯光下展露出了富丽堂皇的一面,那悬挂在天花板上的华丽气派的大吊灯散发出炫目的光亮,将周围的黑暗驱散。

刚才那陈腐的气味也随着钟声消散,周围被大火侵蚀过的痕迹也消失不见,留下一个华美的古堡。锃亮的大理石地面倒映着灯光,角角落落铺着厚厚的地毯，地毯上还有精致的花纹，整个大厅都是崭新的，让人眼前一亮。

"看来这里已经不是刚才那个被火烧毁的古堡了，至少是通电的。"齐乐人的手还放在墙壁的开关上，对吕医生说道。

吕医生摸了摸下巴："唔，有点意思。刚才我们进入这里的时候这个古堡已经被烧毁了，现在钟声一过就焕然一新，看来我们是进入被烧毁前的古堡咯。"

"现在说这个有什么用？赶紧想办法出去啊！大门是没有了，还有窗子呢！"罗雪怡在短暂地惊叹后清醒了过来，意识到现在他们处在诡异的危险之中。

吕医生怜悯地看了她一眼："按照经验来说，我不觉得我们能从窗子里出去。"

头顶的灯光让恐惧消散了许多，罗雪怡一跺脚，拉着男朋友苗博的手："我不信，我要去找找看！你们爱来不来！"

吕医生嘴角一抽，拦下了想要叫住罗雪怡的齐乐人："拦不住的，随她去吧，说不定还能发现点什么。"

"要不我们也……"肖洪迟疑了起来，想要跟着罗雪怡他们走，被南璐一把拉住，恶狠狠道："不许去！"

被女友强行拉住的肖洪恋恋不舍地看了一眼远去的两个人，沉默地留了下来。

"现在怎么办？"南璐问道。

齐乐人看了一眼吕医生，见他没有回答的意思，就开口说道："我不觉得能从窗户出去。要离开古堡的话，我们得解开当年古堡火灾之谜，如果你们知道什么关于这个古堡的传说，不妨说出来，也许是什么线索。"

南璐想了想，回道："我听说过的就只有城堡的女主人因为丈夫不忠杀光了所有人，然后放火烧了城堡的传说了，肖洪，你听说过什么吗？"

肖洪有点魂不守舍，听到自己的名字才反应过来："我……我小时候听长辈们说起过，说是有个仆人伙同外人偷走了一大笔钱财，为了掩盖自己的罪行，就连夜将城堡里的人迷晕，然后放火毁灭了证据，伪造成是一场意外。"

"你怎么看？"齐乐人问吕医生。

"我又不是元芳……"吕医生充满怨念地嘟哝了一句，"好吧，硬要说的话我觉得第二个比较靠谱。"

"为什么？"南璐不赞同地问道。

"很简单啊，一个古堡里算上仆人至少也有十几个人吧，一个成年女性随随便便就能杀这么多人？再说了，她要报复的人也只是她的丈夫，何必把所有人都一起杀死？完全不合逻辑。所以我觉得还是第二个更有可能，城堡的主人是从德国来经商的，不住在租界里反而修建了这么一个城堡，肯定很有钱，有人勾结了仆人谋财害命从逻辑上来说很有可能，但是……"吕医生说着，摊了摊手。

"但是什么？"南璐追问道。

齐乐人有点回过味来了："但是谋财害命这个主题，不合适做解谜。"

"正解。从题材上来说，第一个故事倒是很合适，那位为爱疯狂的夫人的设定多么的常见啊。"吕医生摩挲着下巴，一脸深思。

"现在光想也没意义，大家小心点到处走走看吧，先去看看那个钟声是从哪里来的。"齐乐人说。

其余三人没异议，于是大家走上了弧形楼梯，向刚才钟声传来的方向走去。

这一次墙壁上的挂画是完好的，没有被火灾毁去，几人终于得见这些画像。

左右两个弧形楼梯共同通向的平台上，正对着大门的是一幅巨大的肖像画。画上是一对年轻的夫妇，男的穿着西装，长相英俊儒雅，他温柔地看着他的妻子；女的一身礼服，金色的长卷发蜿蜒披在她的肩上，衬得她姣好的面容更加清丽脱俗，她抱着一条大狗，脸上洋溢着幸福的微笑。

画像下方就是刚才发出钟声的那个落地钟，时针分针按照自己的节奏行走着。

画像上的人就是这座古堡的主人吗？齐乐人对着画像陷入了思索中。

"这应该就是城堡的男主人和女主人吧？看起来很恩爱啊。"南璐面露羡慕之色。

肖洪也应和了一声："是啊，她看起来真漂亮。"

南璐立刻掐了他一把，嗔怒道："你就知道看美女！"

"不看了，不看了，你最美！"肖洪赶紧哄起了女朋友。

情侣间的打情骂俏让齐乐人一阵不适，见吕医生也是一脸一言难尽，两人交换了一个无奈的眼神，正准备继续往上走，楼下突然传来了一声重物坠地的声音，然后是之前拉着苗博前去寻找窗子的罗雪怡的尖叫声："啊！"

齐乐人想也不想地冲了下去。

穿过灯光明亮的大厅，走廊中依旧一片黑暗，齐乐人打开了手电筒，一步步向前走去。

被手电筒照亮的走廊里摆放着人形的雕塑和盆栽植物,阴影随着齐乐人的脚步而移动着。

穿过长长的走廊,前面的空间豁然开朗。

天空中悬挂着一轮明月,大片月光从被铁条钉死的窗子外洒入这间房间,那皎洁的月光中隐约可以看到漂浮的尘埃,恍惚让人以为看到了深海中的浮游生物。

齐乐人已经闻到了血腥味,微黄的手电筒灯光驱散了这幽冷的黑暗,却无法抹去这血腥的一幕。

和成年男性等高的金属甲胄立在角落里,血液从它的长剑上滚落,在地上积起了一小摊血泊。而倒在甲胄旁的,赫然是罗雪怡的男友苗博!

身后传来吕医生的声音:"齐乐人,前面没事吧?"

齐乐人深吸了一口气:"你来看看吧,他还有救吗?"

吕医生这才蹑手蹑脚地走了上来,看到那诡异的甲胄又倒吸了一口凉气:"哎哟妈呀,它不会动起来吧!"

"我没感觉到有危险。"齐乐人摸了摸腰上的卡槽,SL技能、下雨收衣服和初级格斗术都插在卡槽里。为了应对这次任务,他又去陈百七那里买了三个微缩炸弹,还特地买了个可以镶嵌在武器上的符文,对这一类灵体也能产生攻击效果,免得他频繁放血。

吕医生稍稍放心了点,小心翼翼地走到苗博身边,他倒地的姿势很古怪,像是被刺中后跪倒在了地上,然后歪倒在地,形成了一个很扭曲的姿势。吕医生检查了一下他的脉搏,又查看了一下伤口,完事后立刻退了回来"没救了,一剑刺穿心脏,躺在ICU里都救不活,别说是这种地方了。"

南璐慌乱地问道:"可怎么会被剑刺中,难道那个盔甲还会动起来吗?"

"罗雪怡人呢？她不会有事吧？"肖洪也问道。

齐乐人又看了一眼那具甲胄，它稳稳地立在墙角，就像是一个特殊的装饰品，如果不是它的剑上还有血迹……但也只有那把剑上有血迹，如果不是盔甲自己动起来的话，难道是罗雪怡用剑杀了苗博，然后逃走了？时间上来说没有问题，可她又有什么动机呢？

笃笃笃。

轻轻的敲门声传来，四人惊了一惊，看向敲门声传来的方向。

房间深处有一扇隐蔽的门，不仔细看的话根本注意不到。

笃笃笃。

敲门声再一次响起，门内传来了一个轻柔而陌生的声音："有人在外面吗？能帮我开门吗？"

门后再次响起了敲门声，那个陌生的声音轻柔地呼唤着，虽然说的是中文，但还是带了浓浓的异域口音："门从外面锁住了，我出不来。有人吗，谁来帮我开开门？"

在这个阴暗的古堡中，那扇隐秘的大门后，正对他们说着话的"人"究竟是谁呢？

"不要开门！"南璐尖叫了一声，瞪大了眼，神情惊恐，"谁知道门后是什么东西！"

吕医生喷了一声："反正不是什么好东西。"

下雨收衣的技能依旧没有反应，齐乐人没办法依靠它来判断门后的"人"有没有恶意，如果现在转身走开……他们会不会错过些什么？

"你是谁？为什么会被关在门后？"齐乐人犹豫了片刻，还是决定先问问看。

门后的声音沉默了一下,细声细气地说:"我叫妮娜,是这里的女仆……"

妮娜停顿了一会儿,声音变得忧伤了起来:"在我还活着的时候。"

月光静静流淌,透过钉满了铁条的窗口落入这间房间中,门后的妮娜轻轻叹了口气:"我已经死了,大家也都死了……"

吕医生咦了一声:"听起来是个线索人物啊。要不还是给她开门吧。"

"不行!万一她是假装的呢?万一她骗了我们呢?一旦门打开,谁知道她会不会杀了我们!她说的话我一个字也不信!"南璐突然像是被触到了什么开关,歇斯底里地叫喊了起来。肖洪因为她过激的反应而略显尴尬,揽着她的腰试图让她安静下来。

"我也觉得应该开门。"齐乐人平静地说道。

"当心'开门杀'啊。"吕医生提醒了一句。

齐乐人对着他苦笑一声,低声道:"我最不担心的就是'开门杀'了。"

有 SL 技能在,"开门杀"对他来说风险不大,虽然频繁使用这个技能让他有点不安,但是比起迫在眉睫的危险,这种隐忧就不值一提了。

"你们真是疯了!我不管了,你们要找死就随便吧!"南璐尖声说着,拽着肖洪的手就往回走。

"好了,现在只剩下我们两个了,真是完美地违反了'不能单独行动'的定律走上了作死路线。"吕医生摊了摊手。

齐乐人回头看了一眼离去的南璐和肖洪,皱眉道:"副本任务里的 NPC 究竟算是什么呢?"

因为宁舟的身世,他意识到噩梦世界的 NPC 其实应该被当作另一个世界的人类来看待,他们从出生到死亡有着自己的人生,他们甚至比玩家更自由，因为他们不被系统的意志所束缚；可是副本中的NPC呢？他们有独立的人格吗？会有真正的喜怒哀乐吗？有过自己的人生吗？还是说他们只是被制造出来的一段数据？

"你还开不开门？"已经躲到了门边准备见势不妙拔腿就跑的吕医生催促道，打断了齐乐人的思考。

齐乐人深吸了一口气，站在了木门前。

存档完毕。

门锁从外面打开，把手轻轻转动，咯吱一声，木门缓缓开启，一时间满眼都是清冷的月光，落在花纹精致的地毯上。月光下，一个身穿女仆装的年轻女子双手放在身前，一脸欣喜地看着他："谢天谢地，门终于开了。不过你是谁？为什么会来这里？"

妮娜的身影在月光下若隐若现。下雨收衣的技能依旧没向他发出警报，齐乐人自己也没有感觉到什么危险，他稍稍放下了心，对躲得老远的吕医生招了招手。

吕医生慢吞吞地挪到了小房间的门边，不敢进来："你快问问她知不知道古堡火灾的事情。"

齐乐人于是说道："我们是误入这座古堡的，进来的时候这里一片焦黑，但是钟声过后烧毁的痕迹就消失了，请问你知不知道这里究竟发生了什么，为什么大家都死了？又为什么发生了火灾？"

妮娜在月光下的身影略显忧伤："这是个很长的故事了，也是个不幸的故事……"

本来还站在门边的吕医生关上了门，默默在沙发上坐了下来，从包裹里拿了瓶水喝了一口："慢慢说，不着急。"

看这个架势就差拿包瓜子嗑一嗑了,齐乐人和妮娜都是一阵无语。

妮娜叹了口气:"这座城堡的女主人,她疯了。"

吕医生频频点头,对这个开篇就高能的故事表示满意,两个人都没插嘴,安静地听妮娜继续说下去:"夫人和她的母亲以及外祖母一样,年轻的时候都是出了名的大美人,但是生下孩子后就开始渐渐发疯,我想先生应该是知道的,但是他仍然和她结了婚。婚后虽然没有孩子,但是两个人很恩爱。只是好景不长……夫人她……渐渐显露出了她母亲那样的症状。

"她开始变得多疑,怀疑起了先生身边的每一个女人,就连我们也都被夫人勒令禁止靠近先生,还有几个人甚至被夫人鞭打过。先生多数时间都在外经商,每次一回到家她就和先生吵架甚至厮打,越来越疯狂……终于先生无法忍受,将她关了起来,派人看管着。有几次她逃了出来,从窗户那里爬出去要去找先生,先生干脆让人把窗户也钉了起来。

"我们就只能这么眼睁睁地看着她一天天变得更疯狂,直到那一天……"

"下雨收衣服"目前剩余感应次数2/3。

"咚"的一声巨响,紧闭的大门被重物撞击的声音传来,悠闲惬意地听着故事的吕医生一下子从沙发上站了起来,慌张地看着大门:"怎么回事?"

齐乐人也紧张了起来,下雨收衣服的次数已经减少了一次,门外的"人"绝非善类!

"它来了!一定是它来了!"妮娜的神情一下子变得惊恐起来,她慌张地看着大门外,一边喃喃着一边后退,最后抱住头消失在了月光中。

"咚咚咚——"大门被一声一声地撞响,那么粗暴,那么用力。

"怎么办？现在怎么办？"吕医生也慌了，左看右看寻找有没有第二扇大门，可是这个不算大的房间里并没有另一扇门，唯一的窗户还被铁条封死了。

刚才不该用掉SL技能的，齐乐人不禁有些懊悔，可是现在也没有后悔药了："门外只有一具铠甲和一具尸体，撞门的声音听起来应该是铠甲，大门快坏了，等它进来的那一瞬间，我引开它，你赶紧跑出去。"

"可你怎么办？"吕医生怔怔地看着他。

齐乐人斜了他一眼："你这个跑步也会平地摔的人，还是多担心一下自己吧，说不定没一会儿我就反超你了。"

被戳到痛处的吕医生翻了个白眼，贴着墙边站着，尽量降低自己的存在感。齐乐人抄起一边的茶几拿在手上，对付一具活动的甲胄，匕首这种锐器显然比不上钝器。

摇摇欲坠的大门终于不堪重负，门锁被撞开了。

一具高大的铠甲站在大门外，浑身都被月光镀上了一层瘆人的银白。"哐当"一声，它迈动了金属制成的腿脚，走进了这间小房间中。

"跑！"齐乐人大喝一声，用力将茶几砸在铠甲身上。吕医生关键时刻超常发挥，敏捷地从大门逃了出去，虽然没跑出几步就听到他一声痛呼，扑通一声被绊倒在地，然后一边倒吸凉气一边继续跑。

如果不是情况太危险，齐乐人都要笑出来了。可是现实很快给了他一耳光，甲胄手上的长剑在清冷的月光下划出了一道耀眼的光弧。

危险！齐乐人的神经在这一刻紧绷到了极限，后颈处传来轻微的刺痛感，眼前的画面好像被按下了慢放一般，他的身体敏捷地滚倒在地，接连几个翻滚躲到了沙发后。长剑劈入沙发背里，一声轻微的扑哧声，细微的粉尘从切口处飞了出来,在月光下飞扬着。

齐乐人又是一滚,从另一个方向滚了出来,起身拔腿就跑,头也不回地冲出了房间。身后传来沉重的脚步声,每一声都夹杂着金属碰撞的颤音。

走廊的前方是明亮的大厅,这让奔跑在黑暗中的齐乐人安心了不少。

追来的脚步声越来越远。

已经安全了。

齐乐人松了口气,靠在墙边休息了一会儿。这次没有引动寄生之种,算是一个好消息,他现在很怕寄生之种频繁失控,这样的话哪怕他有可以压制恶魔之力的圣水,也坚持不了太久。

不知道吕医生跑到哪里去了。休息完了的齐乐人在附近找了一圈都没有看到吕医生,一楼就只剩下他们刚进来时就突然"起火"的那条走廊了,齐乐人觉得以吕医生的谨慎不至于会往那个发生过危险的地方去,怀疑他是跑到二楼去了,于是他也走了上去。路过挂在墙壁上的油画时他停下脚步,又看了一眼,画上的贵妇人甜蜜地笑着,浑然看不出疯狂的影子,齐乐人在心里叹了口气,转身继续往上走。

转过身的一瞬间,他眼角的余光好似瞥见那张画像上泼满了红色的颜料,那张端庄美丽的脸庞蒙着一层阴影,就连她嘴角那抹幸福的笑容都有些诡异。齐乐人猛地回过头,直直地盯着那幅画像,灯光下,画上的贵妇人依旧一脸幸福,好像那一瞬间他看到的画面只是他的错觉。

可齐乐人不会天真地以为这真的是错觉。在这个到处都是危险的地方,任何一点异常都是一种征兆,暗示着可能发生的危险。看来这位城堡的女主人的确不是什么简单的人物。

走上二楼，走廊里一片漆黑，齐乐人打开手电筒找了一下开关，打开之后一片灯火通明。

他现在所在的地方应该是所谓的"里世界"，和真实的世界极其相似，却又不是真实的世界。这里更像是火灾发生前的古堡，一切都还是未被烧毁时的模样，但这看似正常的表象下却隐藏着致命的危险，例如那具动起来的铠甲，还有更多还未被觉察到的异常。

四周安安静静，齐乐人试着打开二楼的房间门，但是每一扇门都是锁着的，他试图挑战了一下门板和门锁的结实程度，但又不敢弄出太大的声响，最后只好放弃了。现在他唯一能去的地方是走廊尽头处的大房间，房间正中摆放着一架大钢琴。齐乐人环顾四周，确定这里不像是能藏人的地方。

吕医生究竟到哪里去了？不在二楼的话，难道他去了三楼？可是当时吕医生跑出房间后没多久他就追了上来，不至于被甩开那么远吧？齐乐人皱着眉想了又想，掉头回了一楼。

也许当时吕医生慌不择路，忘了起火的事情，跑进另一边的走廊里去了。

下楼梯时齐乐人又看了一眼油画，这一次这张油画没有显现出任何的异常，它就只是静静地被悬挂在那里，欣然接受他审视的目光。

"当——当——"两声钟声传来，齐乐人刚好站在大钟前，眼看着时间走到了凌晨两点。

钟声停止时，齐乐人已经回到了黑暗中，鼻腔里又是一股陈旧的气息。他打开了手电筒，灯光照在大钟上，看来每过一小时他都会在表世界和里世界之间切换一次，现在已经是表世界了。

手电筒的光线往上移动，画像已经被烧毁，只能看到铜质的画框孤零零地悬挂在墙上。

所以现在是去二楼还是一楼？齐乐人犹豫了一下，还是回了二楼，他怀疑回到表世界后那些无法打开的房门说不定能打开了。

踩着嘎吱作响的木板，齐乐人有点提心吊胆，生怕一不小心就木板断裂，如果下面没有水泥隔层他就会直接摔到一楼去了。幸好地板还算给面子，虽然声音让人不那么放心，但是坚固程度还算差强人意。站在木门前，齐乐人拧了拧门把手，门还是锁着的，他不甘心地踢了一脚，木门咣当一声——纹丝不动。

齐乐人都不知道是该对自己的力气绝望，还是该对游戏设定绝望了。

他继续往前走，回到了放着钢琴的那个半开放房间。和里世界不同，一切都蒙上了一层灰尘，陈旧而腐朽。表世界的窗外也没有皎皎的月光，而是淅沥沥地下着雨，时不时一阵闪电亮起，然后是沉闷的雷鸣声由远及近。

手电筒的光亮照在了钢琴盖上，那里好像有一团什么东西。

齐乐人走上前去仔细一看，那是一个金属制成的狗项圈。他右手拿着匕首，只好放下了左手的手电筒拿起项圈，项圈上面有花卉的浮雕和一串花体的文字，系统自动翻译了过来：给我最爱的雷德蒙。

"雷德蒙？"齐乐人喃喃念着这个名字，脑海中浮现出油画上那位贵妇人怀抱着的大狗，他忘了那只狗的脖子上有没有项圈，但这很可能是那条狗的。

"下雨收衣服"目前剩余感应次数1/3。

齐乐人立刻后退了一步，转身紧盯着大门口，放在钢琴上的手电筒的光正对着他自己，他被晃得看不清门外的走廊里究竟有什么东西。

前方黑暗的走廊中仿佛有什么呜咽的声音，又像是野兽打着小呼噜的吭哧声和鼻息声。

是野狼跑进来了？还是……

齐乐人慢慢后退，退得很慢很谨慎，因为手电筒的光过分明亮反而刺目，他就像站在被灯光聚焦的舞台上，隐藏在黑暗中的观众们以各种不同的眼神打量着他，可那并不是什么善意的眼神。

"嘎吱——"一块火灾后松动的木板被齐乐人踩在了脚下，发出了一声刺耳的抗议声。

"下雨收衣服"目前剩余感应次数 0/3，冷却倒计时 23:59:59。

齐乐人的瞳孔猛地一缩，危险，前面危险！连续两次技能提醒后，齐乐人想也不想地往前一滚，下一刻身后传来野兽捕猎飞扑的声音，有什么东西在他刚才站立的地方落地了！

齐乐人半蹲在地上，这一次他终于看见被手电筒的光照亮的地方——一只猎犬缓缓转过身来看向他。它浑身的皮毛都已经被烧毁了，龇牙咧嘴地低声咆哮着。

狗项圈，雷德蒙？

齐乐人立刻想起了刚才放在钢琴上的项圈，想起了画像中的那条狗，难道这只狗就是……

就连它也被烧死了吗？

猎犬的喉咙里发出呼噜呼噜的声音。齐乐人的后颈再次隐隐作痛，他咬咬牙，努力克制自己不要丧失理智，他宁可拼上一拼，虽然现在 SL 技能还在冷却，但是有吕医生在，只要不是重伤还是治得好的。

但是在那之前……齐乐人尽量动作隐蔽地掏出了"讨人喜欢的口粮"，丢了一份过去。

它动了！猎犬压低了身形，无视了口粮，猛地飞扑了过来，口粮对这种已经不是活物的生物根本没有吸引力！齐乐人敏捷地往旁边一跳，连滚带爬地避开猎犬的攻击，脚下的木板不堪重负地崩断，将他的一只脚卡在了木板里。

齐乐人愣愣地看着地面，这个半开放的房间的地面竟然不是实心的，木质的龙骨下没有水泥浇灌的隔层，在那场大火后更是被烧得脆弱不堪。他难以置信地动了动左脚，被木板卡住的左脚下面就是一楼了！

猎犬低吼了一声，兴奋地向他冲来，左脚被卡住动弹不得的齐乐人眼看着就要死于非命，他急中生智地右脚一用力，整个人往下一陷——右脚跺穿了腐朽的木板，脚下脆弱的地板发出巨大的崩裂声，以他为中心的一小块地面塌陷了下去，连他一起摔到了楼下。

【2】

轰隆一声巨响，齐乐人摔在了地上，疼得眼前一黑，一动也动不了，几乎以为自己要死了。更多木板和碎屑倾泻了下来，砸了他满身。

齐乐人的眼睛慢慢适应了黑暗，他渐渐看得清头顶，那个破洞里透出手电筒的亮光，不甚明亮。

那只烧毁了皮毛的猎犬在看他，齐乐人一动也不敢动，也动不了。

不要下来，不要下来，不要。

那只恐怖的猎犬好像听到了他的祈祷声，在漫长的窥探后它放弃跳下来，嘶吼了一声后慢吞吞地离开了。

活下来了……

齐乐人深吸了一口气，鼻腔顿时被灰尘弄得发痒，他想咳嗽，可是刚一吸气就疼得浑身痉挛，他忍不住蜷缩起来，所有内脏都好像被捏在了一起一样抗议着，等到他缓过来时已是浑身冷汗。

这是D级的难度？齐乐人忍不住在心里骂了一句，再次瘫在地上慢慢恢复力气。

不知道这一摔有没有摔出内伤来，不过应该没有骨折。这算是不幸中的万幸了，他也真是命硬，齐乐人苦中作乐地想着，扭头看向了窗口。

这扇窗子也一样被铁条钉死，闪电在地板上投下了纵横交错的阴影，也照亮了这间房间中央摆放着的铁质画架。

这应该是一间画室，齐乐人看着画架和墙上大大小小的黄铜画框心想。只可惜都已经被烧毁了。

隐隐地，他觉得这间房间里似乎隐藏着什么诡异的力量，就好像……

他抬起还在作痛的手臂，从脖子里扯出了那条挂坠，挂坠上的宝石里飘浮着一层黑雾，比之前要浓了许多。齐乐人眯起了眼，这个黑雾代表着周围恶魔之力的浓度，包括他身上的寄生之种。现在寄生之种还是好好的，那就意味着这里的恶魔之力很浓郁了。

太奇怪了，这个副本任务里怎么会有恶魔之力？

齐乐人艰难地从地上坐了起来，起来的时候他几乎以为自己的脊椎都摔断了，幸好它只是稍微有点不合作，并没有受到什么致命的伤害。他长长出了一口气，觉得自己活了过来。

寄生之种在恶魔之力的催化下变得活跃了起来，阴冷感沿着他的脊椎往下蔓延，齐乐人迟疑了一下，还是从包裹里拿出了那瓶圣水。透明的液体散发着微弱的亮光，只是看着都感觉得到那种圣洁的力量，他打开盖子抿了一口，体内蠢蠢欲动的恶魔之力立刻溃散了，寄生之种不甘地刺痛着他，然后蜷缩回了他的后颈处，再次蛰伏了起来。

浑身的伤痛似乎也减轻了一些，齐乐人终于能站起来了，他又看了一眼圣水，忍不住回想起了满是墓碑的亡灵岛的海崖上，那纯白的月光下陈百七对他说的故事。

齐乐人惆怅地叹息了一声，又失笑，怎么又想起这件事了。那天听陈百七说完宁舟的故事，他已经失眠了一个晚上，虽然这件事并不能全怪他，只能说是两个人阴差阳错互相隐瞒下酿成的悲剧，但是得知宁舟如此难过却还将他需要的圣水托人送到了他手上，他还是因此愧疚不安了很久，觉得自己亏欠了他许多。

只能说这是命运残酷的玩笑。

眼下危机四伏，齐乐人也没有多想，专心研究起了周围的情况。

这间画室究竟有什么不同寻常之处？为什么会有如此浓郁的恶魔之力？

齐乐人拖着疼痛的身体在房间里绕了一圈，走到窗边的时候，借着时不时亮起的闪电，他看见画架下的一块地板微微翘起。他走上前去小心翼翼地蹲了下来，这个动作就惹得他龇牙咧嘴疼痛不已。他试着挖了一下地板，出乎意料地，这块松动的地板很轻易就被他挖了起来。

地板下的龙骨之间有一个小铁盒，表面已经锈蚀了，隐约看得出上面的浮雕是一种诡异的图腾，就像……齐乐人回想起献祭女巫任务中的封印之塔，塔身上也有类似的图腾。结合这个房间中浓郁的恶魔之力，难道这是一种恶魔信仰？

齐乐人没敢直接碰触铁盒，用布料裹了一下手后将它取了出来。

系统提示随之而来："得到恶魔的祭品1/6"。

果然是和恶魔有关的东西。

齐乐人打开了盒子，藏在盒子里的东西是一团色泽暗淡的金发，长而卷。它们不是被整齐地剪断的，而是被人拉扯了下来，有些发丝上有揪断的痕迹，有的却没有，它们纠缠在一起像是一团暗金色的水草。

齐乐人关上了盒子，把它放进了包裹里，思索了起来。

即便这个任务和恶魔有关，也不可能是噩梦世界的恶魔。因为这个副本故事发生在一个类似现实世界的副本中，如果这也能联系上权力、杀戮和欺诈三位魔王，那就太离谱了。

发现这六分之一的"恶魔的祭品"完全是巧合，那么这个物品到底是想告诉他什么呢？

就在齐乐人沉思之际，不远处的画架却散发出了蒙蒙的微光。

齐乐人抬起头紧张地看向画架，浮现着荧光的金属画架旁出现了一个幻影，像是隔着一层雾气一般虚幻缥缈。幻影是一个年轻的女子，有着一头金色的长卷发，她坐在画架前拿着颜料盘和笔专心致志地绘画。

是她！

齐乐人猛地回想起了画像上的那位夫人。

她神情恬静，丝毫看不出身上有着家族遗传的精神病。

紧闭的大门中有一道微光浮现，一条猎犬幽灵一般穿过木门来到了画室中。

"雷德蒙，到我这里来。"正在绘画的女人温柔地呼唤着它。

猎犬轻轻迈动着脚步来到了她的身边，在她脚边趴了下来，女人抚摸着它，轻声说道："他快要回来了。等他回来，我要给他一个惊喜。他马上就要当爸爸了！"

猎犬甩动着尾巴，抬头看了她一眼，喉咙发出呼噜声，似乎是在回应她的话。

女人抚摸着自己还没有弧度的小腹，喃喃低语："我会爱他（她）的，绝不会让他（她）像我一样……"

猎犬似乎感觉到了她低落的情绪，抬起头汪了一声。女人笑了，抱着它的头在它的耳朵上亲了一口："我也爱你，雷德蒙，你是我的守护神。"

幻影的微光逐渐暗淡，终于消失在了电闪雷鸣之中。

幻影已经消失了，齐乐人却还在沉思。

这个幻影看起来应该是在这座古堡里发生的一幕。那时候这位夫人看起来精神还是正常的，言语间她和丈夫非常恩爱，还养了一条名叫雷德蒙的爱犬，也就是刚才袭击他差点让他死于非命的猎犬。

画架地板下藏着的恶魔祭品又是怎么回事？为什么会有这么一个物件，里面还有一大团金色的头发……难道这位夫人和恶魔有什么牵扯吗？

还需要更多的线索啊……齐乐人深吸了一口气，走到门边打开了大门。

门外是走廊，也就是一开始他们试图进入却被一阵大火吓退的那条走廊，是往走廊深处走走，还是回大厅看看？齐乐人没有手电筒，表世界的古堡又没有通电，外面还下着雷雨，时不时有闪电亮起，紧跟着的就是轰隆隆的雷鸣声。

齐乐人不禁怀念起了沁满了月光的里世界，和这个陈旧破败的表世界相比，里世界反而显得亲切了一些。

手电筒被他放在了钢琴盖上，现在暂时是拿不回来了。齐乐人在包裹里翻找了一会儿，找到了自己从现实世界带进来的手机，令人惊喜的是开机后它竟然还有百分之五的电量，算是解了他的燃眉之急。

齐乐人犹豫了一下要去哪边，大厅和另一条走廊他已经探索过了，没有什么重要的线索了，表世界应该是找不到妮娜的，倒是有可能再次见到那个金属甲胄然后玩一次追击战——毕竟这玩意儿可不会在火灾中被烧毁，他没兴趣作死，当务之急是找到吕医生，找不到人的话有个能照明的东西也可以。

照明……厨房里也许有蜡烛一类的东西——如果没有在火灾中燃烧殆尽的话——厨房肯定在一楼，目前一楼也只有这一块区域没有探索过了。齐乐人定了定神，打开手机的照明功能向走廊深处走去。

"啊啊啊，别过来，啊啊啊——"一阵叫喊声传来，伴随着大门被撞开的声音，吕医生从走廊尽头一路向齐乐人狂奔了过来，一边跑一边喊，"快快快，有骷髅啊！会动的，会动的那种！"

很好，他准确地在一个吕医生需要打手的时候出现了，齐乐人都不知道说什么才好。

眼看着吕医生向他跑来，身后还跟了两具灰白的骷髅，它们穿着仆从的衣服，手无寸铁，行动也迟缓，和齐乐人上个任务里遭遇过的怪物毫无可比性。他松了口气，从包裹里抽出一根铁棍——对付这种骷髅架子用匕首显然不太明智："到我后边去！"

吕医生从善如流，躲得远远的，一副见势不妙继续拔腿就跑的架势。

骷髅越走越近，装备着初级格斗术的齐乐人两步上前，简单几下，两具骷髅成了一堆碎骨，穿在身上的仆从服饰也掉了下来，破布一般团在了地上。

"啪啪啪……"吕医生在后面拼命鼓掌,一脸惊叹地说:"几天不见你变得好能打啊,这灵活的走位、犀利的操作,小宇宙都燃烧起来了。"

齐乐人白了他一眼,对他这种哪壶不开提哪壶的行径表示鄙视,当然嘴上还要装一装:"这种慢吞吞的骨头架子没什么好怕的,毕竟是D级难度。"

末了,齐乐人还问了一句:"你怎么回事,刚才一转眼就跑没影了,找你半个小时了。"

"唉,别提了,摔了一跤后我突然想起自己有技能不用简直是傻,赶紧把幸运技能开了,果然一路没遇见怪事也不摔了,于是在这里转悠了一会儿,回头去找你的时候就找不到你人了。后来钟声响起回到了火灾后的古堡,我就到处找你,结果人没找到倒是找到了这里的钥匙。"吕医生晃了晃手上的黄铜钥匙,"我仗着现在技能没过期就来作死了,结果门一开看到两具骷髅,吓得我以为技能失效了,一出门就看到打手来了,看来我的幸运值还是杠杠的。"

被烧焦的猎犬追杀坠楼差点摔断骨头的齐乐人不想说话。

"你手怎么了?这么多擦伤?衣服上也脏兮兮的。"吕医生注意到了齐乐人的异样,问了一句。

齐乐人看了一眼自己的手臂,刚才从二楼摔下来的时候擦伤了,脚上也有被木板卡住后试图拉扯出来造成的划痕,这种程度的小伤并不影响战斗力,他都懒得理会了。

"要不要帮你治疗一下?"吕医生关切地问道。

"先算了,你的治疗冷却时间太长,留着给更严重的伤势吧。"齐乐人想了想,觉得以自己的运气,不可能就受这么点伤,还是忍忍吧,免得到时候对着技能冷却追悔莫及。

现在他越来越意识到,技能这东西其实并不太可靠,过分依赖技能在面临冷却的时候人就会格外脆弱、畏首畏尾,更别说封印技能的那些任务了。

"另外有个东西,我想给你看看。"齐乐人说着,从包裹里拿出了那个装了一团金发的铁盒,裹在布里递给了吕医生,"这个得从我们在妮娜那里分开后说起……"

齐乐人将之后的事情一一陈述,一直说到他九死一生跌入画室后发现了翘起的木板,然后从木板下发现了这个铁盒。吕医生怜悯地看着他,强行安慰道:"嗯……不管怎么说你还是发现了一点线索的,这苦头没白吃。"

齐乐人已经没脾气了,在一旁翻了个白眼没说话。

"至于这个东西……我和你的看法一致,这位夫人恐怕不只是简单地疯掉了,你还记得妮娜说过的话吗?她说这位夫人的母亲和外祖母都是在生下孩子后渐渐疯掉了。这位夫人的幻象已经告诉我们,她怀孕了,但是没有说孩子究竟有没有生下来。"吕医生颇为大胆地猜测了起来,"你看一楼的这些画像,有很多这位夫人的自画像,或者她的丈夫的,甚至还有不少她的狗,但是没有一张关于她的孩子,我们也没有看到孩子的玩具之类的物件。所以有很大可能,这位夫人要么是流产了,要么孩子出生没多久就夭折了,这也是她发疯的诱因。"

齐乐人略一思索,脑中灵光一闪:"向恶魔献祭,一定是为了获得某种东西,你说她会不会是为了让这个孩子复活?"

"有可能。不过起死回生这种事情,作为一个医学工作者,我是抱着怀疑的态度的。"吕医生正色道。

现在也没有更多线索了，齐乐人干脆把这份恶魔祭品交给了吕医生保管，他被审判所提醒过，最好不要靠近恶魔之力，否则他身上的寄生之种的成长速度会加快："你运气好点，就交给你了。"

吕医生点了点头，把铁盒收进了包裹栏里。

"走吧，去表世界的二三楼看一看。"齐乐人说。

两个人一前一后往大厅的方向走去，有了吕医生的手电筒，齐乐人也不浪费手机所剩无几的电量了，吕医生还嘲笑他说："你这么宝贝你的手机，回黄昏之乡后找个人买个充电器吧。我听说黄昏之乡人才辈出，还有技术宅造出了原始的计算机，运算还没心算快，连个贪吃蛇都不能玩的那种。太可惜了，要是副本世界的普通物品能带回去就好了，那样我肯定努力装几台电脑回黄昏之乡，回头好好当个宅男。"

齐乐人联想起了自己那台可怜的笔记本电脑，它似乎没跟着他进入噩梦世界，因为从新手村医院醒来以后，他就没见过它了。可惜那台笔记本里，还装了这个世界的秘密呢。

两人的脚步声在走廊里回荡着，前方就是一片漆黑的大厅了。

黑暗中传来似有若无的呜咽声，吕医生一下子站住了，拉着齐乐人的胳膊紧张地问道："你有没有听到什么声音？"

齐乐人侧耳一听，回道："听到了，是哭声。"齐乐人心里不禁毛毛的。

吕医生倒吸了一口凉气，越发疑神疑鬼了起来。

"手电筒给我，我去看看。"齐乐人说。

吕医生对自己的手电筒依依不舍，但是比起面对诡异的哭声，他宁可面对黑暗，于是他交出了手电筒，对齐乐人挥了挥手："你保重，我在这里等你。"

齐乐人走出两步又后悔了，一把将吕医生也拖上："不行，必须把你带上！"

"喂喂喂，我不要去啊！"吕医生抗议了起来。

"就是干，不要尿！"齐乐人祭出了曾经用来形容"女神"的话。

吕医生死死扒住墙边的雕塑，呐喊道："就是尿，不要干啊！"

两人争执之际，哭声不知不觉已经停止了。等齐乐人发现不对时他一把松开了吕医生，警惕地看向黑暗处。

吕医生扑通一下摔在了地上，捂着屁股叫道："你干吗突然松手？！"

"嘘——哭声不见了。"齐乐人压低了声音说道。

吕医生一下子被吓精神了，立刻哆哆嗦嗦地站了起来。

黑暗中传来了脚步声，正有节奏地靠近他们，齐乐人调整了手电筒的方向，直直向脚步声传来的地方照去——来人被光一刺，一手捂住了自己的眼睛，语带哭腔地问道："是齐乐人和吕仓曙吗？我……我听见你们的声音了。"

"南璐？"齐乐人疑惑地问道，"你不是和肖洪一起走了吗？他人呢？"

南璐挡在眼前的手缓缓放了下来，露出哭得通红的眼睛和满脸的恨意。

"他走了。"南璐怨恨地说道，"他和罗雪怡走了。"

南璐再一次泣不成声。齐乐人完全没辙，求助地看向吕医生，结果他吓得连连摆手暗示自己实在没有安慰女孩子的经验。两个人手足无措地看着妹子哭，半天才干巴巴地憋出一句："你别哭了……"

哭了足有十分钟的南璐用袖子抹了抹脸，幽幽地问道："我是不是真的不如罗雪怡？为什么每个人都喜欢她不喜欢我？我到底哪里不好？"

吕医生干咳了一声："没有的事，南璐你很好的，是肖洪瞎了眼。不过，到底发生了什么事？"

南璐吸了吸鼻子，挫败地看着自己的脚尖，半响才打开了话匣子："和你们分开后，我和肖洪就往回走了。很快钟声响了，我们就回到了这个烧毁的古堡里，肖洪说他好像听见了罗雪怡的声音，想要往二楼走，我不答应……我们就吵了一架。其实这么久了，我也看出来了，他对罗雪怡有意思，在这方面女人的直觉是很敏锐的，更别说他已经表现得很明显了。我想罗雪怡也是知道的，她一直就是这样，对别人的男朋友明示暗示，把这些人迷得神魂颠倒，呵呵……"

"咳，你们吵完之后呢？去找罗雪怡了吗？"齐乐人打断了南璐明显越来越偏的话题方向。听男女情感八卦听得津津有味的吕医生充满怨念地看了他一眼，对八卦被打断略感遗憾。

"每一次我们吵架都是我妥协……我答应去找罗雪怡，结果我们在楼梯上就看到罗雪怡跑了下来，有一具……一具骷髅……追着她跑，她一直在尖叫，求我们帮忙，肖洪就跑过去救她了。不知道为什么那个骷髅向我追了过来，我吓坏了，跌下了楼梯，一抬头就看到他拉着罗雪怡跑了。他把我丢在这里，跑了……我看到罗雪怡回头看了我一眼，那个眼神……哈，她就是故意的，她根本没有那么害怕！"说着，南璐的声音都变了，说不清是悲伤还是愤恨，抑或是难以消弭的痛苦，她恨声道："要是让我见到她……"

吕医生安慰了南璐一句："回去把男朋友变成前男友，然后再找他们算账吧。有了女朋友还勾勾搭搭的，这种男人不能要了，是吧，齐乐人？"

南璐抹了抹眼泪，羡慕地说："你们感情真好……"

齐乐人和吕医生都是一脸踩到狗屎的表情。

"那个追来的骷髅呢？"吕医生好奇地问道。

南璐伸出自己摩擦得通红还有划痕的手，喃喃道："我掰下了楼梯扶栏，把它打折了……"

吕医生惊悚地看着她，凑到齐乐人耳边小声道："失恋会增加妹子的战斗力？薛盈盈也是啊！"

齐乐人嘴角一抽，这里的骷髅实在没什么战斗力，也只有吕医生这种菜鸡打不过了。

一番倾诉之后，南璐的情绪稳定了许多，终于想起自己还身处危险之地："那我们现在该怎么办？"

齐乐人将事情简单地讲了一下，然后说道："现在是两点四十分，还有二十分钟我们就会被送回到没有发生火灾的里世界。我想这种表里世界的切换并不是没有意义的，肯定有一些线索必须在两个不同的世界里找到，比如说钥匙。"

吕医生配合地拿出黄铜钥匙摇晃了一下，接腔道："我找到一楼的钥匙啦，估计二楼的钥匙也能在表世界找到，然后带去里世界，就能打开里世界二楼的门了。大概就是这种逻辑吧。"

齐乐人点点头："还有就是妮娜——就是之前我们分开的那个地方，我们打开了门，见到了一个N……"

齐乐人差点把NPC这个词说出来，觉得不妥，硬是吞了回去："她应该只会在里世界出没。你看，我们在表世界遇到的怪物，要么已经腐烂成了骷髅，要么就是被火烧得面目全非的狗，而里世界的怪物则是行走的铠甲，还是有些区别的。"

南璐愣愣地点头:"说了这么多,我们究竟要做什么?"

"呃……终极目的的话,就是离开古堡了。"齐乐人说。

南璐一脸"你这不是说废话吗"的表情。

"要离开古堡就得破解火灾之谜,从目前的线索来看,应该和发疯的女主人有些关系。也许我们需要把这位发疯的女主人解决掉……说到这里,妮娜有说过她疯了后被关在哪里吗?"齐乐人问吕医生。

吕医生摇了摇头:"没有说,只说她有逃出去过,所以她丈夫就让人把所有窗子都钉死了。"

"等回到里世界后再去找妮娜问问吧,我还有点别的事情想问问她……但愿那个铠甲不在那里了,否则我们还得先把它解决了。"齐乐人有点头疼地道,"另外还有那些打不开的房门,还有二十分钟才会进入里世界,先想办法找找钥匙吧。"

"一楼我差不多找遍啦,要不我们去二楼看看?"吕医生提议道。

齐乐人迟疑了一下,提醒道:"二楼有一只被烧死的猎犬,非常厉害,得小心一点。"

吕医生拍了拍他的肩膀:"幸运女神的私生子从不担心这种问题,你自己多加保重。"

齐乐人:"……"

南璐:"???"

一番商量后,三个人还是往二楼进发了。走在朽烂的弧形楼梯上,齐乐人下意识地看向了画像,表世界的画像早已被烧毁,只剩下铜质的外框挂在墙上。齐乐人定定地看了一会儿,心里依旧坚持之前在里世界看到画像上出现一片血色并不是他的错觉。

"你看什么呢？走了走了。"吕医生催促道。

齐乐人看着画框，问道："你觉得她真的疯了吗？"

吕医生摸了摸下巴："这个不能确定，但是从妮娜说的看没什么大问题，姑且当她疯了吧。正常人可干不出这种事情来。"

画室中那浮光掠影的残像再一次出现在脑海中，那时候的她看起来是如此幸福，齐乐人低声问道："火烧古堡的人，真的是她吗？"

"啥？你在怀疑什么？"吕医生疑惑了。

"没什么，只是一旦涉及恶魔信仰之类的东西，我就有点神经过敏。"齐乐人笑了笑，转身跟上前面二人的脚步。

站在楼梯上方的南璐幽幽地问道："你们听过歌剧《唐璜》吗？'如果我见到这个负心汉，如果他不愿回到我身边……'如果她也被爱人背叛，在绝望中毁掉一切，不也说得通吗？"

吕医生干笑了两声，拼命用眼神向齐乐人发出警报，挤得眼睛都要抽筋了：不好，这妹子要黑化了啊！

这时候该怎么安慰一个失恋后情绪不稳定的妹子？齐乐人十分犯愁，他实在是没这个经验啊，他自己失恋的时候……呃，好吧，也是很崩溃的。

"算了，说这些做什么呢，还是走吧。"南璐自嘲地笑了笑，继续往楼梯上走去。

齐乐人和吕医生对视了一眼，都从对方脸上看到了无奈之色。

表世界的二楼比里世界更为破败，齐乐人已经来过这里一次了，对钢琴房那只神出鬼没的猎犬心有余悸，于是问吕医生："以你幸运儿的直觉，你觉得那只狗还在那里吗？"

吕医生翻了个白眼："这要什么直觉，按照一般的套路，这种游走型的小BOSS基本不会在同个地点蹲守，肯定是哪里倒霉去哪里。你现在跟着我，放心大胆地往前走吧。"

无言以对的齐乐人竟然觉得一阵心安，大概是吕医生的幸运值加持下，齐乐人身上的厄运也被暂时驱散了吧。

三人来到了钢琴房，齐乐人率先走了进去，进去前他已经做好了心理准备，如果再见到那只恐怖的猎犬，他肯定毫不犹豫地往之前砸开的洞跳下去回画室，哪怕要冒着摔断腿的风险。可幸运的是，这一次猎犬真的不在了。

窗外依旧暴雨如注，电闪雷鸣，吕医生和南璐在钢琴房里搜索了起来，齐乐人负责看门，很快吕医生低声呼唤了起来："你们看，一串钥匙！"

正在翻找抽屉的南璐应声抬头，手臂撞在了橱柜的留声机上，她痛叫了一声，捂住撞痛的手臂。齐乐人走到她身边问道："没事吧？"

南璐咬着嘴唇，摇了摇头，齐乐人蓦地觉得后颈传来针刺一般的疼痛，寄生之种似乎蠢蠢欲动了起来，他警惕地看着四周，一切正常。

怎么回事？齐乐人瞥向橱柜上的留声机。这台古老的装置已经在火灾中变得残破，只有金属制成的喇叭还是完好的，他打量了它一会儿，某种直觉暗示着他，这个东西不同寻常。

"怎么说？"吕医生也走了过来，用手电筒照着留声机，另一只手还晃荡着刚找到的一串钥匙。

"我看看。"齐乐人拿起笨重的留声机检查了起来，很快在底部发现了一个暗格，等他想办法打开暗格后，果不其然，提示再一次出现了："得到恶魔的祭品2/6"。

依旧是一样的铁盒，锈蚀的纹路充满了宗教的意味，却让人觉得邪恶。

吕医生戴着手套检查了一番，打开了盒子，里面是一颗牙齿。

"看来都是恶魔的祭品，就是不知道有什么用。"吕医生嘟哝了一声，因为南璐在场，他也没有说太多，"一起放我这里？"

"也好。"齐乐人不能和这种恶魔物品多加接触，这会影响寄生之种。

吕医生于是把东西往背包里一塞，还多瞄了南璐一眼，她对突然消失的铁盒没有特别的反应，不清楚是 NPC 的设置问题还是其他什么原因，只是一脸嫌恶地问道："这是什么？你们还有这玩意儿？"

"之前我找到了一个，不过不清楚具体是什么作用。"齐乐人随口说道，并不愿意透露太多。

身后突然传来一阵悦耳的钢琴声，正在交谈的三个人齐齐僵住了，齐乐人最快反应过来，是幻影！

果然，钢琴四周散发着微弱的光芒，就像在画室里的时候一样。坐在钢琴边上的贵妇人面无表情地弹奏着钢琴，渐渐地，音乐越来越快，越来越激烈，最后竟然像是疯了一般，整只手砸在了钢琴上，发出刺耳的一声巨响，和窗外滚落的一声雷鸣重叠在了一起。

她笑了起来，越来越疯狂，最后化为了哭声，她趴在钢琴上，痛哭流涕。和那疯狂的笑声相比，她的哭声是如此隐晦压抑，像是极力忍耐后的崩溃。最终她的幻影在这个雷雨之夜里逐渐淡去。

"她疯了……"南璐梦呓一般地说道。

看来真的疯了，齐乐人在心里说。

窗外又是一道惊雷，闪电照亮了整个钢琴房，刺目的光线中，齐乐人看见了钢琴上的那只猎犬的项圈，还有当时手上拿着匕首的他为了拿起项圈而放下的手电筒。

这时，齐乐人却突然想起……

他掉进画室的时候，手电筒应当是开着的。

"当——当——当——"

遥远的钟声传来，他甚至来不及告诉两个伙伴，就已经回到了里世界中。

凌晨三点整。

吕医生的手电筒依旧是亮着的，齐乐人定定地看着钢琴，上面已经没有了狗项圈和他的手电筒。

齐乐人深吸了一口气，迟疑了一下要不要告诉吕医生这件事，最后还是决定说出来，万一之后在表世界走散了，这也可以让吕医生和南璐警惕一些："刚才我看到我落在钢琴上的手电筒了，我记得当时手电筒是开着的，但是刚才我突然发现，手电筒已经被人关掉了。"

"咦？啊？"吕医生连用了两个感叹词，"你确定？不会是没电了吧？"

"我很确定，我掉下画室之后摔得动不了，只能平躺着看头顶，那时候那条猎犬从洞口往下看我，照亮它的就是我的手电筒的光。而且我来这里前手电筒是充满电的，不可能这么快就没电了。"齐乐人笃定地说。

"可狗是不会关手电的。"南璐喃喃道。

"狗不会，但是'人'会。"齐乐人说。

南璐眼神一厉："你是说肖洪和那个女人来过这里？"

"……"齐乐人沉默了几秒，"这是一个可能，但他们没必要关手电筒，这种有用的东西，他们更有可能直接拿走。"

在里世界皎洁的月光下，在焕然一新的钢琴房中，三个人都没有再说话。

"不管那是什么东西，我们至少可以确定，它是有智慧的生物。它知道那是什么东西，怎么关掉它，也许它还讨厌亮光……"齐乐人低声说道。

"智慧生物啊……那就麻烦了，我们闯进了它的地盘，说不定现在它正在看着我们思考怎么一网打尽呢。"吕医生说道。

南璐打了个冷战："别说了！"

"不管了，先找找开关在哪里。"吕医生用手电筒在门口的墙壁上照了一照，很快找到了开关，钢琴房的吊灯亮起，光明立刻归来，无论是南璐还是齐乐人都松了口气。

"里世界还蛮亲切的嘛。"吕医生赞叹道。

南璐冷冷道："你忘了死不瞑目的苗博吗？"

虽然里世界看似平静祥和，但是却处处暗藏杀机，稍有不慎就是横死的下场。

"走吧，我们先去找妮娜再回来搜索房间，我有很多事情要问她，但愿这次不会遇上那个行走的铠甲。"齐乐人说。这次他倒是不太害怕了，SL 技能一小时的冷却时间已经过去，如果再次遇上，大不了硬拼一次，就是不知道该怎么跟南璐解释，他也不清楚 NPC 对他们的特殊之处会有什么反应……

三个人向一楼走去，沿途灯火通明，但是明亮的灯光中，四周却又是如此寂静，让人情不自禁地观察着周围的一切，却又生怕从平常之中发现什么不祥的预兆，这种矛盾的心理令每个人都神经紧绷。

"你们在这里等我，我先过去看看。"走到一楼走廊入口时，齐乐人对另外两人说道,然后一个人走进了走廊中。

灯是亮着的,照亮了走廊两边的雕塑和挂画,盆栽植物看起来被精心打理过,葱翠碧绿,走廊尽头处是和二楼钢琴房相似的半开放房间,苗博的尸体依旧躺在地上,而那具铠甲却已经不见踪影。

齐乐人找到了墙壁上的开关,打开了这间房间的灯,隐蔽的小房间的门被那具铠甲撞开后就损坏了,但是看起来是关着的,不知道妮娜还在不在那里。他上前几步走到门边,低声问道:"妮娜,你在吗?"

门内传来轻声的应答:"我在……它走了吗?"

"已经走了。我有几件事想问你,我能进来吗?"齐乐人说道。

"不!别进来!别开门!如果它回来……我……我很害怕。"妮娜急促的嗓音里都出现了破音。

"可是门锁应该已经坏了。"齐乐人看着已经松动了的门锁说道。这扇门虽然也可以从里面上锁,但是之前那具铠甲强行破门的时候就已经把门锁撞坏了,倒是外面的锁扣看起来还能把门从外面锁上。

"不不!别开门!求你了!门开着它会进来的!"妮娜焦虑的声音里隐约带着一点哭腔,她似乎害怕极了。

"好吧,你等等,我把几个朋友叫来。"齐乐人妥协了,回头叫来了吕医生和南璐。

再一次踏足这个房间,南璐还是不敢看苗博的尸体,死去的同伴横尸于此,难免让她联想到自己的安危,她无声地用眼神催促齐乐人快一点。

"有几件事情我得问你,先从夫人开始吧,她是不是怀过孕?孩子呢?"齐乐人单刀直入地问道。

门后的妮娜沉默了片刻,似乎并不愿意谈及此事,反问道:"为什么要问这个？"

"因为很重要，请告诉我们。"齐乐人强硬地说。

"好吧……夫人的确怀过孕，但是不幸流产了，之后她的精神就很不好，大概就是从那个时候开始，她渐渐显露出了遗传的疯症……为了避免刺激到她，先生勒令我们不许说起这件事，但是夫人的病还是越来越严重。有时候她会觉得自己的孩子还活着，她给他（她）做娃娃、做衣服，但是清醒的时候她又把这些东西毁掉。她……非常地痛苦。"妮娜的声音里充满着一种卑微的怜悯和难以掩饰的恐惧。

这样的话的确说得通了，齐乐人心想。

"咦，她是怎么流产的？自然流产？意外流产？"吕医生也站到了门边问道。

"她从楼梯上摔了下来，然后就流产了。"妮娜说道。

这时，南璐也加入了进来，她敏锐而尖刻地问道："她自己摔下来的吗？还是有人推她下来的？她做这一切，难道就只是因为她疯了？"

吕医生和齐乐人都看向南璐，不知是不是这位夫人的遭遇让她联想到了自己，所以她格外激动。齐乐人隐约觉得南璐应当也是剧情中的一环，但在她做出危害他们的事情前，他还是愿意帮助她的……抱着这种侥幸心理是有风险的，他和吕医生对此心照不宣，但他们还是这么做了。

门内的妮娜有些吃惊地说道："如果不是因为她疯了，她怎么会做出这种事情呢？她以前是个非常温柔安静的人啊！就算是疯了，她也……这一切不是她的错啊！"

南璐不甘心地咬了咬嘴唇，没有再说话。

"我还有个问题，之前你说过，那位夫人的病越来越严重，她被关了起来,那么她是被关到了哪里?"齐乐人问道。

"地下室。她被关在了地下室。"妮娜回答道。

南璐难以置信地说道:"你们竟然把她关到了地下室?!我的天……你们怎么可以这么做!她已经很痛苦了。"

妮娜啜嚅了几声,弱声道:"是先生的意思,夫人的疯症越来越严重,需要隔离,所以……"

吕医生轻哼了一声,带着一点疑惑,但是没有说话。

"从哪里走可以到达地下室?需要钥匙吗?"齐乐人又问。

"地下室在大厅另一边的走廊尽头的厨房,角落的地上有个暗格,打开后你们会看到一把锁,钥匙在先生的书房里。我想……也许夫人充满了怨恨的灵魂,依旧在地下室里徘徊吧……请让她安息吧,愿主保佑她不再受人世间的煎熬,愿她在主的怀抱中安息,也让我……我们安息。"

任务到这里已经很明朗了,只要拿到地下室的钥匙,进入地下室消灭疯夫人,这个任务就可以结束了。这应该是最简单的通关办法。

可是……这个任务还有很多东西让齐乐人记挂在心,例如那个恶魔的祭品。

要问吗?如果问了的话,会不会反而弄巧成拙,触发隐藏剧情提高难度?

"那就先这样?去找地下室钥匙?"吕医生扯了扯齐乐人的胳膊问道。

"关于祭品的事情……"齐乐人低声跟吕医生商量了起来。

吕医生瞪了他一眼:"你想作死吗?"

"只是有点好奇。"齐乐人辩解道。

"少年人,你的思想很危险啊。"吕医生语重心长地说道,"少知道一点就安全一点,你非刨根问底,那就是自寻死路。走走走,找钥匙去。"

被吕医生拉扯着的齐乐人也没有再纠结,顺着他的意思离开了这间房间,临走前他回头望了一眼,隐蔽的小门紧闭着,一切恍若寻常。

【3】

前去二楼书房的路上,三个人都很沉默,走在里世界光亮的走廊上,没有表世界那种破败感,却别有一种寂静的压抑感。南璐忍不住问道:"我们真的要去解决她吗?"

"注意,她本来就已经死了,说不上是杀了她,最多只是送她去该去的地方而已。"吕医生纠正了一下南璐的用词。

南璐呆呆地看着前方,低声道:"她太可怜了……"

吕医生有点搞不懂南璐的逻辑:"她哪里可怜?"

"她失去了自己的孩子,还发了疯,也许她的丈夫还背叛了她,难道她不可怜吗?"南璐反问。

"前两条还好说,哪里看出她丈夫背叛了她?"吕医生茫然地问道。

南璐咬了咬嘴唇:"直觉。说不定她丈夫就是和那个妮娜偷情呢?不然为什么这么多仆人就只有她是这个样子,她肯定和其他人不一样。"

吕医生认输了,用嘴型偷偷对齐乐人说:她没救了。

虽然南璐的话全凭主观臆测,但倒也不能说没有道理,也算是一种可能吧,齐乐人心想。

"其他暂且不论,我们要离开这里肯定得先解决掉这位疯夫人。姑且先相信她,去书房找到地下室的钥匙吧。"

南璐没有再说什么,毕竟身处这种危险的地方,想回家的欲望还是压倒了一切。

之前吕医生在表世界的钢琴房里找到了二楼的钥匙,三人回到二楼后就开始挨个儿尝试,将二楼紧锁的房间一个个打开,开到第三个的时候终于找到了书房。

打开书房的灯,黑暗的房间立刻明亮了起来,这个十几平方米的书房里有两面都是书架,靠边的位置有个大书桌,款式古旧,但是很有质感,墙面上挂了许多画,角落还有盆栽和充满艺术感的雕塑。三人顾不上欣赏这里的布置,立刻翻箱倒柜地寻找起了钥匙。

"这里有封信!"吕医生从书桌的抽屉里找到了一封经过了蜡封却还没有寄出的信件,立刻打开看了起来。

信件的原文应该是德文,但是系统很贴心地给了翻译:

给弗莱舍尔医生:

……听闻阁下刚从疫区回来,希望阁下一切安好……莎拉的情况依旧没有好转,而且越来越严重,她开始频繁出现臆想,对一切都疑神疑鬼……半夜醒来我发现她逃了出来,在婴儿房里做娃娃,她似乎坚信自己的孩子没有死。当我制止她的时候,她疯狂地质问我是否还爱她。失去孩子的事情给了她很大的打击,我安慰过她很多次,但她仍然耿耿于怀。我不需要她为我生一个正统继承人,你知道的,我一直试图避免让她怀孕,但她还是怀上了孩子,这对她而言并不是一件好事。我已经厌倦了这样的生活,看在上帝的分儿上……希望阁下拨冗前来。等待您的约翰·塞巴斯蒂安·沃尔夫。

"这封信……看来是这座城堡的男主人寄给医生的,听名字这位医生可能也是个德国人。"吕医生读完了信,摸着自己的下巴,"总觉得信息量很大啊……"

疫区……婴儿房……娃娃……孩子……医生……很多词语跳跃式地在齐乐人的脑中穿过,让他思绪万千。这封信看起来应该是男主人请医生前来为疯夫人看病,这位医生应当不是第一次来了,看沃尔夫先生的语气,他对这位医生颇为尊敬。

"待会儿去婴儿房看看吧,那里应该有什么东西。"齐乐人根据自己的游戏经验判断那里应该有个关键道具。

"唔……我觉得婴儿房那里会找到一个铁盒。"吕医生说。

"但也说不定是对付疯夫人的关键道具。"齐乐人说。

"不不不,你已经想得太复杂了,如果再探索下去会挖得太深,别忘了……"吕医生用手指在桌上飞快地写了一个D。

毕竟是D级难度。

齐乐人点了点头:"继续找钥匙吧。"

坐在沙发上听吕医生读完了信后就一直沉默不语的南璐突然低声道:"爱情总是这样,来的时候那么热烈那么疯狂,而激情消退之后,却是那么冷漠那么绝望。"

啥?吕医生一脸吃惊地看着南璐,坐在阴影中的她幽幽地叹了口气:"他已经厌倦了自己的妻子,就算她曾经如此美貌如此温柔,他们是如此相爱,当她疯了之后,他却飞快地厌倦了。所以她才会那么无助那么疯狂地质问他是否还爱她……可怜的女人,她已经被抛弃了,却还在痴心妄想着她无情的丈夫还爱着她。"

坐在沙发上的南璐抚摸着放在膝盖上的本子,翻开后递给了他们:"你们看看吧,我刚才从书架上找到的。"

齐乐人满心疑惑地接过了她递来的本子,里面是大片的空白,只有零星几页上有字。

——某年月日,阴天。今天是艾德琳的忌日,我和莎拉从墓地探望她回来,还遇到了弗莱舍尔医生。这是艾德琳离开人世的第三年。半夜醒来的时候我听见莎拉在喊艾德琳的名字,可怜的莎拉,我的妻子,艾德琳的意外发生后,她甚至比我更难过,毕竟她们一起长大情同姐妹。再过一个月我就要和莎拉前往东方,希望陌生的国度能让她忘记这片伤心地,也让我忘记一切。

——某年月日,晴。我带着莎拉抵达了东方,古堡已经修建好了,虽然我更愿意住在租界区,但是莎拉坚持想要一栋独立的城堡。她从小就习惯住在城堡里,走到哪里都有人为她服务。她喜欢这样,她也愿意为此花钱,反正这对她而言只是九牛一毛而已。我命人秘密地在城堡顶楼修建了一个花园,很早以前莎拉就说过,她喜欢在花园里绘画,当我带她去看花园之后,她高兴得像个孩子一样,她带着雷德蒙在花园里转了一圈,兴高采烈地说要在这里种满玫瑰。我想我该多请一个花匠来打理花园了。

——某年月日,阴天。莎拉怀孕了,她惊喜万分地告诉了我这个消息,我惊讶极了,弗莱舍尔医生提供的办法应当能有效避免她受孕,难道是剂量出了问题?我应该找弗莱舍尔医生来看看,不过上次他提到他要回德国一趟，恐怕得几个月后才能回来。说真的，我并不期待孩子的到来，相反，我很担心她的家族遗传病。虽然莎拉目前没有发病的迹象，但是她的母亲和外祖母生下孩子后都疯了……但是我不能告诉她我的担忧，她实在太期待有一个孩子了。愿上帝保佑。

……

……

……

——某年月日，雷雨。她还是疯了。

最后一篇日记上的那一行字写得很大，很潦草。虽然简短，好像悬挂在头顶的利剑终于落了下来，必然发生的悲剧终于发生，无法抵挡的命运终将降临。

吕医生突然疑惑地发问："南璐，你看得懂？"

齐乐人悚然一惊，对啊，这些日记都是用德语写的，他们两个人完全是依靠系统翻译，但是南璐呢？

南璐莫名其妙地看着他俩："拜托，我们好歹学了四年德语了，虽然我德语是没你好，但也不至于看不懂日常信件吧？"

好吧，这副本的设定还挺完善的，原来他们四个是德语系的大学生。

"这日记，你们怎么看？"南璐轻声问道。

"有很多内容可以挖掘，但是我们现在没必要纠结这个，早点搞定这位莎拉夫人离开这里吧。"吕医生摊了摊手，继续翻找起了钥匙。

齐乐人收起了日记本，虽然离开副本的时候这些来自副本的物品都会消失，但是他还是将日记带上了，也许待会儿用得上。他觉得疯夫人的故事并没有这么简单，但是正如吕医生所说，现在他们没必要挖掘更深的内容，以免任务难度升高。

南璐从沙发上站了起来，看着沙发后的墙面上挂着的肖像画，画像上英俊的男主人捧着一本书专心地阅读。她呢喃一般说道："他爱过她的，爱过。然而爱情就像是沙滩上的碉堡，在一浪一浪的潮水中慢慢坍塌毁坏。时光摧残之后，爱比死更冷。"

身为找东西小能手的吕医生在书桌抽屉里的暗格中找到了一把钥匙，很可能是打开地下室需要的那一把，于是三个人赶紧下楼，前往一楼。时间已经是凌晨三点四十分了，再过二十分钟他们就要回到表世界，必须在二十分钟内解决掉问题，否则就得再等一小时，谁知道表世界会不会出什么变故。

齐乐人和吕医生小声讨论任务，还得注意不要让南璐听见关于技能的事情——他也不清楚对此NPC会有什么反应。

"虽然那个妮娜浑身都是破绽，但是姑且还是听她的，不然非要刨根问底容易出事。"吕医生严肃警告了一下作死之心蠢蠢欲动的齐乐人，"你可别乱来，赶紧干掉疯夫人，咱们好回家。"

"哦……我的感应技能已经进入冷却，冷却时间太长，这次任务指望不上了，SL技能已经冷却完毕，倒是可以拼一拼。"齐乐人说。

"我的幸运技能是一点半用掉的，九十分钟过去现在也失效了，冷却时间有三小时，也就是说下次使用得在六点之后，基本也指望不上了……你自己保重，只要你活着从地窖里爬出来，我就给你治疗，包治好。"吕医生的语气里满是怜悯，似乎已经认定了齐乐人要遭遇一场不幸。

"万一死在里面了呢？"齐乐人闷闷地问道。

"你这熊孩子瞎说什么呢！好好打 BOSS 去！没事胡说什么！"吕医生一巴掌拍在齐乐人的后脑勺上，充分发挥了一个医生的威严感。

"哦。"齐乐人呆呆地应了一声，又想起了什么，小声提醒了吕医生一句，"小心南璐。"

吕医生点了点头。

走廊最深处是一个大型的厨房，十几平方米的区域内到处都是橱柜，正中用来处理食材的大方桌正上方的天花板挂满了各式各样叫不出名字的厨具，桌上还放了许多锅碗瓢盆和一些没有收拾好的食材。

"注意角落，地上有个暗格。"吕医生提醒道。

齐乐人沿着墙壁在厨房检查了一圈，地面上铺了一层白底的瓷砖，昏黄的灯光映照出他自己的身影，他蹲下用手指敲了敲地面，没感觉到哪块瓷砖下是空的。暗格到底藏在哪里？

"找不到啊……刚才要是问清楚一点就好了。"吕医生嘟哝了一声，"要不我们再去问问妮娜？时间不多了呢。"

齐乐人也从地上站了起来，蹲了太久突然起身大脑有些供血不足，他短暂地眩晕了一下，眼前的画面蒙上了一层黑影。他用力眨了眨眼睛，然后僵住了。

侧前方的碗橱橱门是玻璃的，那透明的玻璃显现出他身后的画面——一个盛装的金发女子坐在距离南璐不远处的木椅上，怀中抱着一个襁褓，她低着头，温柔地看着怀里的婴儿，似乎在轻柔地哼着摇篮曲。而就在她的脚下，满地都是尸骸。

齐乐人猛地转过身，身后靠墙的木椅上空无一人。

是幻觉，还是？

"怎么了？"吕医生看着齐乐人大步流星地向身后的椅子走去，不禁问道。

齐乐人顾不上回答他，他一把拖开木椅，手指敲了敲椅子下的那块瓷砖，里面是空的。

"就是这里。"齐乐人把匕首卡入瓷砖间的缝隙中，将它撬开了，紧邻的几块瓷砖都是松动的，等它们被挪开后，一个方形的铁门就显露出来了，应该就是地窖的入口。

"你怎么发现的？"吕医生奇怪地问道。

"我看见她了。"刚刚的幻影。齐乐人盯着地下那块略有锈迹的铁门，沉重的铁锁将它牢牢锁住。

"你看见了什么？"南璐尖锐的声音响起。

齐乐人没有回答，他冷然道："你们后退，我来开地下室。待会儿如果有什么不对，你们赶紧离开这里……"他完全没指望南璐和吕医生能帮上忙，加上寄生在他身上的寄生之种说不定会误伤队友，他宁愿一个人去面对疯夫人。

厚重的铁锁被钥匙打开，齐乐人的心跳怦怦加快，地下室的窖门在一声沉闷的声响中被拉开，露出竖直的铁爬梯和下面深深的黑暗。

齐乐人用手机的照明灯往下面照了照，灯光沿着铁梯往下蔓延，照亮了水泥地面，什么也没有。

下面一定有危险，齐乐人感觉得到，但是他还是不得不冒这个险。他权衡了一下，决定暂缓使用 SL 技能，等到发现危险后再使用。他用嘴咬住手机继续照明，一手拿着镶嵌了圣洁符文的匕首，另一手攀住铁梯，准备爬下地下室。

他的脚踩在了铁爬梯的横栏上，很结实，大半个身体已经钻进了地窖，只剩肩膀以上还在外面。齐乐人对吕医生点了点头，示意他多注意一下南璐，可惜两人的默契不足，吕医生笑呵呵地对他挥手鼓励，齐乐人一阵心累，专心爬梯子去了。

地下室自下而上地吹起了一阵冷风，手机的照明范围狭小，四周仍是大片大片的黑暗。正在往下爬的齐乐人突然脚下一空，爬梯的横栏少了一截，他往下坠了一坠，幸好手紧紧抓着爬梯，这才没有跌下去。

还不等他平复一下心情，在黑暗中踩空的那只脚却突然被什么东西缠住，拉住他脚踝的东西力气大得出奇，用力一拽将他从爬梯上拽了下来，狠狠摔在了地上。

齐乐人又一次摔得头昏眼花，但是这次比从二楼掉入画室要好得多，起码还有力气翻滚几圈，强撑起不听使唤的手臂握紧匕首。

手机已经摔在了地上，照亮了一小片区域，黑暗之中好似响起了温柔的吟唱，一点微弱的烛光亮起，然后是两点，更多更多……两排紧贴着墙壁亮起的烛火照亮了这间黑暗死寂的地下室。在那烛光的尽头，有一把背对着他的摇椅，坐在摇椅上的女人有一头金色的长发，瀑布一般披散下来。

她轻声地哼着摇篮曲。

齐乐人的视线在四周扫过，没有看见刚才将他拉入地下室的东西究竟是什么……他甚至想到了逃跑，可是一抬头，那开启的地窖门像是被一只看不见的手推动，在砰的一声巨响中被关上了，来自头顶的光线消失，也切断了他的退路。

随着地窖门的关闭,那把摇椅慢慢转了过来。摇椅上的金发女子闭着眼,怀抱着一个襁褓。

摇椅正对着他停了下来,椅子上的疯夫人慢慢睁开了眼睛——她的左眼和画像上一模一样,而她的右眼却已经不见了。

"你是来报复我的吗?"摇篮曲停了下来,疯夫人轻柔地问道。

"……"报复?谁要报复?齐乐人的大脑一片空白。

"你已经夺走了我的孩子,你还想夺走什么呢?他的爱吗?"疯夫人的声音变得阴冷了起来,她眼神空洞地看着前方,呓语一般说道,"我恨你……憎恨你……嫉妒你……回到坟墓里去吧,那才是你的归宿。呵呵呵呵……哈哈哈哈……哈哈哈哈哈哈……"

她的疯笑声越来越疯狂,她站了起来,将怀中的襁褓轻柔地放在了摇椅上。摇曳的烛光中,她完好的那半张脸如同悲悯众生的圣母,可是当她正面向齐乐人走来的时候,右眼里漆黑得可怕。

两排点燃的烛火摇晃着,有什么东西从齐乐人的脚下慢慢往上爬,抚摸着他的脚踝、膝盖。齐乐人手中的匕首猛地向那看不见的东西挥去,却什么也没碰到。什么东西?

突然,齐乐人意识到了什么。

他低下头,看着攀爬在他裤腿上的阴影,没有形体,没有质量,却真实地存在……

那是影子。

齐乐人慌乱地动了起来,那些匍匐在他脚下的影子也动了,它们以不可思议的力气将他拽倒在地,让他动弹不得。镶嵌了圣洁符文的匕首对影子毫无作用，齐乐人狠了狠心，一刀划破了自己的左臂，鲜血喷涌，匕首上的符文散发出乳白色的微光，让他的血液里也带上了微弱的圣洁之力。那满地的阴影停顿了一瞬，却再一次向他涌来。

可恶，这种没有形体的东西到底要怎么对付？眼看着阴影的力量越来越强大，齐乐人已经站不起来了，一抬头，疯夫人距离他已经不到五米！

存档，还是再拼一拼？

不，还不是存档的时候，再试一次！

微缩炸弹扔出，在不远处轰然爆炸，趴在地上的齐乐人都感觉到这股冲击力，附近的蜡烛全部熄灭，只剩地下室最深处零星的几根蜡烛还在燃烧。

齐乐人抬起头，硝烟散去之后，他看见远处躺在地上的疯夫人一动不动，好像已经在爆炸中死去了。

就这么结束了？

齐乐人有种做梦一般的不真实感，束缚着他的影子也消失了，他慢慢从地上爬了起来，步履蹒跚地向她走去……不管怎么说，先确定对方怎么样了。

微缩炸弹在地下室里留下了一个爆炸后的凹坑，齐乐人绕过了它，小心翼翼地来到疯夫人的身边。她躺在地上，金色的长发散乱着，好似已经没有了生机。

远处残存的烛火缥缈，却照不到他的脚边。在一片黑暗中，齐乐人看着眼前毫无生气的疯夫人，手中紧握着的匕首慢慢举起……

解决了她，然后结束这次任务。

后颈隐隐作痛的寄生之种在提醒着他，这个地方到处都是恶魔之力，他不能再耽搁下去了。

下定了决心，齐乐人狠狠地刺了下去！

手腕突然被一只纤瘦苍白的手牢牢握住，他根本挣脱不了。

不知何时，疯夫人已经睁开了眼睛，完好的左眼和已经变成一个窟窿的右眼一起"看"着他。

"啊，你不是艾德琳。"疯夫人叹息一般说道，"她是一个善良的、听话的、愚蠢的女人——在她还活着的时候。你的皮肤那么温暖，这是活人的温度，你不是艾德琳。"

她的完好的左眼也是空洞的，毫无焦距。

"你是我的约翰吗？"疯夫人的另一只手慢慢地抚摸上了齐乐人的脸颊，"我亲爱的，亲爱的约翰。在我不再善良不再温柔不再美丽的时候，你依旧爱着我吗？"

血液，带着恶魔气息的血液被抹在了齐乐人脸上，寄生之种像决堤的江水一样，从理智的堤坝中一泻而下，瞬间冲垮了他的意志。

这一瞬间，齐乐人只来得及存档，存档完毕的一瞬间，寄居在他后颈处的寄生之种瞬间暴涨，沿着脊椎向全身蔓延开去，来自恶魔的力量灌注全身，一种嗜血杀戮的渴望侵占了齐乐人的头脑。

齐乐人被紧握的手腕充满了力量，他反手抡起拉住他的疯夫人，将她狠狠摔了出去。疯夫人的身体冲撞在了旁边的墙壁上，掀飞了几根早已熄灭的蜡烛。

"怪物……你是怪物！"疯夫人浑身颤抖。

齐乐人站了起来，眼神空洞地一步步向她走去。

四周熄灭的烛火再次亮起，偌大的地下室灯火通明，这耀眼刺目的摇曳烛光中，无数影子再次复苏，潮水一般涌向齐乐人。

齐乐人还在往前走。那些疯狂的影子仿佛狂风中的树枝一般摇晃拍打，可是在快要接触到齐乐人的一瞬间却好似被看不见的屏障阻挡，无法缠上他，只能在他身边徒劳地挣扎扭动。

低等的魔物，呵。

齐乐人的脑中响起一个不属于他的声音，那是一串突然在他脑海中出现的意识。

他的寄生之种在说话。

可如今他的大脑和身体被控制着，他无法做出任何反应。

他来到了疯夫人面前，右手死死卡住了她的脖子，将她提了起来。

疯夫人张大了嘴，她的双脚已经脱离了地面，她的双腿挣扎踢蹬着，可是力量微弱。

齐乐人嫌恶地丢开了镶嵌了圣洁符文的匕首，金属匕首落在地上跳动了两下，再无动静。挣扎不休的疯夫人浑身一颤，身体软了下来。一股恶魔之力从她的身上涌出，沿着齐乐人的手被寄生之种吞噬殆尽。

快醒过来。

醒过来啊！

被困在意识深处的他呼喊着，齐乐人的手指抽搐了一下，他在努力和寄生之种争夺身体的控制权。可是不像上一次激发寄生之种，这一次它吸纳了新的恶魔之力，变得愈加强大，也愈加贪婪。

他最多只有几秒钟的机会，齐乐人突然爆发，一头撞在了粗糙的墙面上，剧痛让他瞬间清醒，那盘踞在他意识中的寄生之种不甘地退去了，理智和控制力再一次回到了他的身体中。

齐乐人瘫坐在地上，额头上缓缓淌下了鲜血，可此时他已经顾不上这些了，疲惫感从心底涌了上来，让身体变得迟钝。

血液的味道。偃旗息鼓的寄生之种似乎又蠢蠢欲动了起来，齐乐人从包裹里拿出圣水抿了一口，又将它压制了回去。

圣水中那股圣洁的力量又给他的身体注入了些许的活力，至少他有力气站起来了。

头上的伤口不严重，齐乐人直接用毛巾捂上，准备待会儿出去让吕医生简单包扎一下，尽量还是不要浪费他的技能了。倒是手臂上那道自己划开的伤口有点深，他用绷带缠紧了以免大出血，试探性地张开手掌又握拳，发现没有损伤到神经，看来不会太影响战斗。

齐乐人捡起刚才被丢在一旁的符文匕首握在手里，向地下室更深处走去。

最初疯夫人所在的摇椅上放了一个小小的襁褓，走得近了才发现那并不是活的婴儿，而是一个布娃娃，它的造型粗糙，看起来是用布缝制的。齐乐人迟疑了一下，拿了起来。

"呀——！"布娃娃发出了一声尖叫，吓得齐乐人将它丢在了地上，一脚踩了上去。

脚下的布娃娃挣扎扭动了起来，齐乐人想也不想地用匕首刺了下去，被匕首刺中的布娃娃发出了更加凄惨的叫声，然后不再动弹了。

齐乐人踢了踢它，布娃娃终于没了动静，看起来就像是一个寻常的玩具。

齐乐人在地下室翻找了起来，很快在摇椅背后的墙面上发现了一个暗格。拉开暗格后是一个内嵌式的柜子，里面有两层抽屉。齐乐人的心跳加快，他有种奇妙的预感，而且是不祥的预感。

拉开第一个抽屉，是一个铁盒，系统提示再次出现："得到恶魔的祭品3/6"。

铁盒开启，映入眼帘的是一只眼球，眼球早已蒙上了一层灰白，看起来浑浊不堪。齐乐人立刻联想起了疯夫人那只空荡荡的右眼。

身后突然亮起了微光，齐乐人转过头，再一次看到了幻影——每一次他发现恶魔祭品之后都会出现的幻影。

看不清面目的疯夫人徘徊在地窖中，对着地窖的大门嘶吼："把门打开！让我出去！你们这些卑贱的、叛逆的奴仆！是谁允许你们把我关在这里的！"

地窖外传来了钥匙开锁的声音，疯夫人欣喜地看向窖门，头顶的窖门打开，一个盛放了食物的篮子被绳索放了下来，落在了地上。

疯夫人怨毒的眼睛看着头顶："妮娜，连你也背叛我了吗？"

窖门外传来一个颤抖的声音："夫人，我没有……让您待在这里是先生的命令。"

疯夫人狂怒地叫道："我才是你们的主人！我才是！让我出去！我命令你！放我出去！"

门外传来妮娜小声的啜泣声，在疯夫人咆哮的怒吼中微不可闻，很快疯夫人就累了，坐倒在地上呆呆地看着头顶，看着妮娜。

许久，已经停止了哭泣的妮娜低声说道："夫人，我要走了……但我会忘记锁上地窖的门，如果您……您想……我愿意帮助您回去的，我愿意……为您做任何事，只要您能好起来。"

疯夫人迷惘地看着头顶，对她的话语毫无反应，等到地窖门再一次关上,她突然咯咯笑了起来,慢慢将手按在了自己完好的右眼上……

"再一个,又一个,亲爱的,我就可以……呵呵呵……哈哈哈哈……"

幻影渐渐暗淡,和呢喃的疯言疯语一起,沉寂在了齐乐人眼前。

铁盒里的东西让齐乐人感到一阵恶心,他用布包着它,塞进了自己的包裹里,准备到时候交给吕医生保管。这铁盒上的恶魔之力让他觉得很不舒服,幻影里那个疯狂的莎拉夫人也让他感到不适。

暗格里还有一层抽屉……

借着昏暗的烛光,齐乐人缓缓拉开了抽屉:金属的反光第一时间映入他的眼帘,然后是一个熟悉的商标。齐乐人瞪大了双眼,目瞪口呆地看着里面的东西。

有一瞬间他觉得自己是在做梦,一定是在做梦,因为只有梦里才会出现如此荒诞的事情。

他竟然在这里看到了,这场噩梦的起源。

无数凌乱的画面在他脑中闪过,下载了《噩梦游戏》的他,百无聊赖试玩的他,电脑黑屏后郁闷的他,拿着电脑坐上公交去维修的他……在医院醒来的他。

他的人生,从那一天起就走上了一条违背常理的歧路。他不断受伤,不断死去,然后活过来,这种复活的"恩赐"并没有让他觉得幸运,而是感觉到更深、更深的痛苦。

但是现在,他还能再支撑一会儿……再支撑一会儿。

齐乐人的手指轻轻碰上了抽屉里的那台手提电脑,它看起来是如此熟悉,连不小心磕碰过的划痕都还在。他尽量平静地将它拿了出来,和团成一团的电源线一起。

抽屉的底部有一行字——保守这个秘密。

齐乐人死死凝视着这一行字，它慢慢地褪去了颜色，消失在了木制的抽屉里，留下一个色彩斑斓的彩蛋。

复活彩蛋——持有彩蛋的玩家，在尸体保持完整的情况下死亡，将在七天后复活并返还所有技能和道具。如果玩家持有其他复活类道具或技能，复活彩蛋的使用顺序排在最后。剩余使用次数 1/1。

这个道具……齐乐人拿着复活彩蛋震惊不已。这种复活道具怎么可能这么简单就拿到手？这绝对……绝对不正常！

他应该再认真思考一下，至少想想为什么会突然拿到这种复活道具，可是此时他满心都被这台莫名其妙出现的手提电脑占据，只能草草地将东西塞进了物品栏，没有再深思。

手提电脑拿在手上，冰冷，沉重。齐乐人颤抖着手将它翻了开来，按下了开机键，这一次它像是没有坏过一样，正常地开启。当桌面上出现噩梦游戏的图标时，齐乐人情不自禁地哆嗦了一下，他都不知道自己该不该再一次点开这个游戏图标。

会发生什么？

就在他天人交战的时候，屏幕上已经出现了"电源不足，正在关机"的提示，刚刚开启没多久的手提电脑，再一次关机了。

屏幕恢复了一片漆黑，齐乐人呆呆地站在那里，良久没有动作。

究竟是谁，或者说是什么东西在指引他？明明已经遗失在外面世界的手提电脑，竟然出现在了这个普通的副本中，而抽屉里那行消失的血字提示，又是想告诉他什么？

他觉得自己什么都不知道，也不想知道。

可一无所知就能逃避一切吗？

哪怕明知这是条危险至极的道路，他还是要继续往前走……

下定了决心，齐乐人将手提电脑放回物品栏，准备回到黄昏之乡后找陈百七了解一下怎么解决电源问题。他依稀记得黄昏之乡里有人做过变压器用以解决黄昏之乡的标准电压和现实世界不同的问题，目的是用黄昏之乡的电源给自己从现实世界带进噩梦世界的手机充电。但也只有现实世界里的物品可以带进噩梦世界，那之后无论是在哪个副本世界，那些源于副本世界的物品都无法被带入噩梦世界。所以，未来高科技世界副本中，那些令人垂涎的武器和道具都无法被带回噩梦世界——不知道他手上的这台电脑到底会被判定为从现实世界带入，还是从副本世界带入，如果是后者……

齐乐人竟然隐隐希望是后者，但他觉得能将电脑和复活彩蛋以这种形式送到他眼前的"人"，绝对不会忘记这个设定。这台笔记本电脑，应当是能跟着他回到噩梦世界的。

冷静下来后齐乐人又检查了一遍地下室，确认没有更多的线索后，他捡起一开始就掉落在地上的手机。它已经没电了，不过回到黄昏之乡，他会考虑买个玩家制作的充电器的。

临走前，齐乐人又回头看了一眼疯夫人，这个BOSS本身竟然没有带给他任何奖励，这让他有点失望。不过一个D级难度的副本任务，他本来就不该有多少期待吧——虽然他觉得这个D级难度和正常概念的D级难度有点出入……反倒是那个暗格里，竟然有一个复活道具！这个道具的来历诡异，加上那台手提电脑……简直令人不寒而栗。

爬上铁梯，齐乐人用力往上推地窖的铁门，铁门纹丝不动，他又试了试，窖门稍稍动弹了一下，但是却好像被什么东西压住了一般，完全推不上去。

"喂，有人吗？开门啊！"蒙了的齐乐人敲了敲铁门喊道。

透过铁门，他听见了吕医生的声音，模糊却充满生气："什么？你还活着啊？！"

"吕仓曙你是不是把铁门锁上了！"

"当然啦，万一你死在下面，BOSS却冲了出来怎么办？"

"滚！开门开门！"齐乐人刚才沉重的心情消失了，一边拍门一边骂道。

"为了防止你被附身或者怪物用你的声音骗我，开门前我要问你三个问题，请认真作答，答错了我是不会开门的。"吕医生在门外说道。

"快说！"

"第一，你叫什么名字？"

"齐乐人。"

"你女神叫什么名字？"

"我拒绝回答。"

"不要逃避问题，认真回答，不然我是不会开门的。"

"好吧，叫宁舟，另外他是男的。"

"我曾经用一句话概括过你们的故事，请复述一遍。"

"两个男孩互相把对方当作了女孩子。"

"回答正确！"

门外的吕医生给他开了锁，铁门开启的一瞬间，齐乐人像兔子一样蹿了出来，一把将吕医生按在地上，手上的匕首抵着他的额头，居高临下地俯视他："吕仓曙，准备好受死了吗？"

吕医生大惊失色："有话好好说！咱能不动手吗？"

齐乐人用匕首的侧面拍了拍他的脸颊，杀气腾腾地反问："你说呢？"

"你看，南璐早就吓跑了，我还冒着生命危险在这里等你，这是何等高尚的情操！虽然锁门是不太厚道，不过这也是出于安全考虑啊！求不杀！"吕医生屁道。

齐乐人皱了皱眉："南璐跑了？什么时候？"

"呃，你摔下去地窖门自己关上后，她尖叫一声，跑了。"吕医生说。

齐乐人收起匕首，也没心情继续吓唬吕医生了，起身说："BOSS已经解决了，的确是疯夫人，我还找到了一个恶魔的祭品，你一起拿着……"

吕医生接过第三件恶魔的祭品，打开一看，顿时喊了一声："妈呀！"

"疯夫人的右眼只有一个血窟窿，会操纵影子，我刚下去的时候……"齐乐人将地下室里发生的事情简单说了一遍，当然略过了寄生之种的事情，只说是用炸弹解决了疯夫人，手提电脑和复活彩蛋的事情更是一个字都没提，倒是说了一下那个会动的布娃娃。

"看来这位莎拉夫人是真的疯了啊，还有那个妮娜，原来她对莎拉夫人还蛮忠心的……"吕医生感慨道，"哦，你头上的伤看起来有点惨啊，要我帮你治疗一下吗？"

齐乐人摸了摸头，已经不流血了："算了，没有头晕恶心，不严重。"

"那应该没有脑震荡。"吕医生说。

"走吧，去看看南璐跑到哪里去了。"齐乐人说着，和吕医生一起走出了厨房，向大厅的方向走去。

"当——当——当——当——"四声钟声响起，古堡在钟声中迅速度过了几十年的时光，变得陈旧破败，脚下的木板变得松脆，走在上面发出咯吱咯吱的声响，四周精美的雕塑和挂饰都蒙上了一层厚厚的灰，依稀还有烧过的痕迹。

"现在BOSS已经解决了，我们是不是可以回去了？但是为什么没有系统提示？"吕医生问道。

"任务要求说是要离开古堡，我们现在还没离开，不能算完成任务吧。"齐乐人猜测道。

"哦，有道理……齐乐人你看！"正说着，吕医生的手电筒照向了大门的位置，原本消失的厚重大门竟然再一次出现了！

"我们可以出去了？"齐乐人也惊喜了一下。

"果然是简单的任务啊。"吕医生兴奋地说着，两人快步向木门走去。

身后遥远的地方传来了有节奏的脚步声，像是皮鞋踩在地板上的声音，还有手杖有节奏地在地上敲击着的清脆声响。

两人同一时间回过头去，在那弧形的楼梯上，有人一手举着一个精致的烛台，一手拿着手杖走了下来。

昏黄的烛光中，来人穿着一身英伦风格的三件套西装，绅士气质十足地对两人笑道："晚上好，又见面了。"

破败的古堡中，突然出现的他就像是一道光，照亮了这片死气沉沉的危险地带。

"苏和？！"齐乐人和吕医生异口同声地叫出了来人的名字。

苏和微笑着对他们点了点头，温和地说道："看到调查任务的名称是'古堡惊魂'，我还特意换了一身符合任务名称的装束，没想到反而是多此一举了。"

"这个任务也出了Bug吗?"吕医生立刻意识到了为什么苏和会在这里,一定是因为这个任务和新手村一样,出现了异常。

Bug?齐乐人忽地心跳加快,这里能称为Bug的东西……

就在他的物品栏里。

苏和含笑点了点头,烛光中俊美无瑕的他就像是在黑夜中苏醒的血族,优雅从容,并且强大。他在两人面前站定,不着痕迹地多看了齐乐人一眼,那清冷却温和的声线在黑暗中响起,如同月夜奏响的小提琴:"如果方便的话,我想和两位谈一谈,单独。"

【4】

"当然没问题。"齐乐人率先回应了苏和的要求,神情坦然,毫无异样。

现在他有点明白了,为什么审判所训练他的第一件事,就是教他如何说谎,这实在是一个很实用的技能。

反倒是吕医生有点莫名其妙,他看了看苏和,有点紧张地问道:"谈什么?"

苏和微微一笑,像是在舞会上邀请对方跳舞一般,微微弯腰,一手背在身后,另一手伸到了吕医生的面前。吕医生狐疑地看了他一眼,顺从地放上了自己的手。

两人只在齐乐人眼前静止了两三秒的时间,吕医生就抽回了手,一脸惊叹地说:"哇哦,黎明之乡看起来真美!和黄昏之乡完全不是一个风格啊,我喜欢黎明之乡!"

苏和含笑点头:"的确风格迥异,不过我倒是很喜欢黄昏之乡,热闹而且真实,黎明之乡实在是太安静了一些。"

两人的对话让齐乐人有点摸不着头脑:"你们在说什么?"

"你也试试,很有趣的!"吕医生推了齐乐人一把催促他。

苏和也对他伸出了手,他戴着一副白色的手套,显得手指越发修长。齐乐人若无其事地看向他的眼睛,苏和也正看着他,那是不带任何探究和恶意的眼神,平静又温柔,当他这样看着一个人的时候,很难有人能够拒绝他。

齐乐人伸出了自己的手。

双手交触的一瞬间,齐乐人的眼前一片光影缭绕,转眼他竟然站在一座高塔上,碧蓝的天空中飘浮着几片白色的云朵,放眼望去,脚下竟然是无数飘浮在空中的岛屿,在一望无垠的蓝色天幕中仿佛一群白鸽一般。而遥远的东方,一轮明亮的朝阳正从山峦深处冉冉升起,驱散了黑暗和冰冷,让人心生温暖。

"这就是黎明之乡?"齐乐人站到了白色的扶栏边上,惊叹地看着这方奇幻华美的地界。

"正是黎明之乡,当然,只是我记忆里的样子构造出来的领域而已。希望有一天能带你去那里看看。"苏和走到了他身边,和他一起眺望宁静幻美的黎明之乡。

"希望吧……"还活在寄生之种的阴影下朝不保夕的齐乐人,还没想过那么远的事情,"不过,领域是什么?"

"唔,简单来说,领域是一种自行构建的小世界。如果你足够强大,你甚至可以构建出类似一个副本的领域,领域内的世界和外面的世界时间流速不同,所以在领域内休息和训练,都有不错的效果。"苏和说道。

齐乐人从来不知道还有这种东西，他的阅历还是太浅薄了："每个人都会有领域吗？"

"当然不是。"苏和温和地笑了，耐心道，"在噩梦世界里拥有领域的人，应该不超过三十个吧。"

齐乐人咽了咽口水，面对苏和的心理压力更大了。

黎明之乡的空气清新，不像黄昏之乡到处充斥着一种机油的气味，耳边也永远是轰鸣的机械声，这里安静得根本不像有人的样子。可是此时的齐乐人根本无心欣赏风景，紧张地思索该如何在苏和面前瞒天过海。

只要他死不承认，苏和也没有任何证据可以证明任务出错和他有关吧？就算他是个来自黎明之乡的高级玩家，甚至可以算是半个GM，他也不可能知道他在进入噩梦世界前的经历。

"齐乐人。"苏和的声音在耳边响起。

做好了心理准备的齐乐人抬起头，随时准备接受苏和的审问。

苏和正看着他，褪去了嘴角的弧度，他看起来比以往更严肃："刚才我就注意到了……你脖子后面的那个东西，究竟是怎么回事？"

齐乐人没能掩饰住自己那一刻的震惊，愕然地看着苏和。

他竟然发现了？而且是一眼就发现了寄生之种？

"我对恶魔之力有些研究，那种气息是瞒不过我的。"苏和微微一叹，走到露台的中央，拉开小圆桌旁的椅子，"坐吧，我们谈谈。"

齐乐人就像是被老师抓到作弊的学生一样，忐忑地走到了桌边，迟疑了一下，还是坐了下来。

白色的小圆桌上放着一套精美的茶具，苏和摘下手套，一声不吭地给他泡了一壶红茶，将杯子放在他面前。沉默的苏和给了齐乐人更大的压力,他宁可苏和质问他,也不想他这样沉默不语。

坐立不安的齐乐人脑中已经转过了无数个念头,抵死不认?不可能,苏和都已经发现了,绝对瞒不住。老实交代?更不可能,审判所的要求就是他绝对不能透露自己的卧底身份。直说意外被感染?好像……也只能这样了。

等苏和泡好了红茶,齐乐人已经想好了对策,冷静了下来。

"虽然没有离开多久,但是再次见到你的时候,你已经比一开始成长了很多啊。"苏和没有一开口就询问起寄生之种的事情,而是感慨似的和他叙旧。

齐乐人有点找不准他的节奏,只好先和他聊下去:"因为发生了很多事情,在生死边缘挣扎的时候,人总是会成长得快一些。"

杯中的红茶散发着袅袅的雾气,满是浓郁香醇的气息。在这个高耸入云的白塔顶部露台,各怀心思的两个人若无其事地聊起了这些天的经历。

"那天把你送到开启献祭女巫任务的玛卡村后,我担心了很久,那个任务涉及恶魔,你一个新人很容易遭遇不测,我让一个黄昏之乡的朋友留意了一下你的情况,得知你还活着的消息,真是太好了……嗯,太好了。"苏和毫不掩饰他的关心,语气欣然地说道。

齐乐人却越发愧疚,苏和一直很关照他,可是他却要欺骗他……

有一瞬间他想把一切事情都和盘托出,将他一直以来的忐忑、痛苦、迷惘、愧疚都倾诉出来,他的心里藏了太多的秘密,压得他不堪重负。

"我……我没事,献祭女巫的任务的确很危险,不过我的运气还不错。"齐乐人强笑着说道。

虽然运气从来不站在他这一边,但是他还是活到了最后。也许他所有的运气都用在了遇见宁舟身上,如果不是宁舟,他绝对活不过献祭女巫的任务。

苏和露出了感兴趣的表情:"哦?我对涉及恶魔的任务还挺有兴趣,能和我说说吗?"

齐乐人顿时陷入了为难,如果要说,势必会提到宁舟,但是如果拒绝……他实在不忍心再让苏和失望了。

"你要是发誓不笑我的话,我就告诉你。"齐乐人郁郁地说。

苏和有些惊讶地看着他:"我当然不会笑话你。如果我的要求让你觉得为难的话,我很抱歉……其实我也不是非知道不可。"

说着,他有点歉意地对齐乐人点了点头,为自己贸然提出的要求令他为难致歉。

齐乐人最后一丝芥蒂为难也散去了:"不,我没觉得为难,这个任务有些地方我也觉得很奇怪,我想听听你的看法。"

苏和眨了眨眼说道:"你说的话,我会认真听的。"

"献祭女巫的任务有一点很特殊的地方,就像它的任务名称一样,参与的对象是'女巫'。所以任务一开始,我在马车上醒来后发现,自己变成了一个……女孩子。"

正在给齐乐人添红茶的苏和手一抖,洁白的桌布上多了两滴茶渍。

齐乐人的眼神顿时幽怨了起来,他果然是想笑吧:"你答应不笑话我的。"

苏和握拳抵在嘴边轻咳了两声:"我没有笑。"

话虽如此,他带着笑意的眼神却是藏不住的:"我只是在想,你变成女孩子的话,会是什么样子……"

"就是很普通的那种样子。"齐乐人面无表情地说道。

"我的感觉告诉我,一定是个非常可爱的女孩子。"苏和笑着指了指自己的眼角,"你的眼睛很好看,外眼角偏下,如果是个女孩子的话,会是非常明显的下垂眼,看上去就会非常无辜。"

"然后是嘴唇,唇形很好,上唇中间的唇珠很明显,嘴角又有点翘。"苏和的食指放在自己的嘴唇上,像是噤声的手势一般,"有这种唇形的女孩子,一定很可爱。"

"打住打住,我们现在不是在讨论这种问题,我是男人,男人,OK?"齐乐人莫名觉得臊得慌,赶紧叫停了苏和的猜想。他暗暗觉得,以苏和的长相,一半妹子已经倒在了他的西装裤下,更可怕的是他还很会说话,只怕另一半妹子也把持不住了。

虽然好像有点遗憾,但苏和很配合地点了点头,认真地听他说了下去。

再次说到宁舟的时候,齐乐人的心境已经平复了,他能很冷静客观地描述他,而不是一腔悲愤了。宁舟的事情齐乐人没有说太多,技能方面的事情基本都含糊了过去,甚至连名字也没有说出来。他只说到了他们打败了叶侠,结束了任务,回到黄昏之乡后的事情就没再说下去了。

苏和安静地听完了,他实在是个很合格的听众,从不胡乱发表意见,也不追问他不想说的事情。

"大概就是这样了,你怎么看?"齐乐人惆怅地说。

苏和的手交叠着放在茶杯旁,左右手的食指不断上下交换着位置,似乎在思考着什么。蓝天白云下空旷无声的世界里,他沉默了很久,然后很轻地叹了口气:"你说的'那个人',是个男人吧。"

齐乐人端着茶杯喝了一口香醇的红茶,试图掩饰自己这一刻复杂的心情:"你怎么发现的?"

"很多细节。很多地方你刻意回避提起他，除非不得不说到的时候。你只说你的作为，你为他冒死引开骨龙，又为他最后时刻连续读档三次，却绝口不提他的反应，但不说我也猜得到，除非是个铁石心肠的人，否则怎么做得到对这样的你无动于衷？你们后来必然是见面了的，只是结果令人惋惜。最重要的一点，你全程没有用指代异性的词汇去描述他，你只说'那个人'，甚至有一次你说漏嘴用了'女神'这个词，但是你又立刻纠正回了'那个人'。综合这个副本会让男性暂时变化成女性的外表，和你开始陈述前的欲言又止，很容易就可以联想到答案。"苏和慢条斯理地说着自己的分析，每一点都切中要害。

在苏和面前，齐乐人实在是很难藏得住自己。

"是的，就像你猜的那样，任务结束后我们见了一面，然后……就没有然后了。"齐乐人苦笑了一下，他没有说扫墓的事情，更不会把宁舟放在墓碑前的那个首饰盒说出来。

他不会告诉苏和，他带走了那个礼物。

"我应该对你说'我很遗憾'，不过我想你应当并不想听一些无聊的安慰。"苏和端起红茶啜了一口，放下漂亮的白瓷茶杯说道。

齐乐人支着侧脸，看着高塔外无垠的蓝天，闷闷地嗯了一声。

"其实……我并不太理解。"苏和的声音唤回了齐乐人的注意，他微微蹙眉，露出困惑的神情，"在我看来，男性和女性并没有本质上的区别，同为人类，性灵是相通的。"

苏和的语速很慢，声音温柔，被凝视着的齐乐人甚至有一种错觉——他对苏和来说是特别的。这种认知让他有些许的不安，他立刻表达了反对的意见："还是不一样的……男女之间天生就有一种吸引力，哪怕没有好感,也会情不自禁地特别关注……"

"你是想说两性之间的吸引力吗?"苏和含笑问道。

"啊?"齐乐人有点发愣。

苏和单手托腮,闲适地看着他,笑得有些高深莫测:"这就要看技巧了。各种方面的……技巧。"

齐乐人立马干咳了两声:"我们扯太远了。"

"啊,因为领域内的时间流速和外界相差很大,不知不觉就忘了还在任务中,而且和你聊天实在是很愉快的事情……言归正传吧。"苏和笔直地做好,双手交叉放在桌上,凝重地问道,"你脖子后的那个东西,你想除掉它吗?"

除掉寄生之种?齐乐人愕然地抬起头,呆呆地看着苏和,一时间竟好似没听懂一般。

"你没听错,之前我也说过,我对恶魔之力还有些研究,我猜你身上的那个恶魔烙印应该是寄生之种。这个东西短时间内的确能增强人的战斗力,可它却会逐渐侵蚀人的理智,你会发现自己越来越难以控制住它,直到有一天……你彻底沦为它的奴隶。"

朝阳洒落在这座高塔上,他们在高塔顶端由四根柱子支撑起来的圆形穹顶下的露台上,四面都透风,只有一层半人高的围栏环绕着露台。苏和领域中的黎明之乡阳光明媚、微风和煦,可是齐乐人的心情却是难言的沉重。

他很想一口答应下来,毫不犹豫地答应,这样他就可以立刻摆脱这个危险的定时炸弹,但是他又时刻记得他和审判所的契约。要毁约吗?他应该这么做吗?

"要……怎么去掉它？"齐乐人问道。

"说起来有点复杂，需要去一个很远的地方。如果你愿意的话，这个任务结束后，我会带你离开，恐怕有一段时间你不能回黄昏之乡了。"苏和的提议充满了诱惑力，"这个世界里还有很多很多不为人知的地方，有各种奇妙的事情，自然也有去除恶魔烙印的方法……我不能百分百确定，但是七八成的把握还是有的，即便不成功，我也会帮你想别的办法。总之，我不会眼看着你走上绝路的。"

我不会眼看着你走上绝路的。齐乐人的心脏痉挛一般疼痛了一下，眼睛里竟有一点湿意。他没跟任何人说起过，也不敢告诉别人，一直以来他是多么孤立无援，不断受伤，不断送死，听天由命，前路渺茫，他对未来毫无把握，没有任何人能替他分担他承受的压力。

他很害怕，害怕自己某天突然死去，再也无法苏醒，然后这个沉甸甸的秘密就跟随着他一起长眠在这个世界里，再没人知道关于那台手提电脑的线索。

有一瞬间他想把一切都说出来，将《噩梦游戏》的秘密告诉苏和，他比他强太多了，也许他有办法可以轻易解决，拯救这个世界。

可是嘴唇翕动的一刹那，抽屉里那行字再次浮现在了他的脑海中——保守这个秘密。已经来到唇边的话语再次哽住了，和唾液一起咽了回去。

齐乐人闭着眼，很久很久，他用沙哑的声音说道："谢谢你。但是……很抱歉，我恐怕要辜负你的好意了。"

他必须拒绝，如果不拒绝，他迟早会忍不住说出一切。

风里传来苏和微不可闻的叹息声："是这样吗？我明白了。"

"实在对不起。"齐乐人再一次道歉。

苏和摇了摇头:"我知道,你一定有你的理由。如果未来有天你需要我的帮助,你尽可以联系我,我会帮你想办法的。"

齐乐人沉默地点了点头,内心的疑问再次涌了上来:"可为什么……"为什么要帮他?

苏和气定神闲的神情里终于流露出一丝淡淡的迷惘和惆怅:"我也不知道。人这一生总是面临很多很多的选择,有时候,连你自己都不知道,为什么会这么做。就像这一次,我很明白自己为什么会来到这里,系统不会犯两次同样的错误。假设上一次是因为凶手扰乱了新手村秩序,那么这一次呢?这一次又是为什么,系统发出了错误警报?"

齐乐人的神经一下子绷紧了,冷汗刷地从背后流了下来。他怎么能忘了呢,苏和出现在这里可不是为了和他叙旧来的!那温和的表象下,他敏锐的观察力早已看穿了他,他到底发现了多少东西?

"我……"齐乐人试图说些什么,可是苏和却轻轻将食指放在了自己的唇边止住了他还未出口的话。

"不要说。"苏和说道。

"可为什么……"齐乐人真的有点搞不懂苏和了。

"也不要问。"苏和又道,"当我做下选择的这一刻,这已经不是你一个人的事情了。现在它是我们两个人的秘密,但是如果现在你说出来,我就不能帮你保守秘密了。也不要问我为什么,我说过,很多时候,人总是会做出自己也不理解的选择。不过既然做出了选择,就永远不要后悔。"

齐乐人的心里堵得慌,那种倾诉一切的冲动再一次浮现,可他仍是不能说。

信守承诺,保守秘密,哪怕要用上谎言。

"我……我还有点问题……关于这个任务,似乎出现了涉及恶魔信仰的东西。"齐乐人强迫自己转移注意力,抓紧时间向对此颇有研究的苏和问了起来。

苏和认真地听他说着,即便两人刚刚进行了一场遗憾的谈话,即便他的善意被人拒绝,他的气度和修养让他没有表露出分毫的负面情绪,平静得一如既往。

直到齐乐人说完和疯夫人的对战,讲述了他如何在寄生之种爆发时失控杀死疯夫人的故事后,苏和才开口道:"之前吕医生也跟我说了一下这一次的任务,你们发现了一个很有意思的事情。"

"怎么说?"

"在过去这些年,也有不少玩家发现,在主世界外的副本世界里也出现了恶魔之力,只是不清楚究竟为什么主世界的恶魔竟然干扰到了副本世界的生成,但是它的存在已经非常普遍了,系统并不会对这种被污染的副本报错,也不会去净化副本。这些被污染的副本世界会出现一些不寻常的变化,至少在难度上会有不同程度的提升,所以导致不少玩家遇上了超过自己实力的副本,造成意外死亡。"苏和解释说。

好吧,看来D级难度玩得如此艰难并不全是他的幸运值的关系,齐乐人略感欣慰。

"不过你在BOSS战的时候还是犯了不少错误,不然你可以更简单地解决掉这位疯夫人,当然也有可能是我从你的叙述角度来看问题,反而陷入了思维误区里。"苏和说着,有点歉然地笑了笑,似乎对指出他的错误有点不好意思,"你想听吗?"

"当然!"齐乐人不假思索地说。

"第一个是关于缠住你的影子。它第一次出现在你叼着照明用的手机往下爬的时候；第二次出现于地下室的蜡烛亮起后，但是在你的炸弹爆炸导致大部分蜡烛熄灭，你身处黑暗后，它就消失了；第三次是疯夫人号叫后熄灭的蜡烛再次亮起，但是这时候影子却无法伤害到被寄生之种控制的你了。很显然，这个影子是因为光源的出现而出现的，所以这一战，你所携带的光源不应该朝向你自己，包括那些蜡烛，最好是熄灭它们。考虑到这是个双人副本，两个玩家应该互相协作，但是你却孤身一人下去了，导致孤立无援的你面临的局面更加危险，这是第一个错误。"苏和冷静地说着自己的分析。

齐乐人醍醐灌顶，对啊，那个让他惊惧不安的影子，其实并不难对付，但危急时刻他根本没办法冷静思考这种问题。

"第二点，你在对战疯夫人的时候完全采用了硬碰硬的办法，但是你记得吗？你说过一开始她抱着一个布娃娃，并且将它小心放在了摇椅上。在战胜疯夫人后你抓起了娃娃，它似乎是个有反应的活物。这个布娃娃恐怕不简单，联系到疯夫人流产的线索，这个布娃娃应该是她的弱点，如果一开始你就直奔布娃娃将它杀死，也许战斗会更快结束。另外就是恶魔的祭品，我觉得这些东西并不只是为了向玩家揭露当年的真相，而是可以对BOSS产生影响的，但是你一件都没有带上，全都放在了吕医生那里。"

齐乐人神情凝重地点头。

"最后一点，倒不是BOSS战时的错误了。"苏和突然笑了起来，俊美的眉眼在霞光中一派温柔，"你竟然一头撞在了墙上强迫自己从寄生之种的控制中醒来。"

齐乐人摸了摸额头，苦笑了一下："我这不是没办法吗……"

"可我觉得,你还有一个选择。"苏和笑道。

"什么?"齐乐人话音刚落,一个念头电光石火一般在他的大脑中闪现。

"我记得你在被寄生之种控制前存过档,如果存档时间允许……"苏和的声音低了下去,最后化为幽幽一叹,"我不确定你的技能的原理,但是有可能寄生之种也会因为你的读档而'退化'回存档那一刻的状态,对现在的你来说,它少爆发一次就意味着你能多活一阵子。是读档的危害大,还是寄生之种的危害大,你可以自己考量。"

齐乐人张了张嘴,说不上是惊喜还是无奈,他仍然要依靠 SL 技能艰难求生下去,苏和的猜测应该是正确的,如果他在存档后故意引动寄生之种,然后再自杀读档,寄生之种应当也会随着他的死亡回到存档那一刻的状态,但前提是他得把握得住那短暂的清明,否则将沦陷在寄生之种的控制中。

苏和站起身来,慢慢走到他身后,温言道:"低头,让我看看它的情况。"

齐乐人低下头,衣服的后领被轻轻拉开,微凉的空气灌入了脖子里,让人哆嗦了一下。苏和的手指在那个时不时刺痛的地方碰触了一下,有点冷,也有点痒。

"寄生之种的传播通常是通过特定仪式,但是我相信你是不会自甘堕落去求助杀戮魔王的信徒们的,所以是意外感染?"苏和站在他身后问道。

"嗯。"齐乐人简单说了下飞船上发生的意外。

"这么短的时间内它的成长速度已经超过正常水平了。"苏和叹了口气,替他整理了一下拉开的衣领,然后回到了自己的座位边,"差不多该离开了,走吧。"

齐乐人捂着自己的后颈,沉默地点了点头。

领域中黎明之乡的世界开始变暗，一眨眼的工夫，他们已经回到了古堡之中。

两人一回到副本世界就看到吕医生站在他们中间，盯着两人交握的手看，见两个人动了起来，他还惊讶了一下："这么快？就五六秒啊！"

"领域内的时间流速和外面差别很大，我们在里面谈了将近一个小时。"苏和说道。

吕医生张着嘴，羡慕道："这么好，那岂不是可以在领域里随便休息了？受了伤也可以在领域内养好？"

苏和微笑道："那得等领域进化后将身体一起带进去才行，而且领域还是有很多限制的，如果是我自己的任务，任务期间应当是无法开启领域的，系统对此有限制。"

"哦……"吕医生有点失望，随即又振奋了起来，"我们是不是该回去了？"

"嗯？你们要结束任务了吗？目前你们的完成度只有……百分之四十五。"苏和闭上眼，似乎在确认某种信息，然后对他们报出了任务的完成度。

"百分之三十就可以拿到二十天生存天数了！"吕医生开心地说道，丝毫不贪心。

苏和似乎被他不思进取的样子惊了一惊，又看向齐乐人，齐乐人倒是正在犹豫，偷偷瞄了苏和一眼，被苏和逮个正着。

"你是想鼓励我们再拼一把吗？"齐乐人问苏和。

吕医生一脸不认同："这是要玩真结局的节奏啊，你看你一个简单结局都打得头破血流，要玩真结局……"

苏和笑眯眯地看着他俩："不是还有我吗？"

"咦？"吕医生吃惊地看着他，"这种调查任务里，你不是不能用技能卡吗？"

齐乐人倒是不怎么吃惊，刚才他就感觉到苏和有帮忙的意思了。

"我用这个就可以了。如果待会儿遇上了什么危险，那就得靠你们了。"苏和指了指自己的额头，气定神闲地说道。他说得很自然，没有任何炫耀的意思，可就是这种信心十足的气势感染了两个人，让他们情不自禁地相信他。

"好说好说，这次我们要干一票大的！齐乐人你得好好保护苏和啊！一根头发丝都不能少！"吕医生对苏和的实力并没有太实际的概念，加上他不能用技能卡，下意识地就将他放到了和自己一个水平线上。

齐乐人嘴角一抽，觉得苏和的意思是要是遇上危险他们得想办法自保，他仅提供咨询帮助，不提供武力支持。虽然他怀疑苏和不用技能卡也够吊打这个副本的所有怪物了，他可不觉得这种资深玩家会有多依赖技能卡。

"我们要从哪里开始？"齐乐人问道。

"虽然你们两个人都有和我说过这次任务的情况，但是难免有缺漏的地方，我对几个点有疑问，首先就是NPC妮娜，可惜现在我们在表世界，至少得一个小时后才能见到她。"苏和把玩着手杖，思索道，"但我觉得还是应该去一楼走廊尽头的那间房间看一看，我有一些模糊的猜想，需要验证一下。"

"也好，我们正好没去过表世界的妮娜所在的房间。"齐乐人回忆了一下之前他和吕医生的行动路线,还真的没有在表世界的时候去过那个房间。

"那个房间有啥问题?"吕医生问道。

"很多问题,最直接的一个,为什么一个房间的门会是从外面反锁的?"苏和问道。

"呃……"吕医生呆住了。

这时齐乐人才意识到第一次听到妮娜的呼唤时那种违和感是什么。那个走廊尽头的大房间里还有一个小房间,而且是独立的房间,但是这个房间竟然有内外两个锁——齐乐人之前注意过,这个门是有内锁的,现在回想起来,外面的那个锁应该是后来才加上的,很粗糙的一个锁扣,只要掰一下就能打开,锁扣上没有挂上需要钥匙打开的铁锁。

"你怀疑妮娜有问题吗?"齐乐人问道。

"在发现足够多的线索前,我不排除这个可能。"苏和淡定道。

"之前我跟你们说过,我在地下室找到第三个恶魔的祭品之后也出现过幻象,在那个幻象里妮娜放出了被关在地下室的疯夫人,我觉得她可能……是个好人。"齐乐人思忖道。

"但也有可能她别有所图。"吕医生摸着下巴说道,"她为什么要帮疯夫人逃跑?因为她对疯夫人忠心耿耿?我倒是觉得她蛮可疑的,之前我们问起疯夫人流产的事情时,她那个语气……啧啧,心虚。"

吕医生又说:"而且这个古堡的男主人也很奇怪,妻子流产后发疯竟然把她关进了暗无天日的地下室,他们以前似乎还很恩爱,这要是没问题才怪了。"

"艾德琳。"齐乐人说了一个名字。疯夫人似乎坚信这个名叫艾德琳的女人是她流产的罪魁祸首,她夺走了约翰的爱,但她又说艾德琳是个善良愚蠢的女人,这就很矛盾了。而且,艾德琳早就死了。

"这名字有点耳熟……"吕医生在一旁挠头,"哦哦,约翰的日记里提过艾德琳,似乎是疯夫人的好友,不过我觉得她跟约翰似乎有点情况。"

"这段你们说得比较粗略,日记和信还在吗?我看看。"苏和说。

"放我这儿了。"吕医生把书房找来的日记和信递给了苏和。

苏和的阅读速度很快,只扫了两眼就还了回去:"情况更复杂了啊……走吧,先去看看妮娜那边。"

三个人说完,向着妮娜所在的那条走廊走去,苏和手上还拿着那个不知从哪里找来的烛台,吕医生也拿着手电筒,只有齐乐人,手机已经没电了只得走在其他两人后面,一边打算着待会儿要回一趟二楼,去钢琴房拿回自己的手电筒。

"哈哈哈……艾德琳,约翰,你们给我站住!"身后远远地传来笑声,三个人立刻回过头去。走廊外,一个熟悉的身影穿着一身长裙摆的礼服向楼梯跑去。

"南璐!"吕医生认出了她。

糟糕,齐乐人心里咯噔了一下。吕医生之前说南璐在他进入地下室后就吓跑了,那时他就觉得有点不妙,现在果然应验了:"去看看吧,说不定是剧情。"

三个人于是往回跑,一进入大厅就看到弧形楼梯的平台上对峙的三个人。

空荡荡的铜质画框下,身穿礼服的南璐死死拉住肖洪的右手,而另一边,同样一身礼服盛装的罗雪怡拉着肖洪的左手,两个人一左一右拉扯着唯一还有神志的肖洪。

"艾德琳！你放手！"南璐尖叫着吼道。

罗雪怡拉着肖洪的胳膊，怪笑着："谁是艾德琳？艾德琳已经死了，我不是艾德琳，我是莎拉，莎拉·冯·沃尔夫，我就是你！"

"滚开，你已经死了！滚去和恶魔做伴去吧！永远不要再出现，滚开，滚开！"南璐的声音凄厉而惨烈，还隐隐带着一丝恐惧。

罗雪怡笑嘻嘻地看着她，又看了看已经崩溃求饶的肖洪，另一只手也搭上了肖洪的手臂，然后用力一拉——

电闪雷鸣的刺目光线在窗外亮起，伴随着滚落的一声雷鸣，肖洪的惨叫声戛然而止。

罗雪怡一边疯笑一边跑向了更高的楼梯。南璐呆呆地看着身边已没了生机的肖洪，突然哭了起来，哭声在黑暗中回荡不息。

【5】

这荒诞的一幕震慑住了三个人，齐乐人已经惊呆了，好半天才意识到自己该做点什么。

他向前走了一步，又停了下来，回头看苏和。

苏和远远看着平台上发生的悲剧，眉峰微蹙，见齐乐人看着他，他也走上前去："去看看。"

齐乐人顿时心定了很多，壮着胆子向楼梯走去，幽暗的光线中，南璐搂着肖洪，喃喃自语着："你是我的……是我的……"

当齐乐人踩上第一级台阶时，二楼的楼梯上传来一声猎犬的吠叫声，他猛地一抬头，之前的那只猎犬缓缓从楼梯上走了下来，站在南璐身边，冲着他们狂吠了起来。

南璐像是被惊醒了一样，一把抱起地上的尸体，逃命一般向着上面的楼梯跑去。

那条猎犬冲他们露出尖利的牙齿，直到南璐的身影消失在了楼梯上，它才慢吞吞地往回走，不再理会他们。

"这就是之前你遇上的那条狗？"吕医生在另外两人身后问道。

"嗯……不过这次它竟然没有攻击我们！"齐乐人奇怪地说。

"这一定是两个幸运儿抢救了一个倒霉蛋的结果。"吕医生吐槽说。

难以反驳的齐乐人只好在一旁翻白眼。

苏和在血泊旁蹲了下来，看了一会儿地上的血迹："刚才你们看清这个NPC的身体是怎么被一分为二的吗？按理说不可能出现这种整齐的切割伤痕。"

"我只看到窗外电光一闪，肖洪就……其他的我也没看清。"齐乐人说。

"大概是恶魔之力已经感染了那两个NPC的缘故，她们才会有不正常的力量和能力，这个副本的内情恐怕不简单。"苏和站起身来，说道。

"恶魔之力？"吕医生嘀咕了一声，齐乐人并没有告诉过他自己被寄生的事情，所以他对恶魔之力的事情并不了解。

"一种和恶魔相关的能量，我和齐乐人都多少能感知到一些，目前来看这个副本应当和恶魔脱不了干系。"苏和说着，抬头看向了上层的楼梯，"上去看看吧，听她们的脚步声，应该是去三楼了，你们之前去过三楼吗？"

两个人都摇摇头，进入古堡到处都是危险，加上空间太大，搜集线索不容易，他们光在一二楼打转了。

"之前你们说过有二楼的钥匙，二楼应该没有婴儿房吧？"苏和问道。

"没有，婴儿房大概是在三楼，之前没打算深入剧情，所以我们没去婴儿房。"齐乐人说。

"如果要去的话还得找找钥匙，这个我拿手。"吕医生骄傲地说道。

苏和点点头，对齐乐人说道："上去后很可能会遇到之前的那条狗，你打算怎么对付？"

齐乐人看着苏和关切的眼神，默默把"就是干不要尿"六个字给咽了回去："我带了三个微缩炸弹，现在还剩两个，应该可以干掉那条狗。"

"如果你没有把握的话，我们先去二楼钢琴房拿一下那个狗项圈，我没猜错的话拿起它会引来那条狗，可以提前设置陷阱对付它。"苏和根据齐乐人之前的经历说出了自己的推测。

齐乐人明悟地猛点头，他完全忽略了还有这种办法。

还不等他说什么，头顶突然传来一阵剧烈的犬吠声，和金属碰撞的声音夹杂在一起，隆隆作响，三个人抬起头，正好看见烧焦的猎犬被什么东西击飞，狠狠摔在了二楼的平台上。铿锵铿锵的声音传来，齐乐人低呼一声："是那具铠甲！"

"它不是里世界的怪物吗？！"吕医生低声叫道。

"铠甲可不会轻易被火烧化，所以出现在火灾后的表世界也是很正常的。"苏和说。

被击飞的猎犬再次爬了起来，一边狂吠着一边冲向了甲胄。甲胄挥起没有持剑的铁拳，再一次将它打趴在地，猎犬倒在地上翻滚，发出呜呜的叫声。

"雷德蒙，回来，雷德蒙！"三楼传来南璐的呼唤声，猎犬勉强从地上爬起，飞快地跑向了声音的方向。

甲胄站在楼梯上，金属的身躯山岳一般高大，沉重的压迫感更甚于里世界的时候。

它动了！

哐哐的声音震耳欲聋般响起，甲胄手持长剑，从楼梯上跑了下来！每一步踏在破旧的木楼梯上都带来一阵地面震颤。

"哎呀妈呀，它下来了！"吕医生抱头哀叫一声，忙不迭想跑。

齐乐人也有点慌，毫无心理准备就遇上了这具铠甲，这下可怎么办？用微缩炸弹？

铠甲下来的速度极快，几乎一眨眼就已经在平台上了。齐乐人的SL技能用在了地下室打疯夫人的时候——虽然用了后没读档——但他还有个复活彩蛋在手，可是这种稀有的复活道具他是打算拿来作为压箱底的最后手段的。

拼了！

齐乐人准备从包裹里拿出铁棍硬扛这具复活的甲胄，可还不等他上前，苏和突然丢了东西过来："拿着！"

齐乐人伸手一抓，竟然是绳子，他看向苏和，突然明白了他想做什么。

从楼梯上快速跑下来的甲胄越来越近，齐乐人和苏和各自拿着绳子的一头，迅速拉开距离，以随时准备撤退的姿势在楼梯两侧蹲下了身。吕医生茫然地站在楼梯下方，忽然意识到自己该跑远点，扭头就跑下了楼梯。

铠甲的速度很快，来到绳子前时根本来不及刹车，不到它膝盖那么高的绳子完美绊住了它，沉重的铠甲在阻力的作用下扑了出去，力气大得差点让齐乐人手上的粗麻绳脱手。

摔下楼梯的铠甲发出沉重的巨响声，身体着地的一瞬间，它身上的头盔、手甲、长剑全部摔了出去，化为一地七零八落的金属部件，丁零当啷地散了一地。令人震惊的是随着甲胄的分离，铠甲内部竟然露出了一具支离破碎的骨架，明显是一具骷髅的模样。

抱头蹲在地上的吕医生张大了嘴："还能这么玩啊？这也太容易了。"

苏和慢条斯理地收起绳子："也就姑且一试。"

齐乐人有点回过味来："要是它反应很快，没把它绊倒呢？或者绊倒了它也不会散架呢？要是里面的骷髅活过来了呢？"

苏和神秘地笑了起来，吊足了两人的胃口后缓缓道："那就跑吧。"

"不过这个任务也就D级难度，就算有了恶魔之力的干扰加上走真结局路线，难度至多也不会超过B级。这种难度下除了BOSS外的怪物不会太难对付，还是有取巧的办法的，只要你的反应够快，观察够敏锐。"苏和欣赏完两人千变万化的神情后，还是给出了合理的解释。

齐乐人认同地点了点头，刚才那一瞬间要想出对付活动甲胄的办法实在太难，苏和经验丰富，所以才能用最简单的道具配合地形一击解决怪物。果然是黎明之乡的前辈啊，哪怕不动用技能卡，对付这种难度的任务还是手到擒来。

"这具骷髅倒是有点意思……"苏和站在楼梯上看着在地上摔得拼不起来的骨架，露出了感兴趣的神色。

"看我发现了什么！"吕医生突然欢快地叫了起来，从地上的那堆金属部件和骷髅碎片中找到了一串钥匙丁零当啷地晃了起来。

"应该是三楼的钥匙,干得好。"苏和表扬了他一句,这里光线太暗,他也没注意到铠甲里竟然藏了一串钥匙。

吕医生喜滋滋地拿着钥匙跑了上来,把钥匙递给了苏和。

齐乐人对同伴在找东西上的天赋已经见怪不怪了,反倒是对这具铠甲颇有疑问:"苏和,你觉得刚才这个甲胄为什么会和那条狗打起来?"

苏和摩挲着手上的钥匙,沉吟了一声说道:"我想到一个可能。目前来看,这座古堡内出现过的NPC和怪物总共是以下几种:四个剧情人物、女仆妮娜、BOSS疯夫人、活动甲胄、烧焦的猎犬、白骨骷髅。白骨骷髅无疑是这个古堡从前的仆役,实力也最弱,没有智能,应该是被疯夫人的意志控制着,对一切进入它们势力范围的生物进行攻击。烧焦的猎犬同样是受疯夫人控制的——现在应当是受南璐控制,刚才她呼唤了一声就将它叫走了。但是甲胄里的骷髅,显然不受疯夫人控制,那么就有一个问题,它是谁?"

吕医生开玩笑似的说:"大概是一具充满上进心的骷髅,觉得穿衣服太菜了所以要穿铠甲。"齐乐人靠在楼梯的扶手上若有所思:"你们说,这个甲胄里的骷髅会不会就是男主人约翰?"

苏和含笑点了点头:"你的想法和我不谋而合。设想一下疯夫人到处行凶的时候,男主人约翰可能因为恐惧躲进了甲胄里,结果疯夫人找不到他放火烧了古堡,他来不及逃生就被烧死了,所以变成了这样的怪物。甲胄这种装饰品从象征意义上来说应该代表着男性,也有力量和权力的意味在,所以我更倾向于这个活动甲胄是男主人的意志。这样的话它和猎犬发生冲突也可以理解了,因为猎犬雷德蒙守护着疯夫人。"

吕医生啧啧了两声:"看来这对夫妻还是反目成仇了啊。"

"这恐怕是必然的。"苏和叹气道。

"为什么？"齐乐人问。

"其实从名字上就看得出来。约翰写给弗莱舍尔医生的信上有他的签名，他叫约翰·塞巴斯蒂安·沃尔夫，莎拉夫人的全名刚才被罗雪怡报了出来，叫莎拉·冯·沃尔夫。这位莎拉夫人的姓氏里有个'冯'（VON），在德国这是贵族出身的标志，如果约翰先生是个贵族，他在签名的时候就绝对不会漏掉这个字眼，所以他很可能不是贵族出身，这个任务里也从来没提过他到底是什么爵位。相反，这位莎拉夫人却一定是个大贵族。"苏和抽丝剥茧地分析着，"约翰的日记里提到过她来到这里后不想住在租界区，而是建了一座城堡，这座城堡是她出的钱，她应当是位非常富有的女士，继承了不少财产。"

"哇，穷小子泡上白富美的励志故事，可惜白富美有精神病。"吕医生顿时八卦了起来，阴谋论十足地猜测道，"他早知道莎拉夫人有家族遗传精神病，但还是娶她，这要不是真爱就是为了钱了。千里迢迢来战乱时的东方经商，难不成是为了掩人耳目，好在这里谋财害命得到遗产？"

"不排除这个可能。"苏和说道，"如果莎拉夫人没有家族遗传的精神病，恐怕她的家族也不会轻易答应这桩婚事。"

平台上的墙面上还遗留着铜质的画框，在这个雷雨交加的夜晚一次次被闪电照亮。他记得里世界的这幅画像上，她抱着爱犬，偎依着自己英俊儒雅的丈夫，笑容里满满的都是幸福，而她的丈夫也温柔地看着她，深情款款、满目柔情。

那是一段回不去的美好时光，见证着他们曾经彼此相爱过。

随着剧情的深入，古堡当年的那场大火如今怎么看都不像是普通的火灾事故了，牵扯到恶魔信仰之后，情况已经愈加复杂。

吕医生还怀疑起了古堡的男主人约翰，猜测会不会是他向恶魔献祭了自己的妻子，但苏和提出了反对的意见："献祭人是莎拉夫人，这一点应当是不会错的，她的理由最充分，我们找到的三个祭品的来源也都是她。剩下的三个可能也是她的东西，我建议在最终战前找齐这些东西，这个和任务完成度有关系。"

"那她向恶魔献祭是为了什么？祈求自己能怀孕，还是祈求自己的孩子能死而复生？"吕医生又问。

齐乐人摇了摇头："我觉得不是。"

从目前他见过的幻影来看，疯夫人虽然爱着自己的孩子，但是却更爱她的丈夫，流产使她遗传的精神病爆发，精神上的问题更加剧了她的爱恋和疯狂。就像妮娜说的，她怀疑她的丈夫对她不忠。而这份怀疑的源头……恐怕是那个名叫艾德琳的女人。

从约翰的日记来看，莎拉夫人和艾德琳应该是从小一起长大的朋友或者亲戚，但不是亲姐妹，可是艾德琳已经死了，在两个人来到东方之前就已经死了。

从貌似被疯夫人附体的南璐的情况来看，她似乎嫉恨着艾德琳，认为她阴魂不散……

"祭品是六个，有什么寓意吗？"吕医生问苏和。

"嗯……大概因为在噩梦世界，6是代表恶魔的数字。"苏和笑笑说，"这个世界的数字很有意思，很多数字有特殊的含义，比如4代表着幸运，7代表'我爱你'，如果你想对NPC表白，就可以送她七朵红玫瑰，七十七朵也可以。"

"倒是比地球上少祸害了几朵玫瑰花。"吕医生吐槽说,一边跟着苏和走上了楼梯。

"还不走吗?"已经走上了楼梯准备去三楼找找婴儿房的两个人发现齐乐人还在发呆。

齐乐人应了一声,从沉思中回过神来,继续往上走。

也许待会儿就会有更多线索可以为他解惑了。

三楼的结构和二楼相类似,房间数量也相差不远,齐乐人第一时间将吕医生拎了出来:"发挥你作用的时间到了,快感觉一下哪个房间是婴儿房。"

吕医生怒道:"你以为我是B超探头吗?!开门前我怎么知道是哪间啊!"

"你不是找东西小能手吗?"齐乐人斜了他一眼。

吕医生哼了一声,拿着钥匙去试门了。齐乐人和苏和研究起了地上的血迹。两条血痕从楼梯一直蔓延到了三楼的走廊上。

"要去看吗?"齐乐人问苏和。

苏和缓缓摇了摇头:"不着急。我想那个方向,应该是最后BOSS战的地方。"

"欸?"齐乐人发出了疑问的声音,"那里施展不开啊。"

苏和笑了笑,指了指头顶:"准确来说,上面才是。"

"上面……"齐乐人抬起头,看着天花板,恍然道,"你是说那个屋顶的花园?"

"嗯,走廊尽头应该有个楼梯可以通往古堡顶部的花园,血迹可以说是给我们指明道路,说不定还会遇上那条狗,所以还是再收集一些线索吧,免得完成度太低。"苏和沉稳地说道。

齐乐人用力点头。有苏和在最大的好处就是他可以不动脑了,他的智商只能说一般,为了任务绞尽脑汁实在是件很痛苦的事情,现在身边带了个外挂,顿时轻松了很多,他只要在需要的时刻上去拼命就行了……

吕医生开门期间不幸在其中一间里开出了一具穿着女仆装的骷髅,吓得哇哇大叫,齐乐人无奈上前保驾护航,吕医生作为拉高他幸运值的吉祥物那是万万不容有失的。

吕医生愁苦地蹲在角落等齐乐人解决骷髅,苏和居高临下地看着他,蓦地叹了口气,严肃地说道:"虽然有时候运气很重要,但是只有运气也是不够的啊。"

吕医生嗫嚅了两声,低声道:"我也知道,但就是过不了那个坎……从小到大无论遇到什么困难的事情,最后总会莫名其妙地解决,一帆风顺下去……我……"

苏和陪他蹲了下来,友善地拍了拍他的肩膀:"我明白,要改变过去二十多年的自己并不是件容易的事情。就看是你改变得快,还是死亡来得快了。"

吕医生幽怨地看了他一眼。

"好了!"三两棍就解决了骷髅的齐乐人在前方喊道,两个人站了起来,吕医生继续开门,这一次终于找对了房间。

尘封的大门开启,正对着大门的窗户也被木条封死了,玻璃窗早已在漫长的时光中破碎,窗外的雨水随着风扬进了房间中,时不时亮起的闪电照亮了这间不大的房间,各个角落里到处都是大大小小的玩偶,被烧得七零八落，浸泡在潮气中霉变发黑。

齐乐人一脚踏进房间就感到一阵不舒服，这里的恶魔之力比钢琴房那里浓烈多了，他环视了房间一圈，走到婴儿摇篮前终于停下了脚步。

倒不是感觉到了什么，而是地下室里疯夫人抱着的娃娃让他印象深刻，而摇篮里的这一只，和她怀里的那只一模一样。

"你们来看……"齐乐人正招呼两个人来看，身后突然传来一声震耳欲聋的关门声——砰地撞在了什么硬物上。

齐乐人回过头，苏和站在门边，手上拿着的手杖堪堪卡在了门缝里，阻止了大门关上。

苏和有些无奈地笑道："不管是哪种任务，规律总是差不多的……当心了，这些娃娃有攻击性。"

他的话音刚落，婴儿房内的气氛陡然一变，几只巴掌大的玩偶老鼠般地在地上窜过，在窗外的电闪雷鸣中一闪而逝，躲入了娃娃堆中。

齐乐人握着匕首的手紧了紧，他贴着墙，审视地看着房间中高高低低的玩偶们。

它们在动，这群被人制作出来的玩具被恶魔的力量赋予了生命，随时会向他们袭来！

"呀——"摇篮里的布娃娃发出了声音，翻身滚下了摇篮，窜入了娃娃堆中躲藏了起来。

就像是听到号令一样，原本动作轻微的玩偶们争先恐后地向他们扑来！

齐乐人的心咯噔了一下，手中的匕首狠狠挥向了扑上来的玩偶，匕首上镶嵌的圣洁符文迸发出一道乳白色的微光，更多、更多的玩偶向他逼近！

"先退！"苏和卡在门框里阻止大门关上的手杖一撬，大门咯吱一声打开了，躲在苏和身边的吕医生赶紧跑出了门。

齐乐人也应声后退，他什么都来不及想，只想着要逃出去，跑到门边的时候却被苏和拉住了："别去走廊，地方太开阔容易被围攻，就在这里卡位打！"

心慌意乱的齐乐人这才回过神来，意识到他必须得解决这一屋子的娃娃。

这些怪笑的玩偶们在闪电刺目的光亮中向他靠近，时快时慢，摇摇晃晃，它们唱着阴森变调的摇篮曲，时不时发出一声尖厉高亢的叫声。

它们已经是一群魔物了。

一只有齐乐人半人高的娃娃熊向大门冲来，齐乐人一脚飞起将它踢了回去，一路撞翻了数个小玩偶。吵闹声在这个房间内回荡着，还有一只像是被看不见的线吊着一样，从窗边晃到了齐乐人的眼前，被他用匕首狠狠贯穿，怪笑着掉在地上。

"刚才摇篮里尖叫的那只娃娃应该是关键，但是它现在躲起来了，只能慢慢磨了。"苏和也和齐乐人一样守在门边，时不时用手杖抽飞一两只齐乐人应付不过来的玩偶。

"是它，地下室里疯夫人抱着的那只娃娃。"齐乐人一边说着，又捅向了一只扑上来的娃娃，它那纽扣做成的眼睛竟然在黑暗中发出红光。被他解决的娃娃已经在地上堆得有他膝盖那么高了。

这群娃娃虽然看起来可怕，但是冷静下来后却不难对付，幸好刚才苏和卡住了门，不然那时候大门一关，满屋子乱窜的娃娃根本防不住，情势只怕要凶险许多，说不准得用上存档技能冒险抢杀疯夫人抱过的那只布娃娃。

等到最后一只布娃娃也掉落在地，齐乐人终于长长出了一口气。

外面依旧下着暴雨，轰隆隆的雷声由远及近，耀眼的闪电亮起又熄灭，齐乐人踢开脚边满地的娃娃，再一次走进了房间中。

最初躺在摇篮里后来逃入娃娃堆的那只布娃娃呀呀地惊叫着，在房间里惊慌失措地跑来跑去，齐乐人和它猫捉老鼠一般地绕了几圈，最后在墙角堵住了它。布娃娃咕噜噜地怪叫着，发出可怜的哭声，齐乐人皱着眉，一刀刺入它的头部，圣洁符文发出白色的微光，布娃娃挣扎了两下，倒在地上不再动弹。

匕首拔出的时候，浓郁的恶魔之力也释出了。

齐乐人用脚踩了踩娃娃，明显感觉到它的腹部有硬物，刀刃划开布料的那一刻，布娃娃突然挣扎了起来，吓得齐乐人猛地站了起来将它踢了出去。

"这副本好大的恶意，真是不吓死人不罢休。"在门外观看的吕医生喃喃了一句。

"玩多了就习惯了。"苏和平静地说。

吕医生偷偷看了他一眼，苏和连眼皮都没有动一下，刚才房间突然关门却被他一下挡住，苏和在这方面表现出来的预判和意识的确强过他们太多了。

齐乐人给自己做了下心理建设才重新捡起了布娃娃，这一次布娃娃黔驴技穷，没出什么幺蛾子，他顺利从它的腹腔里找到了一个铁盒。

"得到恶魔的祭品4/6"

已经确定是恶魔祭品，齐乐人也没再费心给自己的手裹上一块布之类的，直接打开了盒子，一股令人作呕的血腥味扑面而来。

"是什么东西？"吕医生远远问道。

"我也想知道……这是什么鬼东西？"齐乐人捏住鼻子再次看向盒子，没好气地说道。

盒子里是一块已经干掉的血迹，似乎还有一团黑色霉变的东西，散发出腐烂的气味。

幻影也再一次出现了。

这一次幻影里的疯夫人坐在角落里，面容模糊，她一边轻声哼着小曲，一边做着布娃娃，从模糊的光影中依稀可以辨认出那是刚才被齐乐人解决掉的那一只，她温柔地将铁盒塞进了布娃娃的肚子里，然后用针线缝好。

疯夫人时断时续的哼唱弥漫在夜色中。

她明显已经不正常了，看到这一幕的人都能清晰地感觉到。

手上的针扎在了疯夫人的手指上，她痛叫一声，猛然抬起头，恶声恶气地对一片虚无咆哮："滚开！别再缠着我！你已经死了！死了！"

空无一人的黑暗自然不会给她回应，可是这种无视却加剧了她的癔症，她从椅子上站起来，对着空气挥舞手臂，用牙齿和指甲攻击着一个看不见的人："滚回去，滚回去！回坟墓里去！你已经死了！为什么还要回来？！"

她越是愤怒，就越是恐惧，那看不见的敌人耗尽了她的力气，她瘫坐在地上，一边抽泣一边向墙角爬去，抓着她缝制的娃娃喃喃道："你已经死了……我看着你死的……吃下了那块加了花生酱的面包，然后一边抽搐一边咽气，对，是我杀了你，我杀了你！约翰是我的，哈哈哈哈，是我的！"

疯夫人抱着娃娃，眼神空洞地看着前方："是的，我杀了你。我们一起长大，情同姐妹，我那么伤心，那么难过，没人知道是我做的，也不会有人相信是我做的。你在怨恨我吗？所以你来找我复仇，你带走了我的孩子，你还想带走什么？约翰的爱吗？呵呵呵，我不会让你得逞的，呵呵呵……"

笑声在黑暗中逐渐散去，留下一地七零八落的娃娃。

这段幻影透露出来的信息太多了，疯夫人恐惧的应当就是死去多年的艾德琳，而且是她杀了艾德琳……齐乐人的脑子一下子有点乱。

"加了花生酱的面包？难道艾德琳有严重花生过敏？这在白种人身上还蛮常见的。"吕医生摸着下巴说道，"之前我还觉得疯夫人真是倒了八辈子大霉才又是流产又是发疯，搞不好还有个别有居心的丈夫，现在看来也是个不作不死的故事啊。不过这倒是侧面证明了约翰别有所爱？其实艾德琳才是约翰的真爱，所以疯夫人就偷偷把人弄死了？"

"这种故意谋杀，难道没有尸检吗？"齐乐人问道。

吕医生沉吟了一声："如果真的是死于过敏，会被认为是意外误食也是很正常的，对了，那个盒子里是什么东西？"

齐乐人把盒子递给了吕医生，吕医生打开一看，也被恶心了一下："这什么玩意儿？"

苏和看了盒子一眼，反问道："联系到娃娃的寓意的话……你说呢？"

齐乐人和吕医生顿时被恶心得不轻。

"你拿好，只差两个了。"齐乐人半点也不想碰这个盒子了。

"不，不，你拿吧，我已经拿了三个了！"吕医生试图把盒子丢回去。

"别闹，你一个医生不是经常接触这种东西吗，拿好！"

"我又不是妇产科的！"

两个人为了谁拿盒子争执了起来，苏和在一旁无奈地看着，最后吕医生不敌齐乐人，哭丧着脸把盒子装进了包裹里。

"现在倒是确定了一件事，疯夫人向恶魔献祭的原因应当不是祈求自己能怀上孩子，因为她是在孩子流产后才开始献祭的。"苏和在婴儿房里走了一圈，"但还是有很多问题。"

"可以看出，疯夫人在害死了艾德琳之后一直恐惧不安，约翰的日记里写过她在梦中呼喊艾德琳的名字，但那时约翰只以为她们情意深厚，他似乎对艾德琳有特别的情愫。那么，艾德琳是谁？"

吕医生咂了咂嘴："反正肯定不是亲姐妹啦，不然不会有情同姐妹的说法，应该是朋友或者亲戚吧。"

"撇开艾德琳的问题，疯夫人会怀孕这件事也有问题，约翰的信里说他一直有给她用避孕的药剂，但是疯夫人还是怀孕了，这只是个意外吗？"苏和又抛出了一个问题。

"唔……但从医学角度来看的话，任何方法也不能百分百确保避孕的。"说到这个，吕医生继续一脸兴奋地给他们科普，"宫斗电视剧里的避孕打胎秘籍，什么麝香一闻就避孕，红花一碗就流产，我负责任地告诉你这基本是玄学，只适用于宫斗宅斗故事里自成一派的逻辑体系，就像武侠小说里天山雪莲千年人参包治百病一样，信它你就输了。"

"你懂的还挺多。"齐乐人目瞪口呆。

"那是。"吕医生颇为得意地说。

苏和含笑看着他们，等两人说完了才开口道："其实，还有一个人，我一直觉得有点问题。"

齐乐人沉吟了一声，猜到了苏和说的是谁，这个人他也怀疑过，但是更多的还是将他作为一个"证人"而不是幕后黑手来看待："医生？"

吕医生"啊"了一声："你叫我？"

"我是想说弗莱舍尔医生。"齐乐人无语地说。

吕医生挠了挠头："哦，在医院的时候每天被人医生医生地叫，一听到这个称呼比听到名字还敏感。"

苏和笑了笑表示理解，又说："游戏的副本任务是很有逻辑的——相比之下反而是在噩梦世界的任务有时候会'神展开'，大概因为噩梦世界相对真实，有时候不合逻辑的才是真实的。但是在副本世界里，'不合逻辑'的情况是很少发生的，游戏可能会给你一个无用的线索来扰乱你，但是绝对不会发生幕后黑手是个从来没提起过的NPC这种事情。"

吕医生沉吟了一声："有点理解你的意思了。你是说副本世界的任务就像是一篇小说、一部电影、一个游戏，它是有逻辑的，就像推理小说里犯人必须是出现过的人物，不能在没有铺垫的情况下在最后一刻才揭晓犯人是一对双胞胎之类的，因为这违反了一个故事的逻辑。"

"是的，目前副本任务应该是接近尾声了，剧情开始收尾，应当是不会再增加新人物了，我们可以分析一下目前登场过的人物：四个剧情NPC、两个玩家、疯夫人莎拉、男主人约翰、女仆妮娜、医生弗莱舍尔、已故的艾德琳，也许还要算上恶魔意志。简单结局的剧情应该是疯夫人发疯杀光了古堡里的人，只要杀死里世界的疯夫人就可以结束了。但是我们现在在进行真结局的路线，那么必然要将阴魂不散遗留在表世界的疯夫人也解决掉，并尽可能地调查清楚当年的真相，剧情就会复杂很多，很多事情可能并不像我们看到的那样。"

苏和不疾不徐地说着:"妮娜的问题还需要待会儿去她那里进一步调查,先说弗莱舍尔医生。从约翰和他通信请他来古堡为疯夫人诊治——并且不止一次——可以看出,他当时也在东方,考虑到那个年代的确有不少外国医生来东方为雇主提供医疗服务,所以这点不能作为质疑他的证据,但是可以作为他有作案条件的佐证。关键在于,信中还提到了避孕药剂,这个药剂是什么成分?夫人的流产是否和他有关?

"我们可以逆推一下,先假定弗莱舍尔医生是让疯夫人流产并且发疯的真凶,他是否有办法可以做到。有,他身为一个医生,而且是这对夫妻熟悉信赖的医生,他有条件也有能力做出这样的事情,尤其是让疯夫人发疯这点,她的家族有这种遗传精神病他应当是知情的,只要一点致幻药剂就可以很轻易地让她的精神状况不稳定,加上流产的打击,她疯掉只是时间问题。再说动机,他是否有动机?我认为他有。"

齐乐人专心致志地听着苏和的分析,有点跟上了他的思路:"是因为艾德琳吗?"

苏和点了点头,赞赏地看了齐乐人一眼:"是的,你记得约翰的日记里写过他和莎拉为艾德琳扫墓那一段吗?他说墓地探望回来的路上,他们遇上了弗莱舍尔医生。这个线索并不是没来由的,弗莱舍尔医生很可能也是去给艾德琳扫墓的。"

"咦,看来弗莱舍尔医生和艾德琳关系也不错,那他是知道艾德琳的死有蹊跷了吗?那为什么他不告发疯夫人呢?"吕医生问道。

齐乐人说:"别忘了莎拉夫人的身份。她的家族应该是个颇有权势的贵族。"

"哦哦,这样就说得通了。莎拉夫人谋害了艾德琳,与艾德琳关系密切的弗莱舍尔医生看出了不对,但是他没办法让莎拉夫人被绳之以法,所以他决定用私刑,好一出复仇大戏啊。"吕医生说。

"但这完全是推测,并没有实质性的证据,也许以后会发现否定的证据。"苏和笑道,"如果我们换个思路,说不定妮娜才是毒害疯夫人的幕后主使,又或许约翰才是真凶,谁知道呢。"

可能性实在太多了。换个角度想也许真相是约翰和妮娜勾搭在了一起,约翰贪图妻子的财富,从弗莱舍尔医生那里得到了各种药剂弄疯了莎拉夫人,让人以为她的遗传病发作,然后再伺机让她"意外身亡",以便得到遗产。

妮娜在其中又扮演了什么样的角色呢?虽然和男主人勾搭在一起但是仍然同情疯夫人?或者她偷偷放走疯夫人只是为了进一步刺激她甚至谋害她?

"现在是四点四十三分,我们得赶紧去妮娜那里了,否则就要进里世界了。"苏和看了看时间后说道。

前往一楼的路上,周围一片寂静,鞋子踩在地板上的咯吱声和窗外不停歇的雷雨声让人心神不宁。齐乐人觉得这种古堡建筑太阴森了,在这里待久了人容易出精神问题。

"就在前面了。"再一次进入一楼走廊的时候,齐乐人指着前方的房间说道。

表世界里没有苗博的尸体,这个陈旧的房间散发着令人不快的霉味,靠近窗户的那面墙壁和附近的地面都已经烂透了,那扇在里世界里从外面锁上的小门依旧在同一个位置,看起来丝毫不显眼。

"就是这个锁扣,扣上之后就没法从里面开门了,明显这个锁扣是后来加上去的。"受到苏和启发后的齐乐人指着门锁说道。

"倒是不需要钥匙。"苏和说道。

"那我开门了?"齐乐人提议说。

吕医生屁屁地往苏和身后一躲,大义凛然道:"你开吧。"

齐乐人鄙视地看了他一眼,夺过了吕医生的手电筒,打开了外锁,然后转动了门把手——尘封的木门被推开,扑鼻的怪异气味熏得人两眼一黑,手电筒的光照在黑暗的房间里,正对着大门的墙面上赫然是一具缢死在山羊头标本下的尸体!

齐乐人小退了一步,紧张地盯着这具尸体,经过漫长的时间冲刷,尸体已经化为了一具骷髅,穿着一身女仆的衣服,明显看得出她的身份。

齐乐人一下就明白了她是谁。

苏和也走进了这间房间,视线停留在了妮娜的脚边,声音微冷地说:"她不是自杀的,是被人吊死在这里。"

"咦?"吕医生也走了进来,奇怪地哼了一声。

苏和用手杖指了指骷髅脚边的茶几——齐乐人记得在里世界里他还拿起过这个茶几对付破门而入的甲胄——茶几被端端正正地放在骷髅脚边几米的地方,丝毫不像是自缢的人踢开的样子,反倒像是被人从她脚下拿开放好的。

齐乐人皱着眉打量着这具骷髅,这个房间里同样充斥着恶魔之力,加上熏人的气味,让他体内的寄生之种蠢蠢欲动。

"这里应该还有一个恶魔祭品。"齐乐人很肯定地说。

"的确,你看墙面。"苏和指了指墙壁。

齐乐人顺着他指的方向看去，已经斑驳脱落的墙面上隐约可以看出有什么痕迹……他走上前去，用手指刮了刮墙面，霉变的墙纸像是鸡蛋壳一样剥落了下来，附近几片还算干净的墙面上依稀可以看见有某种诡异的图腾……

"发现恶魔的祭品5/6"

"这次没有铁盒吗？"齐乐人环顾四周，轻声问道。

"恐怕这个房间就是'铁盒'了，而献祭的物品，恐怕就是妮娜小姐了。"苏和叹道。

"幻影该来了，切换到看戏模式吧。"吕医生咂了咂嘴，静候好戏。

果然，随着恶魔祭品被发现，幻影再一次出现了。

"你在害怕吗，亲爱的？"疯夫人温柔地问道。

她的幻影出现在房间中央，面貌模糊，但却看得清她已经失去了一只眼睛。

站在山羊头像下的妮娜双手握着自缢用的吊绳，脚下踩着茶几，一边啜泣一边摇头，她拼命压抑着哭声，可是面临死亡时那深切的恐惧却是无法掩饰的。

"你不是说你愿意为我做任何事吗？为什么要害怕呢？"疯夫人站在她面前，仰头看着惊惧无助的妮娜，笑了起来。

"我愿意帮您逃走……我……可我……"妮娜忍不住大哭了起来，"我不想死，夫人，我不想死啊！"

疯夫人的神情一变，凶戾地瞪着她，妮娜的哭声戛然而止，她大气也不敢出，一边颤抖一边用手抓着绳子。

"乖。"疯夫人伸出手，抚摸着她的脸颊，"对，就这样，把你的头伸进去,我只是需要一点帮助,而你愿意帮助我……"

妮娜恐惧地看着疯夫人,战栗着,抽泣着,可她还是在疯夫人的蛊惑下将头伸进了绳圈中。

疯夫人猛地俯下身,一把抽走了她脚下的茶几!

疯夫人后退了一步,欣赏着她头顶的山羊标本头像,赞叹似的吐出一口气。她将茶几放回了原位,一边哼着歌一边用手指在墙壁上写写画画。

她的音调是如此诡异,让原本平常的歌词都变得毛骨悚然:"你会爱我吗?我爱你。哪怕你变了心,那也没关系,我已经向恶魔祈祷,让我们永远在一起。我的爱情鸟,别想逃离我,亲爱的约翰,你会爱我如一。"

【6】

直到幻影消失,齐乐人才感觉到肺里一阵疼痛,看到疯夫人诱使妮娜献祭的这一幕,他连呼吸都屏住了。虽然只是幻影,可是她的阴郁森冷如有实质一般沉淀在了每个人的心头,她身上这种冷静的疯狂和毫无人性的残忍,远比一个真正的疯子更加恐怖。

齐乐人长长呼出一口气,回头看了看另外两个人:"原来妮娜是被疯夫人献祭了,看来这段剧情应该发生在她从地窖放出了疯夫人之后。"

"真是个农夫与蛇的故事啊。"吕医生摇了摇头,有点同情地说道,"不过这次的系统提示有点奇怪,竟然是'发现恶魔的祭品',而不是'得到恶魔的祭品。'"

"因为我们的确还没得到祭品。"苏和指了指挂在羊头标本下的骷髅说道。

"……还得把骷髅放下来吗?"齐乐人沉重地问道。

"我想是的。"苏和鼓励地看着他。

齐乐人认命地拿着匕首上前割断了吊绳。

"戴上吧。"苏和摘下了自己的手套递给他,齐乐人道了声谢,戴上手套捡起了头骨。

系统提示立刻出现了:"得到恶魔的祭品5/6。"

果然他对恶魔之力的感应是准确的,这个房间的恶魔之力主要凝聚在了这个头骨中。

"拿好。"齐乐人捡起头骨,甩给了吕医生,吕医生斜了他一眼,没什么心理障碍地拿起头骨往包裹里一塞。

苏和用手杖轻点着地面,发出有节奏的声音:"从时间顺序来说,妮娜应该是最后一个。就是不知道还没发现的那个祭品是什么。"

齐乐人掰着手指统计了一下:"目前我们发现过的祭品有头发、牙齿、眼球……剩下的那个应该也是疯夫人身上的东西吧。"

三个人暂时也想不出剩下的祭品究竟是什么,而时间也已经接近凌晨五点了,苏和提议为了安全起见先退出这间房间,以免表里世界切换后他们要直面一个变异了的妮娜。于是三个人站到了妮娜的房间外,等待钟声响起。

"当——当——当——当——当——"五声钟声敲响,眼前的世界再一次变化,他们回到了光鲜亮丽的里世界。齐乐人看着头顶的灯光,突然灵光一现——这里不就有现成的电源吗?之前从地窖出来后就遇上了前来检查Bug的苏和,他完全将手提电脑的事情抛到脑后了,还想着回黄昏之乡再想办法找人做个变压器,因为据说黄昏之乡的标准电压远高于现实世界，他的手机和电脑都是承受不起的。

这个副本世界的标准电压应该不会和二十一世纪差别太大吧？如果在110V～220V范围内，他的手提电脑自带的变压器应该是可以承受的。

但是……苏和和吕医生还在这里。

齐乐人陷入了纠结中。苏和正和吕医生讨论着地上苗博的尸体。

要不要想办法和两个人分开一会儿？不行啊，这个任务的时间已经不多了，要不还是回到黄昏之乡后再想办法？

齐乐人打开了物品栏，准备再看看电脑和复活彩蛋。

手提电脑……手提电脑……手提电脑……没有？怎么可能？！

齐乐人僵住了，他再一次从头到尾将自己的物品栏检视了一遍，他看到了复活彩蛋，却没有看到手提电脑！

这台莫名其妙出现的手提电脑……又莫名其妙地不见了。

一股寒意从脚底蔓延了上来，齐乐人大气也不敢出，僵硬地站在原地。

它到底是什么时候消失的？它真的出现过吗？它为什么会消失？

"……这具尸体死亡时的姿势很奇怪，正常来说，他不应该会出现这样双膝跪地然后身体后仰倒下的死状。"苏和的声音像是远在天外一般。

"唔，有道理，当时我怀疑他是为了保护罗雪怡挡在了她面前，所以才会被正面刺中后死亡。"吕医生的声音也很远，仿佛是梦里听到的絮语。

齐乐人魂不守舍。

他想到了一种可能。

齐乐人偷偷看向正在和吕医生交谈的苏和。

苏和的身上有某种可以查看并取走他物品的能力，他算是半个GM，有这类技能实在太正常了，而且这种行为并不是帮助他们，他完全可以使用他的技能。

到底是什么时候……齐乐人回想起苏和的出现和他的言行举止，不禁有些毛骨悚然。

如果苏和从来不站在他这一边……

齐乐人心底一片冰凉，他出入过苏和的神秘领域，对苏和透露过太多不该透露的东西，苏和绝对知道他有秘密，只要他追究下去……系统说不定会直接抹杀掉他这个不安定因素。

"齐乐人，你觉得呢？"

吕医生的声音唤醒了被恐惧淹没的齐乐人，他恍惚地看着吕医生，强作镇定地问道："你说什么？"

"苗博的尸体啊，苏和觉得他可能是被人推了一把，才会形成这种向前冲然后双膝着地的姿势，然后又被一剑洞穿，所以身体后仰，这个姿势实在太奇怪了，很不自然。"吕医生又重复了一遍。

齐乐人看着地上的苗博，可是满脑子都是消失的手提电脑，他根本没法好好思考。

"你怎么了？一脸冷汗的。"苏和上前一步，伸手探向齐乐人的额头，"是伤口感染发烧了吗？我看你受了不少伤。"

齐乐人猛地后退了一步，避开了苏和的碰触，在苏和略带困惑和担忧的注视下，他又一次清醒了过来。

绝对不能表露出来！

"伤口疼。"齐乐人嘶嘶地吸着凉气，捂着受伤的左臂。

"早说了给你治疗，你非不要，你说你作不作？"吕医生搓了搓手准备给他治疗一下。

"别，你技能有两小时冷却，还是留给最终战吧，免得到时候受伤太重撑不到黄昏之乡。"齐乐人赶紧拒绝了。

"那你就疼着吧。"吕医生耸了耸肩说道。

"我有点止痛的喷剂，把手给我，我帮你重新包扎一下，这种道具还是允许使用的，你可以放心。"苏和拿出了一罐喷剂说道。

齐乐人迟疑了一瞬，伸出了手。

苏和熟练地剪开绷带，在他的伤口上喷了喷剂，然后重新包好，果然疼痛的感觉变得十分轻微，不去刻意感受几乎感觉不到那里有伤。

"额头上要喷一点吗？"苏和看着他的额头，关切地问道。

齐乐人摇了摇头："不太疼，还是别浪费药了。"

苏和温和地笑了笑："那就好，要保护好自己啊。"

齐乐人魂不守舍地应了一声，他又一次怀疑起了自己的判断。如果苏和真的站在和他立场对立的那一边，而且他也的确知晓了他的秘密并得到了笔记本电脑，他完全不需要对他这么好，他已经没有利用价值了……

难道笔记本电脑的消失真的和苏和没有关系？

齐乐人紧绷的心慢慢放松了下来，现在再仔细回想一下，手提电脑的出现本身就十分蹊跷，他下载的《噩梦游戏》就更蹊跷了。这个游戏必然是对噩梦世界十分熟悉的人制作的，并且将这个游戏送出了噩梦世界，那么他的目的是什么？

为了让玩过游戏的新人在进入噩梦世界后迅速找准主线任务并完成？可既然制作游戏的人已经对噩梦世界如此了解，何必再找新人来做这件事？除非它无法自己亲自来完成任务，所以只能以这种迂回的办法来找人帮忙。

但是如果需要找人帮忙，噩梦世界里不是有现成的玩家吗？数量那么多，资质也远胜于新人，为什么不在噩梦世界找人进行主线任务？古堡任务前他还去查探过主线任务的NPC，这个任务还没被人触发过，也就是说，恐怕真的只有他知道主线任务究竟是从哪里开始。

它为什么要在现实世界公布《噩梦游戏》而不在噩梦世界里找人进行？现实世界和噩梦世界最大的区别在哪里？

一定有原因……一定有……

齐乐人脑中闪过了一个念头。

是系统。

它在提防系统。

这样就说得通了，手提电脑的出现触动了系统，所以引来了苏和。当苏和出现之后，将手提电脑送来的那个它为了避免被系统发现，将手提电脑收了回去。

至于究竟是什么时候拿回去的……苏和进入这个副本的那一刻，还是在他进入苏和的领域的时候？

"你说得有道理，当时我们听到了罗雪怡的尖叫声，然后跑来这里发现苗博被害，罗雪怡不知所终，因为没有目击人看见事件全过程，所以我们也不清楚究竟发生了什么。罗雪怡为了保全自己将男朋友推给铠甲自己逃跑也是极有可能的事情。"吕医生蹲在苗博的尸体旁说道。

齐乐人已经缓过气来了，他不动声色地看了苏和一眼，现在他什么都做不了，如果苏和要向系统揭发他的异常，他也只能引颈就戮，但是在那之前……

他愿意多相信他一点。

反正他也没有更好的选择了。

他必须，保守这个秘密。

就在齐乐人陷入一个人的纠结之时，吕医生和苏和已经讨论完了苗博的尸体，并认为他极有可能并不是死于意外，而是命丧罗雪怡之手，但是因为没有目击证人所以也无法百分百确定。

"该去会一会这里的妮娜小姐了。"苏和看着隐蔽的小门说道。

齐乐人一边敲门一边问道："妮娜，你在里面吗？"

门内一阵沉默，而后一个颤抖的声音响起："我在……我感觉到夫人的力量已经开始变弱了，但是有一种更恐怖的力量还徘徊在这里，你们杀死她了吗？"

"是的，我去过地下室了，她现在已经死了。"齐乐人说道。

"不！她没有死！她还在这里！"妮娜的声音一下子尖锐了起来，"我感觉得到……她疯狂的怨念还在这里……比以往还要可怕！"

"你知道些什么？例如她和恶魔的交易。"齐乐人又问道。

门内的妮娜虚弱地回答道："我不知道……我什么都不知道……"

齐乐人为难地回头看向苏和，不知道该怎么办了，苏和用口型说了"开门"两个字。

"妮娜，我要开门了，我们面对面地谈一谈吧。"齐乐人说着，一手紧握着匕首，一手伸向锁扣。

"不不不！不要开门！我求求你了，不要……不要开门！"妮娜哭泣着哀求了起来，可这一次齐乐人硬起心肠，打开了锁扣推开了这扇被撞坏的门。

里世界的月光铺满了这间房间，妮娜站在羊头标本下，紧紧捂着脸啜泣。

齐乐人一步步走进了房间："我们已经知道当年发生的事情了，也知道你是死在了疯夫人手里。即便如此你还是希望我们能拯救她，你是个很善良的姑娘。"

妮娜的哭泣声停住了，她捂着脸的手慢慢放了下来，她摇了摇头，声音嘶哑地说道："不，是我对不起夫人……是我欠她的……如果我乖乖听话，夫人就不会怀孕，也不会发疯，是我的错，一切都是我的错。"

"那把一切都告诉我们吧，然后我们才能真正让她安息。"齐乐人对她说。

"好……你也要答应我，一定要从恶魔的手中解救她的灵魂，让她安息。"妮娜哽咽道。

"我会尽力的。"齐乐人郑重地点了点头。

"事情要从很多年前说起……夫人的家族有遗传性的精神病，生完孩子后几乎都会发疯，先生并不想要孩子，所以他向医生咨询办法，医生给了他一种药剂，先生让我每天按照一定的量放入夫人的饮食中，我也一直是这么做的。直到某天……我知道那是水银粉。

"我听说那是一种有毒的东西，我害怕了，可我以为先生不知道这是什么东西，所以告诉了先生，但是他坚持只要用量少，它不会危害到夫人的健康。我很怀疑，因为夫人经常向我抱怨自己头痛，梳头的时候总是大把大把地掉头发。我不敢违抗先生的命令，又害怕危害到夫人的健康，所以我自作主张，减少了剂量……不久之后，夫人怀孕了。

"我向先生坦白了这件事，先生打了我，将我关在这间房间里，还命人装上了锁，他不再信任我了，转而让另一个侍女继续在夫人的饮食里投放水银粉。不久后弗莱舍尔医生也来了，我偷听到他和先生的谈话，他说夫人已经怀上了，继续服用水银粉也不会导致流产，但是胎儿却会畸形。先生说那也无所谓，新生的婴儿那么脆弱，很容易就会死。那时候我才知道，他并不是担心夫人疯掉，他只是不想要一个……会发疯的继承人。

"后来我才知道，先生其实一直都有私生子，只是夫人从来都不知道。他并不是不想要孩子，只是不想要一个有缺陷的孩子而已。"妮娜悲哀地说。

随着妮娜的叙述，原本零散的线索逐渐串联了起来，齐乐人听见吕医生自言自语道："原来那个避孕的药剂是重金属……怪不得……"

"那时我不知所措，我不知道这一切该不该告诉夫人，她那么爱先生，又那么期待自己的孩子降生，如果她生下一个畸形婴儿，婴儿还死了，她一定会发疯。我像是被恶魔蛊惑了一样，甚至觉得这个孩子一定不能出生，他不会是夫人的希望，他会逼疯她。所以……我做下了一件罪不可恕的事情。"

齐乐人想起了上一次他来到这里的时候，吕医生询问妮娜莎拉夫人是怎么流产的，妮娜沉默了许久，告诉他们她从楼梯上摔了下来，现在他知道她是怎么摔下来的了……

"我在楼梯上动了一点手脚，夫人走上楼梯的时候就摔倒了，她摔下了楼梯，流了好多血……等她醒来的时候，她的孩子已经没有了。我清理掉了痕迹，所以没有人知道这不是一场意外，甚至夫人自己也没有怀疑过我……在那之后她渐渐变得不对劲，对一切疑神疑鬼，觉得自己会流产是鬼魂在作祟，她开始发疯，变得不可理喻。"

妮娜悲伤地看着他们，喃喃道："我是凶手，我犯了罪。如果我没有减少剂量，夫人就不会怀孕；如果我没有做那件事，夫人就不会疯掉。一切都是我的错，是我的错……"

"所以你才自愿当了她的祭品。"齐乐人说。

妮娜露出了一个似是哭泣的笑容："是我亏欠她的，我要补偿给她。那天我偷偷将她从地窖里放出来，她少了一只眼睛，却快乐得像个孩子一样，我好久好久没有看到她露出那么开心的笑容，就像她还没有疯的时候一样。她兴高采烈地要去找先生，我想要阻止她，因为一旦她去找先生，她就一定会被送回地窖里，而我也会被先生责打，我劝她离开这里，回德国去，她却根本听不进去。她偷偷来到先生的书房外，想要给他一个惊喜……然后她看到了，先生对着艾德琳的照片思念她。我以为她会冲进去和先生大吵大闹，就像之前一样，但是她没有。"

"她转身走向了我，拉着我来到了这间房间中，她的表情是那样冰冷漠然，明明她的内心满是愤怒。我突然觉得，这时候的她，才真的疯了……"

"艾德琳是谁？你认识她吗？"齐乐人又问。

妮娜点了点头，轻声道："她是夫人的贴身女仆，从小和夫人一起长大，但是很多年前就死了……因为她偷吃了厨房做给夫人的面包，里面有花生酱，她对这个过敏，被发现的时候她已经在自己的房间中死去有半天多了。我一点都不同情她，很早以前我就发现她和先生有点不对劲，当时夫人恐怕并不知情，她死的时候夫人伤心极了，每年还去给她扫墓……夫人没有发疯之前，真的是个很温柔很善良的人，可她的侍女却背叛了她。"

是吗？齐乐人没有反驳她的话，可是从疯夫人的幻影里透露出的信息来看，艾德琳可是死于疯夫人的毒计。

"该问的都差不多问清楚了,你们还有什么要问的吗?"齐乐人回头问吕医生和苏和。

吕医生眼珠一转,想起了点什么,问道:"关于弗莱舍尔医生的事情,你知道多少?"

"弗莱舍尔医生?他是夫人家族的家庭医生……后来也来到了这里,到处救死扶伤,是个很博学的医生。"妮娜对弗莱舍尔医生的评价倒是很高,虽然疯夫人的悲剧和弗莱舍尔医生开的药剂有关,但是她将错误都揽在了自己身上,丝毫没觉得医生的行为有什么不妥。

"我也问完了。"吕医生说。

苏和略一思索,问道:"在莎拉夫人流产后到古堡大火之前,弗莱舍尔医生来过几次?"

"应该有几次,具体我记不清了……"妮娜回忆说。

"那之后莎拉夫人还有没有服用任何药剂?"苏和又问。

"我也不清楚,自从我向先生坦白之后,他就将这件事交给了另一个女仆……"

"最后古堡是怎么烧毁的?"苏和问道。

妮娜摇了摇头,眼神空洞地看着前方:"我不知道了,那时候我已经死了……我的灵魂留在了这里,看着夫人在房间里画上了恶魔的图腾,看着她走出了这扇门……在那之后,这里烧起了大火,然后又熄灭,烧毁的痕迹消失,一切好像回到了从前,只是再也没有人打开过这扇门,直到你们到来……"

她泣不成声地说道:"我犯下了不可饶恕的罪,我愿意在炼狱里赎罪,可是可怜的夫人呢?请让她那颗不幸的、迷惘的灵魂在主的怀抱中安息吧。"

离开房间后,三个人沉默地走在走廊上,直到吕医生提问:"我们现在去哪里?"

"去找最后一个祭品,二楼和三楼还有哪几个地方没有探索过?"苏和问道。

"有几间房间我们没进去过。"吕医生回道。

"就去那里看看吧。"苏和说。

齐乐人还在思考着妮娜的事情,她似乎将所有人都视为好人,将这场悲剧归咎在自己身上,但讽刺的是,也许她才是这个故事里最无辜的那个人——至少她的初衷是好的。

"你们说,莎拉夫人的疯症到底是不是弗莱舍尔医生引起的?"齐乐人问道。

"呃……这个现在没法判断,不过看起来还挺像那么回事的。"吕医生摸了摸下巴说道,"从一个恐怖故事的角度来说,弗莱舍尔医生作为推动一切的幕后黑手,听起来要比单纯的贵妇人因爱发疯的故事有趣多了。"

"也不用太执着于探究谁是幕后黑手,有的任务会有许多似是而非的可能性,不同的玩家会有不同的看法,莫衷一是。"苏和温言道。

"说的也是,欸,我们现在完成度多少了?"吕医生问道。

"百分之七十五。"苏和告诉了他们。

"看来剧情推进了不少啊,应该是发现每个恶魔祭品都有固定完成度,有些重要事件和发现有固定完成度,是这么计算的吧?"吕医生又问。

苏和含笑点了点头,但是没有说话。

"那……"吕医生又要问。

"如果不方便回答的话就别说了。"齐乐人打断道。

吕医生长长地哦了一声:"对哦,那我还是别问了。"

此时三个人已经走出了走廊,前方是富丽堂皇的大厅,巨大的水晶吊灯打开着,璀璨的光照在地面上,映衬得这座古堡华美辉煌。

一个纤细的人影站在弧形走廊上方的平台上,一头柔顺的黑色长发,一身华丽优雅的礼服,脚下肖洪的尸体让她此刻的从容镇静都变得阴森诡异了起来。她站在那幅全家福的挂画下,背着手欣赏,似是听到了下面的脚步声,她徐徐转过身来,眺望着他们。

穿着和画像上的疯夫人一模一样礼服的罗雪怡咏叹一般地说道:"啊,你们来了。"

耀眼的水晶灯下,站在平台上的她好像一个即将为神灵献歌的修女,眼帘低垂,神情端庄。

齐乐人上前一步,问道:"你究竟是谁?"

罗雪怡神秘地笑了:"我是死去的艾德琳,是莎拉从细枝末节里觉察到的无数次的背叛,是她内心永远燃烧不熄的……妒火,我就是她。看,她在燃烧……"

随着她叹息一般的声音,她脚下涌出了一浪又一浪的火焰,那耀眼的火光中,她毫不痛苦地对他们微笑着,闭上了眼睛。等到齐乐人冲上楼梯想救她的时候,她已经化为一团灰烬。

被烧过的地板一片焦黑,齐乐人呆呆地站了一会儿,吕医生和苏和已经走了上来。

"她到底想做什么？为什么突然会自焚？"齐乐人完全摸不着头脑。

苏和站在一边，略一思忖，用手杖指了指地上的灰烬："这团灰烬也许有点用处。"

齐乐人"哦"了一声，弯腰就要去捡，手还没碰到灰烬就被苏和的手杖止住了："别用手。"

"啊？"

苏和用手杖撩起了一小团灰烬，黑灰色的粉末腾了起来，在空中噼啪一声着了起来，一团火光凭空出现，没几秒又凭空消失。

"不要大意啊，这可不是普通的灰烬，应该是留给BOSS战的道具。嗯，这个副本终于记起它是D级难度了吗？倒还是挺慷慨的，罗雪怡小姐大概是亲自来送道具的。"苏和笑笑说。

齐乐人和吕医生都不由得斜眼看着地上的灰烬，事实上正常人都想不到这玩意儿还有这种用途。

"本来我还在担心罗雪怡和南璐会在最终战合二为一，现在看来不会那么难。"苏和庆幸地说。

齐乐人想象了一下那个场面，情不自禁地哆嗦了一下："谢天谢地，幸好没有。"

"话说，罗雪怡刚才那句话是什么意思？总觉得她别有深意啊。"吕医生回味了一下罗雪怡自焚前的那句话，觉得似乎很有内涵。

"应当是某种隐喻和提示。我会觉得她留下的灰烬有问题，也是因为她的这句话。"苏和说，"罗雪怡和南璐对峙的时候说过，她是莎拉，我倾向于认为她说的是实话，只是两个'莎拉'有区别。罗雪怡的这个莎拉夫人是一种冷静纯粹的恶念，就像当年莎拉谋害艾德琳一样，她没有疯，很冷静，知道自己在做什么，又像是她杀害妮娜的时候一样。但是南璐的莎拉夫人则更像是一种疯狂的嫉妒和爱。可以说罗雪怡的莎拉是从南璐的莎拉里延伸出来的一个人格，她知道约翰的背叛，因为这种嫉妒和恨意，罗雪怡的莎拉出现了。"

"我以为她会冲进去和先生大吵大闹，就像之前一样，但是她没有。她转身走向了我……明明她的内心满是愤怒，可她却如此冷静。我突然觉得，这时候的她，才真的疯了……"

妮娜的话再一次出现在齐乐人的脑海中。那时候的莎拉已经完全被嫉妒的恶念控制了，所以才会杀掉妮娜来献祭吗？

"你是说莎拉夫人其实有双重人格吗？"吕医生兴致勃勃地问道。

"某种程度上来说，可以这么解释，但这个故事并不是个双重人格的故事，我想这只是因为这个任务被污染后，莎拉夫人受到恶魔之力的影响，所以才会越发疯狂。但是她究竟是从哪里学会了如此邪恶的献祭方式呢？这也是个问题。"苏和说。

"啧啧，水好深啊。"吕医生摇头道。

齐乐人去厨房找了打扫的工具——去之前还被苏和要求带点油回来——小心翼翼地把灰烬扫到了簸箕里，然后十分珍惜地收好，说不定最后他还得靠这些东西救命呢。

三个人于是继续搜集线索，二楼没有更多发现了，倒是三楼发现了一点情况。

"这间好像是卧室！不过门没锁呢！"正在一间间开门的吕医生回头对两人喊道。

房间里隐约有恶魔之力，但不是很强烈，似有若无得好像是一种幻觉。

齐乐人大步走了进去，和吕医生在卧室里翻来找去，但并没有发现什么有用的东西。衣橱的门没关严实，里面挂满了疯夫人的衣服。

"这门没锁，会不会是之前有人来过了？罗雪怡和南璐的礼服难道是从这里拿的？"齐乐人回想起罗雪怡身上那件疯夫人的礼服，问道。

"有可能哦，衣橱门还没关严实，有点可疑。"吕医生和齐乐人对着一堆女装研究了起来。

吕医生还提议找一下约翰的衣服穿上，说不定疯夫人不战而败，被齐乐人鄙视了一下："万一BOSS暴走怎么办？"

"反正是你在打，我又不担心。"吕医生不痛不痒地说。

齐乐人杀气腾腾地说："信不信带上你当盾牌！"

"不约，我们不约！"吕医生果真一吓就尿，一脸惶恐地拒绝。

站在门边的苏和也走了进来，绕了一圈后问道："梳妆台的镜子呢？"

"啊？""哦对哦，镜子呢？"正在耍宝的吕医生和齐乐人都没注意到这茬，这会儿终于觉得不对劲了，一个梳妆台上竟然没有镜子，这完全不合理。

为什么没有镜子？齐乐人定定地看着梳妆台沉思了起来。

难道因为疯夫人毁容了，所以不敢看镜子里的自己，又或者镜子会照出什么东西……所以她才收起了镜子？

"让我看看。"吕医生走到梳妆台边，拉开抽屉把东西一件件丢了出来，东敲敲西弄弄，最后发现抽屉最里面有暗格。

暗格拉开的一瞬间，齐乐人明显感觉到恶魔之力变得浓郁了，吕医生从夹层里找出了一只铁盒，兴奋道："果然有！"

"得到恶魔的祭品6/6。"

铁盒被打开，盒子里是被剪下来的指甲。

"你的爱情鸟啊，已经飞离了你的身边，你可想让它永远只在你的肩上停留？"散发着幽冷绿光的镜子前，疯夫人呆呆地坐着，那面诡异的梳妆镜里映出她憔悴的脸，镜子里的她用蛊惑的声音倾吐着诱人的话语。

那是她无法抗拒的诱惑。

随着镜中的幻影吐露着致命的诱惑，莎拉夫人眼神空洞地看着镜子，着魔一般按照她的指示剪下了自己的指甲。剪下的指甲掉在了地上，莎拉夫人痉挛了一下，突然清醒了过来。

她尖叫了一声，一把将镜子摔在了地上高喊着："魔鬼，你是魔鬼！"

镜子里传来咯咯的笑声："照着镜子的你，看见的只是你内心深处的欲望，不要抗拒了，你的内心早已住着一个嫉妒的魔女，那才是真正的你。"

莎拉夫人一脚踩在了镜子的碎片上，声音戛然而止，她颤抖着向后退去，颓然地坐在了床上。

"夫人，我听到了您的声音，发生了什么事吗？"卧室的门被敲响，妮娜的声音传来。

"我没事，不小心打碎了镜子。"莎拉夫人整了整裙摆，强作镇定地说道。

妮娜打开了门，躬身进来收拾地上的碎片，莎拉看着她忙碌，自言自语道："约翰就要回来了。"

"是的，夫人。"妮娜打扫着地上的碎镜子，一边回应着莎拉的话。

"他一定会很高兴的。"莎拉突然笑了起来，抚摸着自己平坦的小腹，"虽然他从来也不说，但他一定像我一样喜欢孩子。"

妮娜轻轻叫了一声,被割伤的手指流着血,她赶紧把手指含住,生怕血迹沾到漂亮的地毯。莎拉叹了口气:"太不小心了。算了,你先停下吧,待会儿让其他人来清理好了。"

"没关系的夫人,我会弄好的。"妮娜低着头,不安地说道。

莎拉坐在床边,喃喃问道:"等有了孩子,他会更爱我吗?"

妮娜哆嗦了一下,颤声道:"先生本来就深爱着您。"

莎拉笑了笑,两眼空洞地看着前方,呢喃道:"是啊,他爱我,就像我爱他一样……"

跪在地上打扫的妮娜悄无声息地抬起脸,安静又痛苦地看着疯夫人,她忘了手指还在流血,血珠从她的指尖滴落到华美的地毯上,渗入繁复的图案中……

幻影黯淡了下去,莎拉夫人最后的话语回荡在房间中,将谎言一遍遍重复成了可悲的信仰。恐怕这时她早就发现了约翰的不忠,却不愿承认,宁可一遍遍催眠自己。

"看来这段是补全了疯夫人是怎么得到献祭办法的,不过这时候她还没流产,精神状态看起来也还算稳定……妮娜倒是有点紧张,她是真的害怕疯夫人会疯掉吧。"齐乐人说着,不太确定妮娜最后那个复杂的眼神里究竟包含了多少情绪,怜悯、愧疚,甚至还有那一闪而逝的嫉妒……

到现在齐乐人也无法下结论,被害的妮娜究竟扮演了一个什么样的角色。

"啧啧,好歹现在六个祭品都集齐了,我们是不是能去打 BOSS 了?"吕医生把最后一个恶魔的祭品收起来后问道。

苏和打开怀表看了一眼:"准备回表世界吧,时间差不多了。"

随着六声钟声，三个人再一次回到了表世界——从时间来看，这应该是最后一小时了，毕竟任务要求天亮前离开古堡，而现在已经六点整了，虽然这个季节太阳升起得晚，但是七点怎么着都天亮了。

"东西找齐，剩下的就是那条猎犬和最后的疯夫人了，关于对付猎犬的办法我暂时想到三个，你们可以参考一下。"苏和合上怀表，对另外两个人点头道。

"天啦，我简直想每个副本都出点Bug了，苏和你才是真Bug啊！"吕医生被这种开挂的感觉爽到了。

苏和含蓄地笑了笑："第一个办法比较危险，来自之前的南璐，为什么她和罗雪怡都会穿上疯夫人的衣服？我倾向于认为这是一种象征意义，意味着她们和疯夫人同化了。所以当南璐呼唤猎犬的时候，它很听话地跟去了，因为它认为那就是它的主人。它是怎么辨别的呢？靠认人？那显然不对，南璐和莎拉夫人的外貌和声音都截然不同。靠莎拉夫人的衣服？有这个可能。如果是靠恶魔之力……"苏和瞥了齐乐人一眼，吓得他的心怦怦直跳，以为苏和要将他身上寄生之种的事情说出来，"那么我们拿到的那几个祭品就可以用上了。"

吕医生扑哧一声笑了出来："你的意思是让齐乐人穿上疯夫人的衣服拿着恶魔的祭品去假装莎拉夫人把狗引走？"

齐乐人心如死灰："……我不去，我宁可来硬的！"

"这项任务倒是不难，吕医生应该也可以胜任。"苏和微笑道。

齐乐人大喜过望："你这个身高正好穿得进莎拉夫人的衣服，完美！"

"不！"吕医生惊恐地惨叫一声，"我拒绝！"

"看来是没法达成一致了，那就说说第二个办法。之前我也说过，二楼钢琴房的狗项圈是可以利用的，拿起项圈后猎犬应该会被引来，埋伏它应当没有问题，就是为了安全起见和速战速决，需要消耗一个微缩炸弹。"苏和说。

齐乐人有点心疼，这都是生存天数换来的，能不用还是不用了吧，留着对付疯夫人："还有一个办法呢？"

"用甲胄。"苏和就说了三个字，却点亮了齐乐人的思路。

"对，之前那具铠甲和猎犬发生战斗的时候，形势完全是一边倒，说不定有什么神奇的力量。而且甲胄材质坚硬，根本不用担心会被狗咬伤，这是个好主意！"齐乐人有点激动了起来。

吕医生在一旁吹了声口哨："可以扮演圣斗士了。"

齐乐人冷笑道："这个机会交给你了。"

吕医生秒怂。

三个人回到将甲胄打散的楼梯上，在吕医生和苏和的帮助下，齐乐人将这身沉重的金属铠甲穿在了身上："有点沉，不过还可以走动，比想象的要灵活。"

"当然啦，这本来就是仿照欧洲中世纪那会儿骑士作战用的甲胄制作的，不能穿才奇怪呢。"吕医生理所当然地说道。

苏和关注得更深入一些："有感觉到这具甲胄有什么特别的力量吗？"

"哦，这个倒是没有，看来只能当护甲用了。"齐乐人遗憾地说。

穿着甲胄走上楼梯，齐乐人回到了三楼，沿着蔓延向走廊尽头的血迹往前走。为了安全起见，吕医生和苏和在三楼楼梯口等他，要独自面对危险的齐乐人虽然有点忐忑，但是经过这么多次的磨砺，他不至于为了这么一场战斗而惊恐不安，最多是有点紧张。

猎犬究竟在哪里？

耳边是金属甲胄移动时的铿锵声，加上头盔的视野范围有限，齐乐人总担心自己错过了细微的动静。

终于，在他快要走到走廊尽头的开放式房间时，那条浑身烧焦的猎犬形如鬼魅一般出现在阴影中。表世界的古堡阴森陈旧，窗外的闪电一次次擦亮暴雨的夜空，也照亮这个一触即发的战场。

猎犬俯下身，喉咙深处发出威吓的低吼，齐乐人披着金属甲胄，手上握着甲胄的兵器长剑，随时准备刺出——

动了！

猎犬的咆哮声雷鸣一般落下，它后腿一蹬腾空而起，扑向甲胄！

好快！根本看不清！

齐乐人本能地挥出一剑，长剑落空，落地的猎犬再一次扑上来，冲劲之大将齐乐人连人带甲撞翻在地，他仓促地撑住了身体，顾不上拿剑，直接用铁拳挥向扑上来的猎犬！拳头好似被赋予了不可思议的力量，出拳的一瞬间齐乐人觉得自己连对面的墙壁都能轻易打穿！

拳头和猎犬撞在了一起，猎犬哀鸣着撞在了对面的墙壁上，摔在了地上。

好机会！摔倒的齐乐人想要爬起来补上一击，可是沉重的甲胄却限制了他的行动，他艰难地爬了两步，捡起地上的长剑一剑捅穿了猎犬的身体。

猎犬烧焦的身体轰然炸开了，火焰瞬间席卷了它的身躯，将它燃烧殆尽。

这一次打得还算顺利，齐乐人慢慢从地上爬了起来，摘下了头盔出了口气。

虽然猎犬的速度比上一次快了不少，但是托这具护甲的福，他没被咬伤，战斗结束得也够快，惊险程度大减，齐乐人十分满意。

苏和带着吕医生走了过来，吕医生还惊讶道："好快啊！"

"那必须的。"齐乐人故作淡定地说，努力展现高手风范。

"乐人很厉害呢。"苏和夸赞道，笑得弯弯的眉眼里一派温柔。

被人这么真诚地赞扬，还是被一个实力远超他的人夸厉害，齐乐人顿感十分不好意思。

"咳，杀了猎犬后疯夫人没出现，看来不会遇上你说的最坏的情况了。"齐乐人迅速转移了话题。

上来前苏和就假设了各种可能，最麻烦的一种就是猎犬和疯夫人之间是仇恨共享的，一旦攻击了猎犬，疯夫人也会随之出现，应对起来就会麻烦许多，不过根据副本难度来看可能性不大。

幸好这种情况也的确没发生，否则穿着笨重铠甲的齐乐人势必很难和疯夫人周旋。虽然苏和承诺如果遇上这种情况他会插手的，但是齐乐人还是希望能靠自己解决任务，这种相对安全的锻炼机会可真是太珍贵了。

脱掉铠甲，带上武器，拿好罗雪怡的灰烬，准备好恶魔的祭品，齐乐人看了一眼走廊尽头的小楼梯，它通向顶楼的天台花园。

在那里，一场大战一触即发。

【7】

"进入天台后，外面还是暴雨天气，对视觉和听觉都会产生影响，但是你有个优势，你能够感应到恶魔之力，所以更多地相信自己的感知吧。疯夫人出现后不要急着和她来硬的，先带着她跑动观察一下，记得存档，千万小心。"

天台的门开启，齐乐人先一步踏入雨中。

暴雨倾盆，倾泻而下的雨水没几秒就将齐乐人浑身淋透。他的脑中盘旋着苏和之前对他说过的提示，手中握紧了匕首。

眼前的花园已经看不出当年被精心打理过的模样，灌木和杂草在几十年间疯长，一些不知何处飘来的树种在这里生根发芽，形成了一小片茂密的丛林，再任由它们生长下去，迟早会超过屋顶的承重极限，将这座城堡的屋顶彻底压垮。

她来了。

齐乐人感觉到了那股诡异的恶魔之力，从茂密的丛林间散发出来。

头顶一声惊雷，刺目的闪电拉开了这场决战的序幕，惨白的光芒下，从林间走来的女人像是一道幻影，顷刻间来到了他们面前。暴雨冲毁了她的妆容，让她面目全非，她似悲似喜地呢喃道："啊，你们来了。"

齐乐人身后的吕医生打了个寒战，往苏和身后缩了缩。

"让我看一看你们的心，你们背叛了自己的爱吗？"疯夫人突然出现在吕医生的身边，直视着他的眼睛，吕医生像是魔住了一样纹丝不动，呆呆地和疯夫人对视。

太快了！他根本没有反应过来！齐乐人惊惧地看着瞬间出现在吕医生面前的疯夫人，又看向苏和，苏和对他摇了摇头，用口型说道：剧情。

齐乐人心下稍安，看来这是无法逃避的固定剧情，可是就算是剧情，疯夫人展现出来的速度也委实惊人。

疯夫人叹息地后退了一步，暴雨中她忧郁地看着他们："你并不爱你的恋人，但你是忠诚的，我原谅你。"

她鬼魅一般地消失，又突然出现在了苏和的面前，直视着他。

苏和对她微微一笑，并不意外，也不恐惧。

"我看不见你的心。"疯夫人困惑地低语着。

苏和礼貌地执起她的手，在她的手背上留下一个虚吻："我将它藏在了一个隐秘的地方，哪怕如您这般美丽高贵的女士，也不会轻易找到它，我要将它献给我挚爱的人。"

疯夫人空洞的眼神柔和了下来，她露出了一个笑容，可惜因为她此时的模样那笑容看起来扭曲而怪异："你是一个忠诚优雅的绅士，一个值得被爱的人，愿神祝福你。"

苏和松开手，对她微笑："也祝福您，夫人。"

疯夫人转过身，幽幽地看向齐乐人，属于南璐的眼睛里早已看不出任何属于她自己的情绪，那乌黑的眼瞳中已经盛满了另一个女人的怨恨和疯狂，她勾起嘴角，轻声道："让我看看……看看你的心……"

两个人四目相对的一瞬间，齐乐人的脑中竟然不可控制地浮现出了在献祭女巫任务中的画面！

无数过往在刹那间交叠在一起，无论是潮湿的森林、恐怖的洞窟还是阴郁的地宫，那段日子纵是短暂而充满苦难，却也深刻，孤独的人生突然间就被照亮……

画面静止在漫天圣光和歌咏的圣灵结界中，然后陡然跳转到古堡惊魂任务开始，他和吕医生在树下同四个NPC聊天的那一幕。

疯夫人咧开了嘴，她微不可闻的声音在暴雨中清晰而恐怖，带着一丝猎物出现的兴奋难耐："啊，你背叛了……那么浓烈那么炙热，连我快要腐朽的身躯也感觉得到那种温暖。可你背叛了。"

疯夫人的话语随着雨水渗入衣服中，沁入骨髓的凉意袭来，齐乐人的脑中嗡了一声，所有辩解的话语都瞬间冻结在了这个雨夜。

"跑！"随着苏和的一声令下，已经蒙住了的齐乐人拔腿就跑了出去。冰冷的雨水扑打在脸上，连眼睛都快睁不开，手电筒的光亮在雨夜显得捉襟见肘，齐乐人努力维持平衡，可是疯夫人却好像有某种神奇的念力，原本平整的地面在他跑过的时候突然隆起，结实的树枝猛地在他面前断裂掉落，好几次险些将齐乐人绊倒在地。

疯夫人像是一个无处不在的幽灵，有时候她突然出现在他的面前，在吓得他心脏骤停之后带着诡异的笑容消失，有时她远远追在他身后，仿佛一只驱赶着羊羔的狼，不紧不慢、优雅自若地玩弄着自己的猎物。

有几次她已经来到齐乐人的面前，可是当齐乐人挥出匕首刺向她的时候，匕首的刀刃却无法刺穿她的身躯！她的皮肤坚硬如石，毫不畏惧他的攻击。

天台花园的楼梯口亮起了火光，战前苏和说的话浮现在了齐乐人的脑海中："恶魔的祭品由吕医生来销毁，刚才我让你从厨房带来的油也一并交给他，等你领着疯夫人开始跑之后，他负责点火烧掉祭品——我不太确定在进入天台前烧掉祭品会不会导致一些不可控的意外，所以安全起见还是现场烧毁吧。而你，在带着疯夫人跑的时候顺便寻找肖洪的尸体，确定位置后我们会将他烧掉。"

吕医生哆哆嗦嗦地把铁盒挨个儿打开丢进火堆里，点燃的油在雨水中也燃烧无碍。随着祭品落入火中，原本追赶着齐乐人的疯夫人突然发出了一声惨烈的嚎叫："不——住手！你们……停下来！！！"

机会来了！

齐乐人一个急刹车，卡槽里的初级格斗术让他平衡住了前倾的身体，向疯夫人丢出了微缩炸弹！

炸弹飞出的一瞬间，抱着头惨叫的疯夫人突然睁开了眼睛——在她猩红眼眸的注视下，那颗向她飞来的微缩炸弹竟然被一股意念的力量控制，弹回了齐乐人的脚边！

轰隆一声巨响，微缩炸弹瞬间爆炸，巨大的冲击力将天台花园炸得七零八落，原本就在岁月侵蚀下变得脆弱的屋顶几乎要不堪重负。爆炸的硝烟在暴雨中散去，在远处看着战况的吕医生吓得脸色都变了，生怕齐乐人死无全尸。

一片狼藉的地面上，处于爆炸正中心位置的齐乐人却凭借千钧一发之际的存档，成功躲过了这次必死的爆炸。

不远处的疯夫人凄厉的哀号声停止了，她缓缓放下抱着头的手臂，歪着头看着他："不可原谅的负心人……我要残忍地杀死你！撕裂你的心肝！"

她充满魔力的声音让周围的空气都震荡了起来，惊雷在她头顶炸开，刺眼的白光中她凄厉地呐喊着，周围的植物疯了一般地摇晃了起来，树叶的摩挲声几乎盖过了暴雨的声音。

不好！必须尽快解决她！

齐乐人顾不上按照苏和的思路先去找到肖洪剩下的尸体了，他从道具栏里翻出了那一摊灰烬，趁着SL技能第二次读档时间未过，奋勇地冲到了疯夫人面前，将灰烬迎面撒在了她的身上——灰烬好似火药一般被点燃，火苗迅速从疯夫人的身上蹿起，哪怕暴雨也无法浇灭她身上的火焰！

她像疯了一样大笑了起来，狂风中，暴雨也被点燃，燃烧着的火雨在不可思议的力量的指引下喷涌着向四面八方射去。震惊之中的齐乐人就地一滚躲过了一波烈焰火雨，SL技能的三十秒时间已经所剩无几，要么现在自杀读档，要么……

一棵又一棵树在火焰中被点燃，又被疯夫人身上那种怪异的力量拔起，无数泥土石块夹杂着雨水涌向齐乐人。眼看着火树即将砸到自己的身上，齐乐人一刀抹在了自己的脖子上，随着喉咙上的刺痛传来，身体被火树砸飞的痛苦也一并传递到了脑中。

读档成功。

连续两次读档后的齐乐人又回到了疯夫人的面前，不去思考这一刀能不能刺入她的身体，孤注一掷地冲了上去——

狂风、暴雨、闪电、雷鸣……这个雨夜这座古堡中发生的一切在他眼前融合成了一幅恐怖扭曲的残像，植物在燃烧，暴雨在燃烧，伫立的疯夫人也在燃烧！火焰像是要吞没一切一样，将所有事物拖入燃烧的炼狱之中。

疯笑声戛然而止，镶嵌了圣洁符文的匕首插在了疯夫人的胸口，她呆呆地看着眼前的齐乐人。

雨势减弱，雷鸣声也越来越远，在这里盘旋了一夜的雷云终于开始远去，留下一片狼藉和一群沉湎于故事的人。

疯夫人的胸口汩汩地流着"血"，这些燃烧的血液如同高温熔解的金属一般耀眼，逐渐将她吞没。

"我做了一个很长很长的梦……"疯夫人沙哑的声音在雨夜中响起，"你们不该唤醒我的梦……"

疯夫人缓缓闭上了眼。一道黑色的浊气从火光中升起，消散在了空气中，恶魔之力也随之消失，原地留下一个金色的箱子。

雨停了。

齐乐人走向疯夫人死后留下的宝箱，犹豫了一下，回头召唤了吕医生："过来开箱！"

吕医生吭哧吭哧地跑来，路上被炸得坑坑洼洼的地面绊了一跤差点跌倒，幸好一旁的苏和扶了他一把。

"真要我帮你开？"吕医生认真地问道，眼睛闪闪发亮，一脸按捺不住。

"我确定一定以及肯定。"齐乐人同样认真地说。

"呃……苏和啊，开箱有什么规律或者玄学吗？"吕医生问道。

"通常来说，大部分宝箱都是稀奇古怪的一次性物品，少部分是技能卡，也有纯粹加卡槽或者属性的，甚至有人遇上过开出随机任务的，几乎没有规律可循，还是看手气吧。其实技能卡也未必好，倒是有些道具关键时刻会有妙用，如果运气够好，说不定会开出传说中的复活道具。"苏和笑笑说。

齐乐人的心里咯噔了一下，他强迫自己不去看苏和，他也不知道苏和突然提起复活道具是有意还是无心，只能尽量假装得足够自然……

应该是巧合吧……很久以前苏和就提起过类似的复活技能卡，如今说起，也只是为了说明开箱和运气的关系，他完全是做贼心虚啊！

"那我开了，要是开出绑定技能卡，就没你的份了哦。"吕医生提醒齐乐人。

齐乐人强作镇定："开吧。"

吕医生的手指在锁扣上一点，金色的箱子开启。

吕医生看了一眼技能卡，"哦"了一声："应该不错吧，嗯。"

恶魔的礼仪——非绑定技能卡，每使用一次需要消耗恶魔结晶一块，如包裹内恶魔结晶不足，则技能无法使用。装备该技能期间，玩家会根据消耗的恶魔结晶类型化身为同类恶魔，但不获得恶魔的天赋技能。技能持续效果三小时，冷却时间二十四小时。

这是……

齐乐人看着手中的技能卡，直觉告诉他这张技能卡很不寻常，可是却又说不出到底是哪里不寻常，他求助地看了苏和一眼："这卡……应该有用吧？"

苏和接过技能卡看了一眼，有点意外地说道："很不错的技能，如果以后有涉及恶魔的任务，也许你就可以假扮成恶魔阵营的人了，不过需要恶魔结晶……"

苏和没有说下去，只是意味深长地看了齐乐人一眼，后者立刻明白了他想说什么：现在的他还是远离恶魔结晶为好，否则他身上那颗寄生之种可是会很快失控的。

"看来我手气不错，嘿。"吕医生得意扬扬地说。

苏和含笑看着他，赞赏地点了点头。

"回去请你吃饭。"齐乐人伸出手想拍拍吕医生的肩膀，结果胳膊一抬，在地上翻滚躲避疯夫人时就严重伤的胳膊顿时疼得不行。

吕医生见状赶紧给他治疗："现在不用担心技能冷却了，先给你治治吧，虽然不能全好，但总比没有好。"

"三不医"的技能还是比较靠谱的，至少齐乐人额头上的撞伤、手臂上的割伤和浑身的擦伤都迅速结痂，但也只能到这个程度了。如果他现在受到的是致命伤，这个技能是无能为力的。

伤口愈合了，疼痛也减轻了，齐乐人心情愉快地挥动了一下胳膊，道了声谢，见苏和还在研究疯夫人死亡后留下的灰烬，他好奇地问道："有什么不对吗？"

"倒也没什么不对，只是有点奇怪。之前吕医生烧掉恶魔的祭品后，疯夫人不但没有衰弱，反而变强了……"苏和思索了一下后说道，"大概是引起了她的狂化吧，但这种状态坚持不了太久，如果当时你不急着攻击而是暂避锋芒，她应该很快会进入衰弱状态了。"

齐乐人挠了挠头，刚才他虽然尽力躲开了，但是还是有几缕头发被火雨烧焦，发出一股古怪的味道："可惜我没找到肖洪的半具尸体，不然应该会更好对付一些……你拉我胳膊干吗？"

吕医生翻了个白眼，扯着他的胳膊往旁边一指："你眼神不行啊，多补充点维生素A增强夜视能力吧。"

顺着吕医生手指的方向看去，被手电筒照亮的灌木丛后，赫然就是肖洪的半具尸体，挂在一棵大树上，十分醒目。

齐乐人沉默了。

"天太黑了，处于极端紧张的状况下，注意不到也是正常的。"苏和淡定地安慰了齐乐人一句。

齐乐人继续沉默。

三个人烧掉了肖洪剩下的半具尸体，然后离开了天台花园，剩下的时间已经不多了，他们必须赶紧离开古堡结束任务。

下楼的时候齐乐人问了一句："现在我们的任务完成度是多少了？"

"百分之九十一。"苏和说道。

"哇，可以拿到那个抽奖机会了！百分之九十以上就可以随机抽奖一次！我喜欢！"吕医生兴奋了起来。

"还差百分之九，到底差在哪里？"齐乐人回想了一下任务的剧情，觉得他们应该没有遗漏太多东西了。

吕医生沉吟了一声："唔，现在故事剧情已经探索得差不多了。很久以前莎拉爱上了不是贵族出身的约翰，约翰出于某种目的——可能是感情，可能是利益——和莎拉结合了。莎拉发现自己的侍女艾德琳和约翰有染，她偷偷杀死了艾德琳，并伪装成她误食了过敏食物致死，没有人发现这是一场谋杀，除了莎拉夫人的家庭医生弗莱舍尔。之后莎拉夫人和约翰先生来到了东方经商，并住在了修建的古堡中，为了替艾德琳复仇，弗莱舍尔医生也从德国来到了东方。约翰先生为了避免莎拉夫人的家族遗传病遗传给下一代，一直用弗莱舍尔医生提供的方法避孕，他指使侍女妮娜在莎拉夫人的饮食里放水银粉，后来这件事被妮娜知道了，妮娜担心自己在毒害莎拉夫人，所以擅自减少了剂量，后来莎拉夫人就怀孕了。妮娜害怕莎拉夫人的遗传病发作，制造了一场意外，莎拉夫人跌下楼梯流产了。流产后的莎拉夫人的精神状态急剧恶化——这里面可能有弗莱舍尔医生的手脚——她开始怀疑一切都是死去的艾德琳的怨灵的作祟，夫妻感情也开始破裂。然后恶魔在镜子中蛊惑了她，教会了她献祭的办法，深爱着丈夫的莎拉夫人为了挽回他的爱，向恶魔献祭了。但是献祭反而让她的精神病越来越严重，直到最后她献祭了妮娜，彻底发疯，邪恶的人格控制下的莎拉夫人杀光了所有人，放火烧了这座古堡。"

"听起来，我们没有漏掉什么重要的线索吧。"齐乐人觉得他们得到的线索已经很完整了，没想到还有百分之九的疏漏。

苏和有条不紊地给两个人分析了起来："这个完成度意味着我们完成了主要剧情，解谜部分结论正确，缺少的是一些线索和证据。如果一定要深究的话，有三条暗线我们是没有发掘下去的。一个是关于妮娜，她的行为看似合理，但是深究下去却又显得奇怪，为了避免莎拉夫人生下孩子后遗传病发作，她选择暗害她流产，难道这就不会导致莎拉夫人发疯？她的原话也很耐人寻味，'我像是被恶魔蛊惑了一样'，所以她究竟有没有和疯夫人一样受到恶魔的影响，我们不得而知。而发现最后一个恶魔祭品时出现在幻影里的妮娜的态度也很微妙，她同情疯夫人，也暗含愧疚，但是隐隐地，她也在嫉妒，那可不是一个乖巧听话的女仆该有的眼神。还有一点，妮娜说自从她向约翰先生坦白自己减少了水银粉的投放剂量后，这件事就被交给了其他的女仆，她也被关了起来，但是莎拉夫人流产发疯被关入地下室后，却依旧是妮娜负责给她送饭菜……她做了什么，让约翰再次信任了她？"

苏和抚摸着手杖上的装饰，不紧不慢地剖析起了剧情，一个个细节被他挖掘了出来，令人毛骨悚然。齐乐人突然想到了一种可能，妮娜将疯夫人推下楼梯导致她流产，真的是为了帮助疯夫人吗？她究竟是想做什么？

"第二个是罗雪怡，她最后突然出现在挂着画像的楼梯上，带着肖洪的半具尸体自焚而死，她甚至比南璐这个 NPC 更复杂，行为里更是充斥着隐喻和谜团，从她失踪到最后自焚这段时间里，我们应该漏掉了很多关于她的剧情，导致完成度下降。最后就是弗莱舍尔医生，别忘了，弗莱舍尔医生的事情没有任何证据，全凭主观臆测。我们肯定漏掉了一些能够指证弗莱舍尔医生的证据，比如这座古堡的某处还有他留下来的水银粉或者致幻剂，乃至他和约翰先生更多的信件内容。"

齐乐人深思了起来，关于前两者的线索不好找，但是弗莱舍尔医生的东西应该还有希望找到，具体该去哪里找呢？应该是二楼约翰的书房吧。可是之前他、吕医生和南璐就搜索过那间书房了，应该没有更多的线索了，现在去还能找到吗？这里可是火灾后的表世界啊，就算有线索，恐怕也……

"走了走了，你还想打个百分百通关吗？别浪费时间啦，赶紧结束任务交差吧。"吕医生拉着还在思考的齐乐人，一起走下楼梯。

"等一等。钥匙，把二楼的钥匙给我！"齐乐人突然想起了什么，抓住吕医生的肩膀，"不，不需要钥匙，你跟我一起来！"

"啊？你干吗？"茫然的吕医生被齐乐人拉住，踩着残破的地板往二楼狂奔。

凭着对古堡房间分布的记忆，齐乐人迅速找到了自己要找的那一间，此时此刻他满脑子都是最后一次去见妮娜的时候，她说过的一句话——她偷偷来到先生的书房外，想要给他一个惊喜……然后她看到了，先生对着艾德琳的照片思念她。我以为她会冲进去和先生大吵大闹，就像之前一样，但是她没有。

门开了。

陈旧破败的书房里，正对着大门的是南璐曾经坐过的沙发和挂在沙发后的墙面上的一幅画。这间屋子没有被烧得很严重，画像上英俊的男主人约翰还隐约可见。

齐乐人大步走了进去。会被站在门口的疯夫人一眼看见的位置，只可能是这里。

他小心地摘下了画框,翻转了过来。果然,画框后夹着一张照片。

齐乐人的心跳突然加快了,他隐约意识到了,自己应该是发现了一个重要的线索。他深吸一口气,将这张照片取了下来,转到了正面。

照片上是个年轻的少女,穿着一身女仆的服装,对着镜头微笑着。

"是艾德琳吗?"吕医生凑上来看着照片问道。

齐乐人忽然就明白了过来。

"她还有个名字。"齐乐人闭上了眼,回想起了阴冷的地宫中,那个最终走向祭坛,走向欺诈魔王的那个少女。

"她叫伊莎贝尔,一个……出色的女巫。"

照片上微笑的女仆艾德琳和献祭女巫中胜出的伊莎贝尔重叠在了一起。

这是一个关于爱情、欺骗、嫉妒和疯狂的故事。故事里每个人都有迷失于自己的欲望和罪恶中,无论是为她着迷的约翰,为她嫉妒的莎拉,被她煽动的妮娜,还是替她复仇的弗莱舍尔,都像是提线木偶一样被她玩弄着。

只是这么一眨眼的时间,侍奉欺诈魔王的女巫伊莎贝尔已经是一个善于玩弄人心的魔女了。

第六章

红

【1】

"玩家齐乐人，完成古堡惊魂任务。任务完成度百分之九十五。"

"奖励基础生存天数二十天，奖励额外生存天数三十天。任务完成百分之九十以上，奖励随机抽奖机会一次。"

"数据同步倒计时，十、九、八、七、六、五、四、三、二、一，同步完成。"

齐乐人回到了自己在黄昏之乡的家中，任务最后时刻的心悸感还残留在脑海中，让人不寒而栗。他不由想了很多，任务里会出现伊莎贝尔这个侍奉欺诈魔王的NPC，一定是她或者其他恶魔在任务生成的那段时间里干扰了剧情，虽然剧情的时间跨度很大，但是生成剧情应该只是一瞬间的事情，所以不存在时间上的冲突。但是，它们究竟为什么要这么做？

越是深思，就越是无力，他只是一个普普通通的玩家，在这个巨大的阴谋面前脆弱得如同一只蜉蚁。

齐乐人叹了口气，点选了这次的随机奖励。

逆流之沙——可任意重置一张技能卡的冷却时间，令其瞬间完成冷却重新使用。剩余使用次数：1/1。

齐乐人眼前一亮，原本郁闷的心情一下子愉快了起来。这个一次性道具在关键时刻可是能派上不小的用场啊，就算他SL技能还在冷却，只要用了这个沙漏形状的道具，就可以瞬间完成重置再次使用了！

这差不多是多给了他一条命啊。

加上复活彩蛋和恶魔的礼仪……他这次的任务可真是收获不菲了，

难道是时来运转、运气爆发？

只可惜那台手提电脑依旧没有跟着他来到黄昏之乡中。齐乐人已经打定了主意，过两天就去找陈百七打听一下关于变压器的问题。他打算把东西带到任务里去，冥冥之中他有一种感觉，同样的事情迟早会再次降临，而这一次，他会有备而来。

古堡惊魂的任务给齐乐人带来了丰厚的奖励，五十天的生存天数加上之前剩下的五十天零三个小时，现在总共有惊人的一百天零三个小时。除去必要的食物开支，他有将近三个月的时间，齐乐人准备好好提升一下自己，不急着去接任务了——再过半个月他就要开始他的第一次强制任务了。

每个玩家每月都会有一个强制任务，任务难度会随着时间推移越来越难，但是对一个新人来说，强制任务的难度比新手村还简单，当然，不是齐乐人经历过的那种新手村。

两三个月的时间说长不长，说短不短，如果训练得当，那张初级格斗术的技能卡完全可以淘汰了，还能省下一张卡槽。很早之前苏和就送了他一把需要插卡槽的物品卡匕首，但是碍于卡槽不够一直没用，真是极大的浪费。

任务结束前三个人说好了明天一起吃顿饭，齐乐人看了一眼时间，虽然他的精神状态还不错，但是毕竟在古堡里折腾了一晚上了，还是先休息一下为妙。

洗漱完毕，齐乐人钻进了被窝里。黄昏之乡的日照条件没法晒被子，上次齐乐人崩溃地洗完一屋子的被子之后眼睁睁地看着湿乎乎的被套床单在夕阳下缓慢风干，现在盖在身上有种格外难受的阴冷感，就算是齐乐人这种对衣食住行不怎么讲究的人都觉得不太舒服。怀着对被子的不满，齐乐人翻了个身，陷入了睡梦中。

梦里，齐乐人站在一片星海之中，广袤无垠的宇宙里他被映衬得卑微渺小，如同草芥。

不远处，一把座椅漂浮在真空之中，妙丽坐在椅子上，翻着膝盖上的书。好似是感觉到了他的到来，妙丽抬起头，推了推眼镜："晚上好。虽然本来没想这么快就让你开始任务，但是实在是机会难得，我们决定提前行动了。"

齐乐人镇静地看了她一眼，拉开椅子坐了下来："杀戮密会的事情有着落了？"

"没错。"妙丽打了个响指，"简单说一下事情的起因，我们抓到了杀戮密会在黄昏之乡的分部持戒人，这可真是一条大鱼。"

"你们都抓到了关键人物，还需要我做什么？"一种大难临头的不妙感觉涌上了齐乐人的心头，他觉得自己要摊上大事了！

妙丽叹了口气："然后他死了，死于寄生之种爆发。"

"所以？"齐乐人问道。

"还是从头说起吧，从杀戮密会这个秘密结社开始。黄昏之乡处于审判所的管控下，所以在黄昏之乡内，杀戮密会的分部是十分低调而且隐蔽的，他们没有固定据点，所有成员以假名和身份联络交流，秘密发展玩家，定期执行一些特别的任务。他们的内部甚至是混乱不团结的，就像是养蛊一样，只有最优秀的那些会得到杀戮魔王的青睐，成为它的追随者，而其余的人，不过是可悲的牺牲品罢了。"妙丽说道。

"没有人背叛吗？你们就没有收买到一些线人吗？"齐乐人问。

妙丽赞赏地看了他一眼："我们也很想这么做，但是有一个最大的问题。寄生之种的传承是类似于血族的传承，持有寄生之种的人通过仪式将寄生之种传播给新人，成为他的'引导人'。在传承仪式上，被植入寄生之种的一方会发誓对杀戮魔王效忠，这种忠诚是一种契约，不可背叛的契约。一旦背叛开始，寄生之种就会迅速爆发，使得被寄生者死亡。"

齐乐人强忍着想要去抚摸寄生之种的冲动，冷声道："这就是你们选择我的原因？就因为我是意外被感染，而不是通过这种仪式获得寄生之种？"

"这是很重要的一个原因。"妙丽笑道，"继续说下去。每个分社的信徒会选出一个持戒人，戴上信物戒指，而这枚戒指上附着着杀戮魔王赐下的领域……"

"领域？！"齐乐人忍不住叫了出来。

妙丽挑了挑眉："看来你对领域并不是一无所知啊。"

齐乐人没说话。

"不过那只是个半成品，你可以把它理解为一个便携的空间。因为这个领域依附于杀戮魔王的信物而不是持有者本身，所以它就只是个半成品而已，比一般的半领域还不如，因为它根本没有彻底凝结的希望。但是持戒人可以用它召唤隶属于这个分部的信徒来执行杀戮魔王的命令，成为他们的领导人。"妙丽换了一个坐姿，托着腮看着齐乐人，"你好像有话要说？"

齐乐人摇了摇头，淡定道："以前听人说起过领域的事情……你们既然抓到了杀戮密会分部的主持人，那么他身上应该有那个领域的信物戒指吧？"

"很可惜，随着他的死亡，这枚戒指回到了代理持戒人的手中。现在，他们准备选出新的持戒人了，每一个杀戮魔王的信徒都有资格参加选拔，每一个都有。"妙丽的笑容微妙了起来，她深深地看着齐乐人，似乎在审视他究竟能做到哪一步。

"所以你是想要我混进他们中去，然后想办法成为这个分部的持戒人？"齐乐人顿生一种荒谬感，"你觉得我可以？"

"你可以。因为我们手上有一个绝佳的身份可以提供给你，但是需要你做出一点小小的'牺牲'。"妙丽露齿一笑，笑容中有某种令人毛骨悚然的恶趣味。

齐乐人的眼皮跳动了一下，他有种十分不妙的预感。

"我们会用十天的时间来训练你……各种方面的训练，听说你在这方面已经颇有经验了，好好干吧，祝你好运。"

终年笼罩在夕阳之下的黄昏之乡，下起了一场暴雨。

豆大的雨点打在石砖铺就的隐秘小巷中，嘈杂的落雨声将人的五感笼罩在了水汽之中，让除此之外的声音都变得遥远，哪怕是昼夜不歇的机器轰鸣声，都被这密密的雨帘掩盖了。

天黑得好似午夜时分，巷口的路灯照不出七八米远的距离，而就在这个黑暗笼罩的角落里，一阵打斗声和撞击声传来，惊飞了正在屋檐下躲雨的鸟。

战斗很快平息，雨声之中，仿佛什么都不曾发生。

"报告，抓到了一名杀戮魔王的信徒。"审判所的执行官一脚踩在被击翻在地的少年的背上，对着对讲机汇报。

对讲机那头传来阿尔冷漠又懒散的声音："把人带回来，要活的。"

"是！"执行官关掉了对讲机，用脚踢了踢好似已经晕过去的少年。

执行官咂了下嘴，粗暴地拎起他的后颈。少年还略显稚气的脸上露出吃痛的表情，哀求地看着执行官。

"名字？"执行官问他。

少年没有说话，他已经认定自己无法逃脱，绝望感已经击溃了他的神经。

"说话！"执行官抬脚用膝盖在他的伤口上撞了一下，少年惨叫了一声，呜咽着哭了起来。

"没用的东西。"执行官啐了一口，捆住了他的手拖着他往审判所的飞船走去。

黑暗之中，暴雨越发肆虐，雨声让执行官的听力下降得厉害，耳边还充斥着少年呜呜的哭声，听得他心烦意乱，他瞪了少年一眼，呵斥道："哭哭哭，哭个屁！你是娘儿们吗？！"

少年被吓住了，嗫嚅道："可我疼……"

执行官刚要说什么，翕动的嘴唇却突然停住了。

一声沉闷的撞击声后，他像是断线的风筝一样被人踢飞了出去，瘫倒在了雨水中。

坐倒在地上的少年惊呆了，甚至忘了哭泣，愣愣地看着眼前穿着斗篷戴着兜帽的神秘人。他根本不知道这个人是什么时候出现在这里，刚才强大得好像根本不可能战胜的执行官，就这么被一把匕首无声无息地解决掉了……

"没用的东西。"藏在斗篷下的神秘人嘲讽地重复了一遍执行官临死前说过的话，也不知道究竟是在嘲笑地上的少年，还是嘲笑那个死去的执行官。

她是女的？！

少年愕然了一瞬，斗篷严严实实地捂住了她的身形，可是她开口时低沉沙哑却不失女性柔媚的声线还是暴露了她的性别。

少年崇拜地看着眼前这个仿佛黑夜来客一般的神秘高手，一时间连自己身上的疼痛都忘记了。

"走了，再不走审判所的走狗就要来了。"神秘高手冷冷道。

"哦……哦哦！谢谢前辈！谢谢！"少年感觉到了眼前这个人身上同类的气息，激动道。

被迫再次男扮女装的齐乐人黑着脸，压了压斗篷的兜帽，不动声色地看着眼前的少年。

一切进展顺利，接下来……

"下雨收衣服"目前剩余感应次数 2/3。

糟了！

齐乐人的头皮都要炸开了，千钧一发之际他本能地完成了一次存档，几乎是同一时刻，一支银光璀璨的箭矢射穿了齐乐人的后背。

存档点就在脚下，读档复活的齐乐人听见耳边清脆的声响，失去目标的箭矢掉落在了地上，他幸运地逃过了一劫。

齐乐人匆忙地转过身，遥远又昏黄的路灯下，一个人影手持短刀挥向他，疾风闪电一般的快，刀刃即将刺穿他的一刹那，那人突然意识到了什么，猛地收力，硬生生地将挥出的短刀扭转了一个方向，锐利的刀锋在雨夜中转过一个银灰色的弧度，耀眼如同流星。

刀气贴着齐乐人的鼻尖掠过，竖切向下划破了斗篷，齐乐人一个后仰坐倒在了地上，积水四溅。他就像一个火车驶来前最后一秒才跳出铁轨的幸存者，惊魂未定地仰视着来人——他看到了那双他至死难忘的蓝眼睛。

在森林，在地宫，在墓地，在古堡，在梦境……齐乐人无数次回想起这双眼睛，却从没想过，他们会以这种方式不期而遇。

同一种名为错愕的情绪猝不及防地出现在了两个人的眼中。

斗篷的系扣被刀风割裂，兜帽掉落，被雨水浸透的斗篷沿着肩膀的弧度沉甸甸地滑落了下来，大片大片的肌肤裸露着……宁舟的视线被烫到了一般移开，落回了"她"的脸上。

那是一张熟悉又陌生的脸。

长发被雨水打湿，蜿蜒地紧贴在"她"的皮肤上，清秀的五官被浓艳的妆容掩盖，显现出迥异于初见的成熟风情，那上挑的眼线、妖异的眼影、刺目的红唇，以及那眉眼间被精心描摹的荆棘刺青，让这张记忆中的面孔陡然陌生。

可如果剥开这层表象的伪装，宁舟仍然能从这张脸上看到熟悉的痕迹——"她"眼中一闪而逝的慌张和担忧，还有"她"此时无论如何也说不出口的千言万语。

宁舟怔怔地看着"她"，手中的短刀还停留在"她"的喉间。他们一个站着，一个坐着，静默无声地对视着，在昏暗的路灯下凝滞成了一幅光影对立、虚实相生的油画。

暴雨不歇。

倒在地上的少年已经看呆了。

距离他几米远的地方，那个蓝眼睛的冷峻男人站在雨幕中，手中的短刀直指刚才暗杀了执行官的神秘女高手,两个人一个站在路灯的光亮下,一个坐倒在阴影中,仿佛生而对立。

可是,他们的眼神里却充满了相似的惊讶之情。

他们认识吗?满怀疑问的少年甚至忘了自己此时危险的处境,也忘了伤口传来的阵阵疼痛,只是呆呆地看着两个人。

轰隆一声巨响,一团黑色的烟雾包裹住了少年,还不等烟雾散去,少年只觉得腰上一紧,被人从地上拉了起来,救他的人似乎抛出了吊钩一类的东西,带着他翻过了小巷的墙壁,落地时还因为两个人的重量而趔趄了一下。

这位神秘女高手对附近的地形很熟悉,带着一个伤患也能熟练地利用地形绕开追兵,少年没坚持多久就因为失血过多晕过去了。

齐乐人看着怀里陷入昏迷的目标,松了口气,心跳却还没从刚才骤然见到宁舟的震惊中平复下来。

目的地已经近在眼前了,齐乐人抱着一个一百多斤的活人累得不行,要不是审判所出借了几张技能卡给他,他只怕早就抱不动了。

走进小屋,齐乐人将人往沙发上一扔,找出药箱简单粗暴地给他缝合包扎了起来,确定人死不了之后他就放心了,不顾一身湿透瘫坐在了沙发上,开始整理这一次行动的经过。

狂山(化名),男,三十二岁,被审判所俘虏后迅速死于寄生之种爆发。他是杀戮密会黄昏之乡分部的持戒人,也是齐乐人这次扮演的人物的老情人。

杀戮密会的成员都知道狂山的私生活有多混乱,格外喜欢风情妖娆的成熟女性,有几个他们不认识的老情人实在是太正常了。

不正常的是，要扮演他老情人的是齐乐人，性别男。

齐乐人听到妙丽给出的大胆计划的时候，心情复杂的程度无法形容。虽说不久之前他才因为任务被强行转化过性别，还不小心骗走了一个冰山美人的芳心，但这一次他是要男扮女装骗过所有人！

为了贴合狂山一贯的审美口味，他就被弄成了现在这副鬼样子：浓妆艳抹，衣着暴露，脸上、腰间、大腿、脚踝，各个部位都有一些刺青。

但男扮女装并不只是外形像就可以，说话的声音、走路的姿势、表情和语气，无数不经意的小细节都很可能暴露他的真实性别，为此齐乐人被迫接受了特训。

幸运的是，他可能在演技上确实有不小的天赋，没多久他就能大摇大摆走进女装店，从容地和店员讨论自己应该买哪个码数的文胸，直到拿着衣服离开都没有人发现他的真实性别。最绝的是，没走出多远他就被几个心怀不轨的男青年搭讪了，最后他把人骗到暗巷里揍了一顿，惨叫声不绝于耳。

齐乐人郁闷地捂住了额头，他本想着偷偷摸摸干完这一票立刻废了这个马甲，打死也不能让人知道这种黑历史，谁知流年不利，刚一登场就被宁舟看到了这副不人不鬼的样子。

一想到宁舟看到他时那种震惊的表情，齐乐人只觉得浑身的毛孔都要炸了。

宁舟会怎么想？觉得他果然是个变态？还是个女装惯犯？

天地良心，虽然他看起来很熟练，但是他只男扮女装过两次啊，两次还都是被迫的！

齐乐人心如死灰地看着头顶的天花板，烦躁得不行。刚才用烟幕弹逃跑的时候，他明显感觉得到宁舟是故意放水了，否则烟幕弹和雨水根本不可能阻挡得了宁舟的追踪……刚开始那一箭倒是差点要了他的小命，当时宁舟恐怕以为他这个袭击审判所执行官的家伙是自甘堕落的恶魔信徒吧。但是当射中他的箭矢因为他的读档而掉落在地上后，宁舟就迅速认出了他是谁，所以才会收力放了他一马……

暗杀审判所的执行官救人，本就是齐乐人和审判所演的一场好戏。原本一切进展顺利，审判所的执行官假死后他带着目标逃走，谁知道会遇上路过的宁舟，只能说这是一个尴尬的巧合。

齐乐人站起了身，走到窗边看向外面。

暴雨如注，淅沥沥的雨水从窗檐上急急地流了下来，珠链一般挂在窗外。静谧的黄昏之乡中，星星点点的灯光如同海上的渔火。齐乐人的视线突然定住了，他怔怔地看着远处在雨中散发着昏黄光芒的路灯和路灯下的黑色人影。

齐乐人疑心是自己看错了，于是用力眨了一下眼睛，等他再次看向那里的时候，那个人影已经不见了。

齐乐人又揉了揉眼睛，可是再怎么看，那根电灯柱下也没有人在那里了。

是错觉吗？齐乐人只是思忖了一瞬间，立刻否定了这个判断。

他相信自己的眼睛。

或许那是审判所负责来监督他的人，又或许……

齐乐人的手扶着窗台，一种难言的惆怅之情凝滞在心口，他隐隐觉得，那个人影应该是宁舟。他果然一直跟在他们身后，可到最后也没有出来阻止他的行动。

也许审判所的人已经和他联系上了吧，他们应该会告诉他这是一次特别行动，到时候误会自然会解开了。想到这里，齐乐人有种松了口气的轻快感觉。虽然他还得用这个尴尬的假身份行动一阵子，但是总算不用被宁舟当成变态了，这可真是太好了……

巷口路灯下，已经隐入黑暗中的宁舟靠在墙边，雨水倾盆而下，早已浸透了他的外衣，他却好似无知无觉一般。停在不远处屋檐下的黑鸟鸣叫了一声，宁舟应声抬头，看向巷口。

一身便装的执行官阿尔踏着雨水向他走来，来到他面前后停下脚步，看了那扇亮着灯的窗户一眼，一贯散漫的语气都难得凝重了起来："幸好你没闯进去，差点坏了大事。"

"怎么回事？"宁舟皱眉道。刚才暴雨中的那一幕给他的冲击太大——不仅是因为齐乐人的装扮。一回想起刚才他差点又杀了齐乐人一次，他就心神不宁了起来。如果那时齐乐人的反应慢了一拍……宁舟甚至不敢想下去了。

"我不能说，你回头可以去问 BOSS。"阿尔说道。

宁舟站直了身，回望了那扇窗户一眼，吹了声口哨，大黑鸟从屋檐下掠过，停在了他的肩上，跟他一起消失在了夜幕中。

屋内。

沙发上传来了一声带着痛意的低吟。齐乐人深呼吸了几次，做了下心理准备，开始进入表演的状态中。他点起了一根烟——这十天里新学的技能之一——不紧不慢地走到了沙发边，俯下身将一口烟喷在了受伤的少年身上。

半昏半醒的少年冷不防地吸进了一口烟气，咳咳地呛了起来。

醒来的少年看到对面的单人沙发上坐着一个妖冶性感的年轻女人，一头微微潮湿的长卷发披散着，她漫不经心地抽着烟，斜睨了他一眼，阴柔的声线响起，冷漠而撩人："真没想到，有一阵子没回黄昏之乡，杀戮魔王的信徒就已经堕落成这样了。"

少年脸色惨白，不敢看他，嗫嚅道："谢谢前辈……谢谢你救了我……"

坐在沙发上的女人换了个姿势，将脚搁在了他的沙发扶手上，懒洋洋地道："你叫什么名字？引导人是谁？"

少年偷偷觑了她一眼，正好被那人似笑非笑的眼神逮了个正着，立刻垂下眼乖乖道："我叫阿西，是凯萨琳夫人的子裔。"

"唔？凯萨琳？NPC还是玩家？"神秘女人闲闲地问道。

"夫人是位NPC。"阿西似乎很敬畏她，语气十分恭敬，甚至带着一丝惶恐。

"现在这里的代理持戒人是谁？"神秘女人又问。

"是……是烈阳先生。自从狂山先生……身亡后，就由他负责代理了，再过几天继任选拔仪式就会开启，烈阳先生应该可以获得持戒人的位置。"阿西如实交代。

神秘女人轻笑了一声："那可未必。"

阿西呆愣愣地看着她，有些不明所以。

"因为总有不请自来的人来破坏别人的好事，比如……这位深夜前来的女士？"神秘女人仰起脸，眼角瞥向紧闭的大门。

门外传来一个女人的轻笑声，大门被推开，一位盛装打扮的少妇收起手中滴水的伞，笑盈盈地看着屋内的两个人："没想到让我冒雨前来相见的,是这样一位年轻美丽的小姐。真遗憾我们从前竟然从未见过,我该如何称呼你呢?"

阿西看着凯萨琳夫人,又偷偷看了看沙发上的那个神秘女人。

她慢条斯理地摁灭了烟头,修长的手指抚摸上眼角红色的刺青,似乎在缅怀着什么,那微微抿起的嘴角勾勒出一个诱人的弧度:"我叫红。血色的红。"

"红?真是个美丽的名字啊。"凯萨琳夫人轻笑了一声,幽幽地看着坐姿慵懒的红,"阁下恐怕不是常驻黄昏之乡的人吧?"

红阴柔魅惑的声线在雨落窗棂的声音中响起:"当然,我在地下蚁城盘桓了很久,很少来这里,倒是快忘了黄昏之乡的风景了。"

"地下蚁城。"凯萨琳夫人的表情僵硬了一瞬,看向红的眼神也变了,"我听说,那里毗邻炼狱,人类和魔族混居,终年不见天日,每月都会有毫无理智的低等魔物形成恶魔潮汐,秩序混乱非常危险,可是真的?"

红低低地笑了,艳丽精致的眉眼在昏暗的光线下散发着慑人的魅力。随着她的笑声,一股绝对不会被错认的恶魔的力量在屋中蔓延了开来,坐在沙发上的神秘女人再次睁开了眼,原本褐色的眼眸变得猩红,红艳的嘴唇间露出尖尖的犬齿,恶魔的图腾也逐渐浮现在她苍白的皮肤上,让她从一个美丽妖娆的女人变成了一个魅魔!

还躺在沙发上的阿西差点跳了起来,他胆战心惊地看着凯萨琳夫人,却发现他的引导人的反应比他好不到哪里去,任谁也不会错认凯萨琳夫人脸上显而易见的惊讶。

恶魔化,这是一个玩家彻底进入恶魔阵营的标识,方法有很多。例如杀戮魔王的信徒在得到魔王的青睐后有机会被选为侍奉者,在魔王的力量下从人类转化为恶魔，这也是杀戮密会中一个不算秘密的秘密。虽然普通人长期接触恶魔结晶也会导致恶魔化，但是这种恶魔化只会让人变成毫无理智的低等魔物，和真正的恶魔化不可同日而语。

所以看到恶魔化的红的时候，凯萨琳夫人的第一反应就是眼前这个妖媚却危险的女人已经是杀戮魔王的亲信了。

"我听说狂山死了？"魔魅的女人没有理会两人的讶异，用手支着脸颊懒洋洋地问道。

"是……是的。信物戒指自动来到了代理持戒人的手中，唯一的可能就是狂山死了。我们怀疑他落到了审判所的手中，然后被寄生之种反噬而死。"凯萨琳夫人一瞬间的诧异已经淡去了，她放下自己的雨伞，提着裙摆来到了红的面前，优雅地坐在了自己的子裔身边。

"真可惜……他实在是个很不错的情人。"红抚摸着自己鲜红的嘴唇，用舌尖舔了舔尖锐的犬齿，露出了魅魔特有的妖媚笑容，"我很中意他。"

凯萨琳夫人的眼睛一亮，她隐约猜到了这个叫作红的女人到底是为何而来，她对狂山的死表示了遗憾，然后又说："再过一周就是新的选拔仪式了，代理人烈阳对接手杀戮密会信心十足，我倒觉得阁下更有这个资格。"

"唔？杀戮密会……我离开地下蚁城的杀戮密会已经很多年了，孤身一人在炼狱与恶魔为伍，狂山有时候会来找我，我也会去找他，嗯……那可真是一段快乐的时光。"红的舌尖在唇瓣上掠过，喑哑地说道，"既然这里是他执掌过的地方，那我就没有理由任由它落入别人的手中。代理人烈阳？呵呵，我会和他'公平竞争'的。"

凯萨琳夫人笑了："我很乐意成为阁下的引荐人。"

"不会让你失望的。"红淡淡道，并无感激之色。

凯萨琳夫人却心满意足，她知道一旦红成为黄昏之乡杀戮密会的持戒人，她作为推荐她的人，必定能得到足够的好处。而红也正需要一个人能够推荐她，否则她将无法进入领域之中参加选拔仪式。

心怀鬼胎的两个人相视一笑，心照不宣。

"明晚我和我的子裔们有一个小小的酒会，期待阁下光临。"临走前，凯萨琳夫人还邀请了红，捂着伤口靠着墙壁才站稳的阿西忐忑地看了神秘的红一眼，苍白的脸上浮起了一抹微红。

红漫不经心地点了点头，于是凯萨琳夫人带着阿西满意地离开了。

等到大门关上，沙发上的齐乐人才松了口气，意念中某个象征着演技的开关立刻关闭，他从刚才那个神秘妖艳的红变回了平常的自己。他回头检视了一下刚才和凯萨琳夫人的交谈，确认自己没有露出什么破绽，心情大好地哼着歌去浴室。

浴室镜子里的他还是"红"的装扮，而且明显露出恶魔化的特征，可是没了那种慵懒妖艳的气质，现在的他看上去反倒有种违和感，硬要形容的话大概是一只披着狐狸皮的羊。他不是没抗议过用魅魔的恶魔结晶，但是审判所认为这有利于他区分自己和红的角色，也适合红的身份定位，最后他还是妥协了。

也许他在这方面真的遗传到了母亲的天赋，妙丽在考核他的演技时都被深深震惊了。有趣的是，在她得知齐乐人母亲的艺名后就严肃地表示，有朝一日能离开噩梦世界的话，她一定要去拜访他的妈妈要个签名，因为她是看着她的作品长大的。

被妙丽折磨得要死要活的齐乐人，心情很复杂。

为了不加速寄生之种的生长，齐乐人不能长时间用"恶魔的礼仪"维持恶魔化的状态。他果真还是比较适合当个好人，齐乐人心想。

身上的衣服还是湿的，现在已经被体温捂得半干了，齐乐人脱下了上衣，正要脱下身上这条低腰皮裤的时候，镜子里突然出现的人影吓得他大叫了一声，一头撞在了洗脸台上，台上的瓶瓶罐罐顿时东倒西歪。

从敞开的窗户里跳进来的人显然没想到这里是浴室，对着半裸的齐乐人愣了半拍后猛地转过了身，留给了齐乐人一个背影。齐乐人慌慌张张地把衣服穿了回去——领口还是那么低，下摆还是那么短，穿了比不穿还糟糕！

齐乐人绝望地捂住了额头，有气无力地说："我可以解释……"

窗外传来了那只大黑鸟贱贱的声音："解释就是掩饰。"

宁舟依旧背对着他，雨水从他的外套上滴落，修长挺拔的背影竟意外地有些狼狈："你不必说……"

齐乐人心慌意乱地张了张嘴，却不知道该怎么开口，只听宁舟低沉的声音在狭小的浴室里响起："我明白。"

他明白？齐乐人讶异地看着宁舟，大概是他的视线太灼热，宁舟呆呆站了半分钟，突然语速飞快地说："很危险，你要小心。"说完就从开着的窗户跳了出去，等到齐乐人来到窗边，宁舟已经一阵风一样消失了。

站在窗外的大黑鸟和他面面相觑，黑鸟嘎了一声，一拍翅膀飞入了雨幕中。

一个字都还没来得及解释的齐乐人被迎面而来的雨水扑了一脸，到最后也没搞懂来也匆匆去也匆匆的宁舟到底是来做什么的？难道就是为了来解释一下他没有误会他，然后提醒他小心？

总觉得女神变回男的后更难懂了，齐乐人茫然地想着，把穿回去的衣服再次脱掉，继续被打断的洗漱过程。

屋外某个阴暗的角落里，阿尔默默看着浑身湿透的宁舟再一次消失在了眼前，对讲机里传来了妙丽幸灾乐祸的声音，向他讲述了刚才宁舟是怎么开着飞行器来到审判所，直奔 BOSS 的办公室，等人离开后 BOSS 一脸悲愤地叫人去打扫他"失手"打碎的那套他最珍爱的茶具。

"这几天人手不够，还得麻烦你蹲点照看'鱼饵'，这个计划知道的人越少才越安全，实在没办法交托给其他人，明天我应该能来接替你。"对讲机那头的妙丽说道。

"啊……没关系。"阿尔靠在墙上，看着路灯下的雨帘，"我想有人很乐意当免费劳动力的。"

二楼窗户的灯光灭了，屋里的人应该睡下了，阿尔难免有一丝困惑：这两个人到底是怎么认识的呢？

次日雨停，在家锻炼了半天的齐乐人收到了一只蝙蝠送来的宴会邀请函，来自凯萨琳夫人。齐乐人将邀请函往道具栏里一放，沉痛地走进浴室——化妆。

对，这也是他十天内掌握的新技能，除了眼角的红色刺青是用特殊材料涂上去的，必须用特制的药水抹去，其他的装扮全都得靠他自己，当然这些打扮都是出自审判所的设计。

半小时后，齐乐人看着镜子里面目全非的成熟大美女，一阵忧郁。

虽然会化妆是个好技能，但是男扮女装会被人当变态吧……

变装完成，齐乐人最后在镜子前检视了一下自己，今天的衣服总算不暴露了，但是搭配上掩饰喉结的颈圈后怎么看怎么奇怪，配上系在腰间的皮鞭，活像去参加某种奇怪聚会的。

齐乐人再三催眠自己现在他是红，不是齐乐人，这才昂首挺胸地走出了屋子，当然，为了掩人耳目保持低调，他还是披上了斗篷。

前往聚会的路上，齐乐人隐约感觉到似乎有人在跟着他，大概是审判所的人，他也没有在意，很快他就来到了邀请函上写着的地点。

眼前的目的地看起来是一家小酒吧，坐落在黄昏之乡NPC聚居的地方，门外相貌清秀的侍者上前询问了一下他是否有邀请函，在看到夹在齐乐人指间的邀请函后就毕恭毕敬地将他引进去了。

被跟踪的感觉消失了，齐乐人跟着侍者穿过了热闹的舞池区，走入了一条僻静的走廊中。

"沿着走廊一直走，尽头处有一扇门，那里会有人为您领路。"侍者说。

齐乐人轻哼了一声，将噩梦世界NPC之间通用的货币塞进了侍者的衣领里，轻佻地在他耳边说道："谢谢你的引路，宝贝儿。"

侍者面上一红，有些慌张地后退了一步，在齐乐人揶揄的注视下鞠躬离开了，速度比来时可快多了。

在调戏别人这项业务上已经有了相当水准的齐乐人"邪魅一笑"，慢悠悠地向走廊尽头的侍者走去……好吧，他已经看到对面那个面无人色的侍者了。

齐乐人顺利进入了隐藏在酒吧地下的空间中。不起眼的大门打开后，可以看到里面的墙壁两侧挂满了镜子和面具，每一片面具都有精美的装饰，看起来华丽又高雅，齐乐人不由多留意了一下。

"是红小姐？欢迎欢迎。"被齐乐人救过的少年阿西从拐角处走了出来，又是敬畏又是激动地说道。

　　昨天被红救走之后，阿西就一直惦记着这个神秘的前辈，还很在意那个和红交手的男人。他隐约觉得他们之间有某种纠葛，在他将这件事告诉凯萨琳夫人后，凯萨琳夫人却只是笑着摸了摸他的脸颊，表示自己也很喜欢教廷的圣职者，别有一番风情。不知为何，阿西的内心充满了酸涩。

　　对面的红淡淡地点了点头，根本没有在意他复杂的心情。

　　阿西从墙面上摘下了一张化装舞会面具，戴在了自己脸上："红小姐也选一张吧，我们的聚会是假面舞会，大家都会戴上一张面具的。"

　　说着，他偷偷看向红的侧脸，她看上去依旧那么冷，却又那样魅惑，精致的侧脸上那红色的刺青在昏黄的光芒中充斥着一种妩媚的气息。她噙着一抹微笑，斜眼看向他，低哑阴柔的声线响起："哦？不如你来为我挑选？"

　　阿西脸上一红，在红的注视下，他有种手足无措的感觉，就连之前被审判所刺伤的伤口都不疼了。

　　"我……我觉得这张很好看，适合前辈您。"阿西指着其中一张面具说道。

　　面具是半片的，只能遮住上半张脸，覆满了金色的拉丝，泪沟的位置有两道鲜红的彩绘，宛若两道泪痕，而面具的眼角部分有个弦月一般的弧度，正好可以露出她脸上的刺青。

　　红伸手摘下了墙上的那片面具，戴在了脸上，面具衬得她神秘优雅，而镂空部分露出的刺青却又为她增添了几分夜之魅惑。她颇为自恋地在墙面的镜子上端详了一会儿，转过身对阿西说："你的眼光不错。"

　　"前辈过奖了。"

低头说话的阿西突然看见一只白皙漂亮的手出现在他的眼前，修长的食指挑起他的下巴，他慌乱地抬起脸，看到红近在咫尺的脸，面具遮住了她的上半张脸，却凸显了她鲜红的嘴唇上那一抹魅惑的弧度，她离得那么近，几乎贴在阿西的鼻尖。

"不枉我救你一命。那么……你要怎么回报我呢？"红在他耳边呢喃地问道。

阿西清秀的脸顿时涨得绯红，他慌慌张张地偷瞄了红一眼，然后在她似笑非笑的注视下……紧紧闭上了眼，一副任君采撷的羞涩模样。

"……"玩脱了！

齐乐人的内心咆哮着，僵硬地杵在了原地！

迟迟没有等到亲吻的阿西偷偷睁开了眼，勾着他下巴的神秘女人轻笑了一声，在他饱满的耳垂上轻咬了一口："你真可爱。"

说完，红后退一步，送了他一个飞吻，身姿摇曳走进了地下走廊。

阿西呆呆地看着她的背影，被她咬过的耳垂火烧火燎地发烫着。他也不知道自己是怎么了，看到那样风姿撩人魅力无双的红前辈，像是中毒了一样，忍不住为了她而心跳加速。

但是这注定是没有结果的，阿西沮丧地心想，她这样厉害的高手，不会看得上他这样平庸软弱的蝼蚁。但万一……万一呢？毕竟，她刚才还夸了他可爱。

阿西摇了摇头，甩掉了一脑子脸红心跳的胡思乱想，赶紧追了上去。

低调的铜门开启，喧闹的音乐顷刻间涌了出来，绚丽的灯光打在这间地下室中，照亮了满屋子饮酒作乐的男男女女。披着薄纱倚在门边罗马柱上的凯萨琳夫人戴着羽毛面具，端着一杯色泽鲜艳的葡萄酒，对站在门口的红露出了一个妩媚的笑容："欢迎参加我们的狂欢盛宴，玩得开心哦。"

红顿了顿，环视四周的男女，勾起嘴角低声道："荣幸之至。"

【2】

求助：一个男子如何在一个party上完美假扮一个女人而不暴露身份？急，在线等。

回答：稳住，一定要稳住。

打定了主意的齐乐人镇定地和凯萨琳夫人交谈，很显然，当两个性别相同——至少看起来性别相同——的女人热络交谈的时候，只会被看作女性之间礼节性的恭维。

"红小姐真是美丽动人，我的子裔们一见到你，就已经挪不开眼睛了。"凯萨琳对红暧昧地笑着，递了一杯色泽鲜艳的红酒过来。

凯萨琳是精明的，她知道现在是个很好的时机，如果红能看上她的某个子裔，进一步发展一下，那么他们之间的合作就会更牢固。

红接过酒杯，抿了一口，漫不经心地打量着舞池里翩翩起舞的男女们，神情里有一种显而易见的傲慢和疏懒。

阿西紧张地看着红，面具遮住了她的半张脸，露出她殷红的嘴唇，她终于微笑了起来，用杯子遥遥指向角落里的一对正在跳舞的男女，男的动作十分生疏："那个男人也是你的子裔吗？"

凯萨琳夫人定睛一看，轻笑道："哦，你说希德？他是我一个女性子裔的情人，新来的，除了一身肌肉实在没什么令人称道的地方，阁下能看中他,是他的荣幸。"

红嘴角一勾,在凯萨琳涂了厚厚脂粉的脸颊上礼节性地来了一个颊吻:"感谢您的推荐。"

说着,她丢下凯萨琳夫人和一脸惆怅的阿西,迈着猫一样轻盈的步伐走向那个角落。

整个派对现场充满了令人不快的气味,酒味、烟味、香水味混在一起,令人沉醉于欲望中。疯狂的音乐声惊天动地,在舞池舞动的年轻男女们忘乎所以,生存的压力被抛诸脑后,他们尽情地挥洒着激情,肆无忌惮地在此堕落。

真是可悲又可怜。

明明周围到处都是热闹的音乐,到处都是寻欢作乐的人,可是这一刻,穿过重重人海的齐乐人却觉得无比孤独。

他突然怀念起了女巫任务中那片幽深危险的森林,他和宁舟在篝火前共同度过的宁静时光。

和此时此地相比,那里是如此安静,宁舟不发一言,可那时候,他却满心欢喜憧憬,让孤独无处停靠。

这里终究不是他该待的地方啊,必须得想个办法不着痕迹地脱身,齐乐人心想。

幸好,要做到这点并不难。

"抽烟吗?"一个戴着面具衣着性感的神秘女人在希德的身边坐了下来。刚跳完舞的希德呆愣了一下,反倒是他的女伴警惕地看了过来,嘴唇翕动了一下,似乎想要出言赶走这名过分美艳的不速之客。

一根修长的手指点在了她涂满了口红的嘴唇上,做出了一个噤声的动作："注意礼貌，女士，我只是想要借用一下你的男伴。"

女人发现了远处凯萨琳夫人警告的眼神，立刻脸色一白，拿起外套披在了身上，头也不回地逃走了。

被女伴抛弃的希德警惕地看了神秘女人一眼，他从未在派对上见过这个人，联想起凯萨琳夫人之前告诉他们这次会有个尊贵的客人前来参加宴会……

眼前的女人兴趣十足地打量着他的身材，很快进入了角色："你的肌肉很不错，曾经我也有个和你一样健硕的老熟人，可惜他已经死了，看到你倒是让我想起了他。"

希德进入杀戮密会还没有多少时间，并不习惯这里的作风，遇到女人他总是不知道如何正确地回应。

可是这一次，如果他没做好……希德战战兢兢地看向凯萨琳夫人，在她严厉的眼神里打了个哆嗦。

他呆滞的反应似乎让眼前的女人十分感兴趣，她慢条斯理地给自己点了一根烟，时淡时浓的烟雾让她微微上翘的嘴唇有种迷人的性感："来一根吗？"

希德哪里敢拒绝，他颤抖着手接过了烟。

神秘的客人笑得妩媚动人，她低下头，用叼在嘴里点燃了的烟头和他的轻轻一碰，引燃了烟头，极近的距离，她面具下的眼瞳尽在希德的眼中。

她微微低着头，明明是轻佻的眼神，却充斥着压迫感，她缓缓说着，语气盛气凌人："我想，你应该不介意送货上门？"

面无人色的希德求助地看向凯萨琳夫人，后者竟然对他点了点头让他照做！

"……好……好的。"

神秘女人在他耳边报了一个地址，然后施施然站了起来，整了整自己的衣服，对他妩媚一笑："我在那里等你，可别让我等太久。"

说着，她轻盈地穿过人群，回到了凯萨琳夫人身边。

"允许打包外卖吧？"红心情大好地和凯萨琳夫人碰了碰杯。

"当然，不过不必那么麻烦，这里就有休息的房间。"凯萨琳夫人说道。

"我更喜欢在自己的地盘上。"红淡淡道。

凯萨琳夫人表示了理解，殷勤地将她送出了门："一周后的选拔仪式……"

红从侍者手中接过斗篷披在身上，摘下面具，傲慢地对凯萨琳夫人说："只是一场没有悬念的仪式而已，取胜的人只可能是我。"

"预祝您一切顺利。"凯萨琳夫人说道。

"承您吉言。哦，让我的'比萨'半个小时后到我那里，我要先去准备一点'好东西'。"说着，她微微一笑，转身而去。

一走出酒吧，齐乐人就长长松了口气，虽然在里面只待了半个小时，但是用度秒如年来形容也不为过了。他身为一个新世纪的大好青年，实在是没见过这种阵仗，好几次险些没绷住表情，幸好有面具遮掩，总算没露馅。

齐乐人考虑过直接拒绝凯萨琳夫人的"好意"，但是这样做显然会让他们之间的合作关系蒙上一层阴影，最好的办法是先答应下来，然后再找个借口将人打发走。时间紧急，他得赶紧联系审判所的人客串一下群众演员过来和他演一出戏给"外卖先生"看，然后以"路上遇见一个更辣的所以你可以回去了"的理由将人撵回去，简直完美。

回到暂时的落脚点附近，齐乐人吹了声口哨，然后回到屋子里静候审判所的人前来联系他，很快他就听到二楼传来了轻微的脚步声，他又吹了声口哨，示意屋子里没有其他人。

脚步声越来越近，来人从楼梯上走了下来，齐乐人抬头一看，镇静的表情瞬间凝固在了脸上。

"宁……宁舟？"一身奇装异服浓妆艳抹还浑身烟酒味的齐乐人立刻从沙发上跳了起来，既尴尬又紧张地看着来人。

宁舟的视线在他的身上停留了几秒，皱了皱眉，冷淡生硬地问道："什么事？"

齐乐人欲言又止，他能对个性保守内向的宁舟说他现在需要有人帮忙吗？这必须得换人啊！

"除了你，还有谁在附近？"齐乐人不死心地问道。

"妙丽。"

"……"

天要亡我！

在一阵诡异的沉默后，已经破罐子破摔的齐乐人看着自己的鞋子问道："事情比较复杂，我现在需要一个人和我一起演一出戏。"

"嗯。"宁舟淡定地应了一声，问也不问地闷头跳坑了。

齐乐人摸不准这是表示他听见了，还是表示他同意了，他只得抬头观察一下宁舟的脸色，一抬头就撞进了他那双漂亮的蓝眼睛里，顿时什么话都说不出来了，讷讷地东张西望，眼神乱飘。

他原本以为自己早已接受了宁舟是个男人的事实，但是比起钢桥和审判所门口匆忙的见面，此时此刻他才真实地感受到眼前这个人和他有着同样的性别。

令人沮丧的是，眼前的人比他高，比他帅，比他能打，这可太让人挫败了。

等等，齐乐人突然想起一件严肃的事情，刚才他去酒吧的路上感觉到的那个视线，莫非是宁舟？一瞬间齐乐人的脸色都变了，脑中空白了半响才想到宁舟应该是不能进入那个酒吧的，还好还好……

一室的沉寂被宁舟的黑鸟打破了，它拍着翅膀在屋子里飞来飞去，最后在宁舟冷冽的眼神下停在了衣帽架上，假装自己是一个装饰品。

"那……那先把衣服脱了吧。"紧张的齐乐人一开口就说错了话，呆愣地看着宁舟严肃的表情出现了一道裂纹，直勾勾地看着他，好像以为自己听错了。

好了，他知道他在宁舟心目中的形象已经从软萌小白兔类型的美少女崩成了浓妆艳抹奇装异服的女装惯犯，还是放弃维护形象，专心完成任务吧。

有时候，人生就是这个样子……

前来"送餐"的路上，希德一直在思考人生。

就在刚才，从前遥不可及的凯萨琳夫人亲自召见了他，命令他好好服务那位神秘的红小姐。如果她很满意，他就可以得到寄生之种。

希德对此十分渴望。虽然被赐下寄生之种后，没几年他就会因为寄生之种爆发而死亡，但是没有寄生之种，以他自己的能力和越来越危险的强制任务，他恐怕连一年时间也未必熬得过去。

再说了，只要不太过频繁地使用寄生之种，加上传言中能抑制寄生之种的种种办法，他有信心自己能多活几年。

下定了决心的希德站在这座两层的小屋前，反复给自己鼓劲。

夕阳西下，希德在门前站定，深吸了一口气，举手正欲敲门。

门虚掩着，门缝里透出一道亮光，而门内的景象让希德呆立当场！

昏黄的灯光下，美艳动人的红正搂着一个高大英俊的男人，她一手勾着男人的脖子，另一手揽着他的肩。

似乎是感觉到了有不速之客，那个身姿挺拔的男人微微侧过脸，用冷厉的眼神扫向希德。

那浓烈的杀气让希德吓得后退了一步，差点被自己绊倒。

短暂的一瞬间，他看到了一件被随意丢在地上的外套，赫然是教廷的制服！

红偎依在他的怀里，对希德妩媚地笑了笑："抱歉，现在我恐怕没时间和你喝一杯，回去告诉凯萨琳感谢她的好意。"

说着，红甜蜜地轻笑着，踮起脚在男人的耳边小声说了些什么，希德依稀听到，是在问他是不是吃醋了。

再后来……没有后来了，希德僵硬地替他们关好了门，默默往回走。

黄昏之乡的夕阳还是这么美，可是惆怅的希德却无心欣赏这样的风景。

他被截和了！截和他的男人，比他高，比他帅，是教廷的人，十有八九比他能打，这种禁欲系的酷哥能赢得红小姐的芳心也是情理之中，他输得很彻底。

算了，还是想想怎么和凯萨琳夫人交代吧，希德忧郁地心想。

随着关门的声音响起,齐乐人兔子一样从宁舟的身上跳了开来,面红耳赤地道歉:"对不起对不起,真的很对不起!"

宁舟很镇定——如果忽略他已经发烫的耳朵的话——他捡起地上的外套,背过身去穿上,从背后看这肩宽腰窄的身材真是没得挑剔。刚才齐乐人都没好意思多看两眼。

"我走了。"穿好了衣服的宁舟背对着他,头也不回地就要离开。

"等等!"齐乐人叫住了宁舟,却又不知道该说什么,千言万语只化为一句,"谢谢你。"

"……不客气。"宁舟依然没有转过身,大步走上了通向二楼的阶梯。

停在衣帽架上的大黑鸟古怪地哼唧了一声,飞到齐乐人肩上向他讨要吃食,齐乐人心疼口粮,但是看在宁舟刚帮了他一个大忙的分儿上,还是喂了它一口。没良心的黑鸟叼走他的投喂,跟着他那个不走正门的主人离开了。

一阵冷风吹来,齐乐人哆嗦了一下,赶紧裹了件外套。

自从在陈百七那里知道宁舟今年才二十一之后,骗走了青少年美好初恋的齐乐人就心神不宁。二十一岁在外面的世界根本还是在象牙塔里求学的年纪,现在不但被人无意识地欺骗了感情,还差点动摇了信仰,这次还二话不说配合他演戏,齐乐人有种负罪感。

要是宁舟是个女孩子,他妥妥地要去为人家的感情负责了,掏心掏肺也要对她好。可惜……对方比他高比他帅比他能打,还是个信仰坚定的男孩子。

真是剪不断理还乱的关系啊,躺在沙发上的齐乐人一阵头疼地想。

"你最近都在忙什么？自从上次吃完饭后就不见踪影的，整天不在家里，苏和都问我好几次了。"

这天齐乐人没有装扮成红的样子，回到黄昏之乡的落日岛找陈百七打听一下制作充电器和强制任务的事情，再过十来天他就得进行第一次强制任务了，听说会非常容易，但是他还是有点放心不下。结果就在大马路上，他被自带寻人寻宝天赋的吕医生逮了个正着。

"我有点事……"齐乐人当然不能将自己现在做的事透露给吕医生，只得装傻。

这次的卧底任务非常危险，齐乐人甚至写好了遗书放在落日岛的家中，如果他不幸死无全尸无法用复活彩蛋复活，那么这封信会和其他生活用品留给下一个住进这间屋子的人，将关于噩梦游戏和主线任务的事情一并传达给他。就是写这封信的时候他心情有点复杂，总觉得自己像是游戏里出师未捷身先死的NPC前辈，故事还没开始就已经死了，专门给主角提供线索和遗产的那种。

他之所以没有选择告诉吕医生，是因为不想连累他，以吕医生的性格担不起这种大事，他宁可将希望押在一个不相干的陌生人身上。只要不让这个秘密随着他的死亡石沉大海，他就心安了。

可惜吕医生完全不理解他的用心良苦，对他的失踪行径一通数落，齐乐人无奈使出必杀技："我错了，我请你吃饭吧。"

"哇，这可是你说的，我发现了一家特别好吃的餐厅，那我们走吧！"吕医生一秒忘了自己刚才的喋喋不休，拉着齐乐人去吃好吃的了。

"哦，前两天我和苏和聊起了古堡惊魂的任务，这个任务的真结局是多样性解读的类型，我又想到了一种可能。"路上吕医生和齐乐人聊了起来。

"什么可能？"齐乐人问道。

"之前你不是说扮演艾德琳的NPC是恶魔阵营的人吗，好像叫伊莎贝尔？她引诱约翰，然后被嫉妒的疯夫人杀死，这一切都是她预谋好的，然后她换了马甲以恶魔的身份蛊惑疯夫人，最后造成了一整个悲剧，这应该是普遍意义上的真结局了。但是我们一直没考虑妮娜的角色定位，她对整个故事的剧情推动作用极大，但是行为却显得怪异，有没有可能其实妮娜也是恶魔那边的人，至少在她暗害疯夫人流产的时候，她是被恶魔蛊惑着的？我们最后找到的恶魔祭品是指甲，但按照时间顺序这其实是疯夫人第一个献祭的物品，那个场景也是唯一一次出现恶魔蛊惑的地方。在这段回忆里，收拾镜子碎片的妮娜割破了手，血滴在了地毯上，而当时地毯上有镜子的碎片，有没有可能其实当时被蛊惑的人并不只是疯夫人？"吕医生说。

"你的意思是，恶魔伊莎贝尔的灵魂附着在了妮娜身上？"齐乐人问道。

"不能说是附着，应该说是影响吧。苏和对恶魔比较了解，他说起过伊莎贝尔这种魔女已经不是低等的魔物了，身为欺诈魔王的追随者，她代表着一种原罪，你觉得伊莎贝尔代表什么？"

齐乐人闭着眼，回想着关于伊莎贝尔的一切，一句话突然涌入了他的脑中。

"我是死去的艾德琳的冤魂，是莎拉从细枝末节里觉察到的无数次的背叛，是她内心永远燃烧不熄的……妒火。"

"是嫉妒。"齐乐人了然地说。

他又想起了献祭女巫的那个地宫，还有那座古堡顶上的花园。

吕医生点了点头："是的，她十有八九是'嫉妒'。疯夫人被她蛊惑，是因为她嫉妒，南璐被她附身，也是因为她嫉妒。如果妮娜也被影响，那说明她的心中也有嫉妒的火焰。"

"呃……你的意思是说，妮娜可能是约翰的情妇，所以她嫉妒疯夫人？"

吕医生白了他一眼："你就没想过她嫉妒的另有其人吗？"

"啊？谁？"齐乐人摸不着头脑了。

"她嫉妒约翰，因为她倾慕疯夫人啊。"吕医生理所当然地说道。

被吕医生的脑洞惊呆的齐乐人愣愣地看着他，半天才憋出一句话："不会吧？"

"干吗对女性之间的感情抱有偏见？"吕医生不服气地反问。

齐乐人竟无言以对。

"如果你不带偏见地去看这个故事，这反而是一种解释。因为这个原因，妮娜不希望疯夫人怀孕，所以帮助约翰给疯夫人下药，但后来又心疼她因为副作用而难受，所以违背了约翰的命令减少了水银粉的剂量，所以在疯夫人怀孕后她才行为过激地害她流产，所以才在最后愿意冒着危险放走疯夫人，还劝她远走高飞，还在一切无可挽回的时候，成为疯夫人的祭品。妮娜是弱小的，她只是个身份低微的女仆，害怕约翰——在故事里她很怕那具铠甲，因为代表了铠甲的男主人因为她办事不力惩罚过她——也不敢向疯夫人表露感情，这种混合了喜欢、嫉妒和恐惧的感情，让她充满了痛苦，最终被恶魔引诱。嘿嘿嘿嘿，我是不是很机智啊？"一本正经地胡说八道的吕医生终于忍不住了，开始自夸了起来。

"这个猜想有什么证据吗？"齐乐人问出了关键。

"没有。"吕医生蔫了。

"那你就是瞎猜咯？"齐乐人冷笑道。

"这不是挺有道理的吗？哪叫瞎猜啊，这叫合理想象。"吕医生争辩道，"你要是不满意，我再给你说个其他的！从前有个约翰，为了钱财想要求娶富有的莎拉夫人，但却和她的家庭医生混在一起，他不想暴露自己的'小秘密'，但又想解除婚约，于是假装和莎拉夫人的女仆艾德琳有染，结果艾德琳被莎拉夫人秘密杀死，他还是和莎拉夫人结婚，准备伺机弄死她获得遗产。弗莱舍尔医生从旁协助，他们弄疯了莎拉夫人，最后被黑化的莎拉夫人杀死，完美！"

越来越扯淡了。齐乐人不认同吕医生天马行空的想象，他倒是对恶魔的种类比较感兴趣。因为技能"恶魔的礼仪"的关系，他向审判所申请了一些恶魔结晶，但是这些结晶都是低级恶魔的，而且大部分是魅魔，并没有伊莎贝尔那种级别的恶魔，他有点好奇她这样的恶魔会有什么样的结晶，那里面的能量也许能让整个湖泊都沸腾起来也说不定。

为了安抚吕医生，齐乐人请他美餐了一顿，叮嘱他强制任务一定要小心谨慎，以免因为菜鸡一般的战斗力而扑街。

告别吕医生之后，齐乐人前去寻找陈百七，她的妹妹茜茜正在看店，一见到他就扯着嗓子喊她姐姐上来，陈百七这才施施然从地下室里走了出来，将手上叠了老高的一摞书放在了书桌上，跟齐乐人打了个招呼。

陈百七经营着一家书店，大半都是噩梦世界的书籍，也不知道她是从哪里搜罗来的。比较可怕的是诸如《简易恶魔召唤术》《低等恶魔的饲育法》《神学祈祷术入门》《关于恶魔结晶能量提纯的几点思考》之类的书居然真实存在。

可惜齐乐人对此兴趣不大，也没时间研究这些东西，但是听说有不少玩家对这类东西很感兴趣，乐意花费大笔生存天数来购买这些书籍。

"我想问问关于第一次强制任务的事情。"齐乐人对陈百七说，"另外我想打听一下黄昏之乡有没有人能做出充电器。"

陈百七上下打量了他一眼，掏出一张契约书，齐乐人一看上面的数字，还好还好，也不贵，于是签了字。

"噩梦世界的玩家来自现实世界的各行各业，我恰好认识几个手工达人，回头我列一张名单和联系方式给你，你自己去接触吧，需要我联络的话我会另外收费。"陈百七淡定说着，将契约书拿走了，"至于第一次强制任务非常简单，你闭着眼赤手空拳都能过，难度约等于游乐园的鬼屋，走过去就行。"

"完了？"齐乐人掏了掏耳朵，有点难以置信。

"完了。"陈百七说。

"无良奸商，还我钱财！"齐乐人拍案而起。

"真没什么好说的，每个人任务都不一样，据我所知好像没谁死在第一个强制任务里，除非是多人任务的时候因为和其他玩家起冲突，所以被杀了。"陈百七撇了撇嘴，"作为补偿，你可以再问我一个问题，不收钱。"

齐乐人又坐回了座位上，要讨回时间是没可能了，不如问问陈百七别的。

犹豫了一会儿，齐乐人装作漫不经心地问道："你知道半成品领域是怎么回事吗？"

陈百七颇感意外地看了他一眼，似乎在思考他是怎么知道这个东西的。齐乐人被他看得不太自在:"怎么?"

"看来你是知道了啊。"陈百七有些遗憾地说。

"知道什么?"齐乐人心头一跳,莫名有种不祥的感觉。

"还未彻底凝结成领域的半领域本来就很脆弱,不过你也别担心,虽然宁舟的半领域已经崩溃了,但是他毕竟还年轻,而且有潜力,假以时日冲破桎梏重新凝结领域也不是不可能。"陈百七安慰说。

齐乐人愣愣地看着她:"半领域崩溃?什么时候?怎么回事?"

这下反倒是陈百七怔住了:"你不知道?那你问半领域做什么?"

本来是想问一问杀戮密会的半成品领域,结果却听说宁舟半领域崩溃的事情,齐乐人心里顿时堵得慌:"你倒是说啊?"

陈百七肃然地看着他,眼神有种说不出的复杂:"他的半领域崩溃的时候,你不就在那里吗?"

齐乐人坐回了椅子上颓然地闭上了眼。空灵曼妙的圣乐越来越邈远,眼前圣洁的白光都逐渐黯淡,宏伟的教堂大殿中祈祷的朝圣者们都变得虚幻,站在十字架下身披白袍的圣修女默默闭上了湛蓝的眼睛。恶魔在肆虐,这个被无数信仰力支撑起来的结界已经摇摇欲坠,随时都会消亡。

那时候,沐浴在圣光中满心都是该如何活下来的齐乐人并不知道,这就是宁舟快要破碎的半领域。

"我之前确实不知道……只是最近听说了关于领域和半领域的事情。"齐乐人艰难地说着,"我以为那个圣灵结界是附着在他母亲遗物上的一个神术,我没想到……"

"那的确是她母亲的遗物,遗物上也的确有一个神术,用来帮助他早日凝结领域。宁舟的半领域就是依托于他母亲的遗物凝结的,这种还未完全成型的成长型领域非常脆弱,如果强行使用必然会导致半领域崩溃,想要再次凝结半领域就会比第一次困难多了。坦白说宁舟在神术上天赋远不如他的母亲玛利亚,玛利亚在他这个年纪的时候已经是领域级的高手了。"陈百七说道。

"宁舟已经很厉害了,我像他这么大的时候还在读大学,连只鸡都没杀过。"齐乐人忍不住为宁舟辩解了一句。

陈百七十分复杂地看了他一眼:"和你比的话,那是当然的。我刚进入噩梦世界的那会儿宁舟才十三岁,连个最基础的圣光治愈术都学不会,哪怕后来玛利亚去世,他被带到了教廷,他也没能学好神术。我一直不赞同他沿用教廷的秘法来凝结半领域,因为他其实并不适合这条路,就算跨入领域级也未必能走得更远。所以这一次半领域崩溃,对他来说也许反倒是一件好事。"

齐乐人张了张嘴,却不知道该说些什么,他对宁舟的了解太少太少了。每一次听陈百七说起,才堪堪看到宁舟人生的冰山一角,他想问很多,却不知道自己该用什么立场去问,到最后只好沉默。

他想到了很多事情,教廷的圣修女,年轻的领域级高手,在二十多年前魔族入侵中出现过……这样的线索组合在一起,让他想起了《噩梦游戏》中的一个NPC……一位他不知道姓名,却知道她的传奇的女士。

原来她最后的结局,并不是埋葬在圣城,而是在黄昏之乡中度过了自己的余生。

原来,她就是宁舟的母亲。

"你都来噩梦世界八年了啊。"半晌,齐乐人才说道。

"是啊，八年了……我也曾经在生死边缘凝结过半领域，又破碎，蹉跎至今也没有再踏出这一步。可惜，我不会有第二个八年了。"陈百七细长的眉眼里流露出一闪而逝的落寞，八年的时间，生死磨砺沉淀在她的身上，最终只在她的眼角留下似有若无的细纹，"每个人都是有极限的，平庸的人活不过三年，资质出众的人也不过十来年，总有一天任务的难度会超过你的极限，或早或晚而已。"

"我们都会有那一天，甚至大部分人都熬不到那一天，因为运气不会永远站在你这边。"陈百七说。

齐乐人还想了解更多关于领域的事情，至少了解一下怎么凝结领域，以及领域到底有什么用，可惜陈百七却拒不透露了，只说知道得太多对他未必是件好事，说不定还会让他怀疑人生。回去的路上齐乐人还在想关于领域的事情，杀戮密会的信物戒指是个半领域物品，但是却可以反复使用，它和其他人凝结的半领域有什么区别？他记得妙丽说过，杀戮密会的半领域信物是没有成为领域的希望的……

回到红的家中，齐乐人疲惫地躺在沙发上，烦躁地点了根烟，吞云吐雾中他好像回到了那个旖旎的夜晚，那时候的宁舟究竟是什么样的心情呢？无论他为别人做了多少事，付出多少代价，他永远也不会说出来，他甚至还会远远躲开，唯恐让人知道。就是这样的性格，这样的死心眼，最是可爱又最是可恨。

齐乐人一滞，掐了烟扔到一边，为了任务学抽烟是没办法的事情，但是真的养成烟瘾了对他没什么好处，想想今天的训练任务还没完成，齐乐人认命地站了起来，换了身运动装走进了地下室。

他还得为一周后的选拔仪式做准备，说不准那会是一场生死考验。

"又快下雨了,最近的天气还真是变幻无常。"凯萨琳夫人一边啜饮着热咖啡,一边说道。侍立在她身侧的阿西低眉顺眼地看着地面,时不时偷偷看一眼对面的人。

红一手支颐看着窗外,似乎心不在焉,拴在靴子上的银色链条在夕阳下折射出令人浮想联翩的光芒:"几点了?"

"就快零点了,时间一到我们就会被带入半领域中去。阁下不属于黄昏之乡的杀戮密会,就需要我作为引荐人,不过下一次阁下就可以自行进入半领域了。"凯萨琳夫人笑盈盈地说着。

"时间到了。"凯萨琳夫人合上了她的羽毛扇,起身对齐乐人伸出了手。

两个人的手握在了一起,凯萨琳夫人和阿西的身上都浮现出了一道白光,齐乐人也是。

一股巨大的引力牵引着三人脱离了黄昏之乡,进入半领域之中。

进入这个半领域的感觉和进入苏和的领域完全不一样。苏和的领域让人几乎感觉不到这不是一个真实的世界,进入的时候也没有太大的不适感,但是在这里,齐乐人从一进入就感受到一种不真实的感觉。

眼前的半领域是一个巨大的地下岩洞,赤红的岩浆在底下翻滚着,几十个穿着斗篷的人沿着岩浆中唯一的石径往前走,走向岩洞中央的空地。

在那里有一道光束,从岩浆中的祭坛里升起,一直通向岩洞的顶部。

这一幕让齐乐人觉得熟悉,他想起献祭女巫的地宫里也有这么一个祭坛,伊莎贝尔最终走入了祭坛的光束中。这也许是魔王和信徒联系的一种方式?虽然审判所表示杀戮魔王和信徒的关系比较疏远,一般情况下他的身份不会被拆穿,但是齐乐人还是有点惴惴不安,生怕身份突然曝光,他瓮中捉鳖地被困在领域中等死。

某种嗜热的菌类生长在岩洞的顶部，散发着诡异的蓝光，让这个岩洞的顶部仿佛宇宙星空一般璀璨，脚下翻腾的岩浆和灼热的空气，又为这片半领域平添了几分地狱一般的气氛。

岩浆中央的空地上已经有一个人在等候着。

杀戮密会在黄昏之乡分部的代理持戒人——烈阳。

看到他的一瞬间，齐乐人的胃里像是沉入了一块冰冷的石头。

齐乐人见过这个人，那个人也见过他，他知道他是个新人，也知道他和教廷有所关联。就在他被寄生之种寄生的那艘飞船上，他们一同对抗过一个寄生之种爆发的玩家。

他叫罗一山。

【3】

人群中突然传来了一声轻笑，带着一丝嘲讽的意味，只见人群如同摩西分海一般向两边散开，一个美艳动人的女人不紧不慢地从人群中走了出来，宛如接受群臣谒见的女王，那自信强势的气场下，哪怕素不相识的人也情不自禁地为她让道。

"真没想到，竟然在这里见到了一个熟人。"红撇了撇嘴角，艳丽的脸上毫无他乡遇故人的欣喜，而是一片挑衅之色。

站在祭坛下的罗一山愣了一下，他觉得眼前的人有一丝眼熟，但是回想的时候记忆里却没有这样一号人物存在，太奇怪了，这种明艳的美貌、张扬的气场、妖异的打扮，他见过一次的话绝对不可能忘记……除非……

"你是……"罗一山骤然想起了一个人，和眼前的女人气质迥异的新人，后来还被审判所带走了。

但是，那个新人，分明是个男人啊！罗一山简直怀疑自己的眼睛出了问题。

红笑了，褐色的眼眸突然浸染了血色，原本就妖冶的脸庞顷刻间浮现出了一片恶魔的图腾，和她眼角的刺青纠缠在一起，在苍白的皮肤上渲染出一片活色生香的色彩，魅魔身上毫不掩饰的恶魔之力从她身上扩散开来，在这片灼热的炼狱中压迫得人几近窒息！

"亲爱的罗一山先生，我们又见面了，希望你还认得出我。"红露出了尖尖的獠牙，高深莫测地笑了。

被叫出了真名的罗一山沉默了几秒："真是没想到……我在飞船上遇到的'新人'，竟然是一个能够恶魔化的玩家。"

"我倒是不意外，你身上寄生之种的味道实在是太浓烈了，就算骗得过审判所的检查，也骗不过我的眼睛。"红傲慢地看着罗一山，嘲讽地说道。

齐乐人不解释为什么那时候自己"女扮男装"，表现得像个新人，也不解释他身上那件有教廷标记的外套，更加不会解释他在飞船上离奇地死而复生，他甚至肆无忌惮地挑衅罗一山，但越是张狂，对方就越是谨慎，甚至主动将他的行为编织成了一个符合逻辑的故事：例如她是为了躲避审判所的审查，所以刻意假扮成一名男性新玩家进入黄昏之乡。

"我来为大家介绍一下，这位是来自地下蚁城的红小姐，一位最近才来黄昏之乡的高手，原本隶属地下蚁城分部，但是因为在炼狱磨砺，已经很久没有回去了。"凯萨琳夫人适时地向众人介绍了红的来历。

红环视着四周的信徒，恶魔化后越加魔魅的脸上浮现着似有若无的笑意。

"我为一个人而来，想必大家也很熟悉他。"红故意拖长了语气，慢吞吞地说着，末了还附上一个玩味的笑容，"他叫狂山，我们的关系很不错，相当地不错。"

"所以？"罗一山镇静地反问。

"所以，他的戒指我要收下了。"红瞥向罗一山戴在大拇指上的戒指，淡淡地说道。

她说得很平静，轻描淡写得就像在陈述一件事实一样，可越是如此，就越是让人忌惮不已。神秘的来历，恶魔化的身体，还有这种力压众人的气势，让人不得不重视她。

罗一山脸上的表情一僵，他对持戒人的身份势在必得，这势必会得罪红……

红的来历太神秘了，她在飞船上女扮男装，伪装成一个刚进入游戏不久的新人，用离奇的复活手段干掉了寄生之种爆发的信徒，又故意让他看到她衣服上教廷的标记，这是在试探他吗？那个时候他丝毫没有感觉到红身上有寄生之种的气息，恐怕连审判所也查不出来，所以才轻易放走了她。

这个女人，真是太深不可测了……必须小心应对。

陷入阴谋论越想越多的罗一山憨厚地笑了："按照杀戮密会的规矩，任何一个信徒都有资格竞争持戒人的位置，如果同时有多人竞争，以最先完成任务的人为胜利者。"

红环抱着手臂，没有拆穿他，只是傲慢地说："那还等什么，还有谁想要竞争持戒人,一起站出来吧,但最终将祭品带回来的人,只会是我。"

四周只有岩浆滚动的声音。

红冷笑了一声,似乎在嘲笑他们的胆怯,没有人敢表露出不满。

罗一山站上了祭坛,手上的戒指抵在了祭坛的凹槽上,几行金色的字浮现在光束中:

"献祭目标姓名:宁舟。"

"性别:男。"

"年龄:21。"

"所属阵营:教廷。"

"个人介绍:教廷驱魔人,骑士长级,疑似持有半成品领域。目前身在黄昏之乡,和审判所关系密切。"

那一瞬间,齐乐人没能掩饰住自己惊愕的神情。

"怎么了?"凯萨琳夫人注意到了她的神色,奇怪地问道。

红垂下了眼帘,嘴角微微勾起一个诡异的笑容,兴趣十足地舔了舔红艳的嘴唇:"啊,是他啊……"

她斜睨了罗一山一眼,抛了个飞吻:"对不起啦,这个任务我赢定了。"

罗一山的心一沉,面上不动声色:"鹿死谁手还未可知。"

"呵呵,这样吧,我会把人活着带回来,也让你们见一见教廷的驱魔人到底是什么样儿的。不管是多坚贞的信仰,在欲望面前就是这样不堪一击……"红看着光束中浮现出的金色字样,神情复杂。

红偏过头,鲜红的眼眸令人不敢逼视:"我会将他献给吾王。"

心情沉重的罗一山勉强笑道:"我拭目以待。"

离开领域后,齐乐人发现领域内外的时间是同步的。他明明记得苏和的领域内外时间流速有着显著的区别，大概因为这个领域是个附着在物品上的半成品。

齐乐人轻描淡写地避开了凯萨琳夫人的试探，然后离开了。

在杀戮仪式上看到宁舟的名字真是让他大吃一惊，很快他就意识到了，这对他来说也许是个不错的机会。如果宁舟愿意配合他，他完全可以将活的宁舟带入杀戮密会的仪式中，强取信物戒指。

总之，还是先和审判所商量一下吧。

当晚，妙丽就出现在了齐乐人的梦里，在得知了代理持戒人的真实身份后，她着实有些意外，并表示会告知她的上司。

"宁舟被锁定为仪式目标的事情，我们也会告诉他，至于他是否愿意配合任务，就要看他的态度了，他毕竟不是审判所的人，我们无权命令他做什么。"妙丽说道。

齐乐人冥冥中有种感觉，他相信宁舟会答应帮忙……他就是有这种感觉。

哎……债多不愁，债多不愁啊。

才怪。

"晚……晚上好！"完成了今天的训练任务从地下室出来的齐乐人，一眼就看到了端坐在沙发上的宁舟。这位不请自来的客人在柔软的沙发上也坐得笔挺，也不知道在这里等了多久。

浑身是汗的齐乐人下意识地低头看了下自己的衣服，这次还好，穿着运动背心："我去冲个澡，马上回来！"

说完，齐乐人一溜烟地跑上了楼。

停在衣帽架上的大黑鸟发出了一声古怪的笑声，似乎在嘲笑被丢在沙发上的宁舟，后者面无表情地看了它一眼，在主人的眼神威慑下它发出了吹口哨一般的声音，若无其事地东张西望了起来。

齐乐人迅速冲完了澡，拿着烧开的热水壶跑下了楼，给宁舟和自己倒了一杯水。没受到招待的大黑鸟在一旁不满地嘎嘎乱叫，齐乐人没辙，也给它倒了一杯。不料此鸟厚颜无耻，竟然得寸进尺："我饿，我要好吃的！"

这还觊觎起了齐乐人所剩无几的口粮了！

齐乐人心疼啊，"讨人喜欢的口粮"本来就不多，现在喂给这只鸟……可是这可是宁舟的鸟，现在他还得指望宁舟帮忙呢。唉，还是喂吧……

"不用理它。"不等齐乐人掏出食物，宁舟就出声制止了他。

齐乐人从善如流地收回了投喂的手。

大黑鸟充满怨念地看着主人，不满地在他的耳朵上啄了一口，拍着翅膀飞走了。

"你的鸟性格……但是很聪明，叫什么名字，是什么品种？"齐乐人问道。

不是任务期间，没有装备闭口禅技能的宁舟虽然还是寡言少语，但是不至于一声不吭了："没有名字，种类是语鹰，栖息地在静海荒漠。"

齐乐人对噩梦世界的地域了解基本来自他之前玩的《噩梦游戏》，他依稀记得静海荒漠就是地下蚁城的所在地。在那片灼热恐怖的荒漠下隐藏着蚁巢一般的地下世界，还有地底深处灼热的炼狱，那是个恶魔横行的地方。

两个人的话题实在是太少了，在一起做任务时两人就几乎没怎么说过话，之后的每次见面都很匆忙，以至于能好好坐下来聊天的时候反而有些尴尬了。

"语鹰啊，那它说的话岂不就是鹰（英）语？"齐乐人说了个双关的冷笑话。

宁舟看似镇定实则茫然地看着他，丝毫没有要笑的感觉。

齐乐人心里咯噔了一下，忘了宁舟是人类和NPC结合生下的孩子了，他应该不知道英语是什么东西。

"咳咳，在外面的世界，有一种通用语叫英语，我们说话有时候也会用到。"齐乐人感觉自己突然变成了一个冷场帝，内心简直泪雨滂沱，为什么他假扮红的时候都能和居心叵测的杀戮魔王信徒们相谈甚欢，现在面对己方人员反而屡屡犯蠢频频出错？

其实根本不知道对方在说什么，为什么要这么说的宁舟："……哦。"

不知为何，这个相顾无言的场景让齐乐人回想起了很久之前。那时候他还没进入噩梦游戏，还是个毕业不久正在到处找工作的待业青年，父母给他介绍了一个朋友的女儿，妹子端庄漂亮，就是人有点高冷，两个人在一番"嗯、啊、哦、好的、谢谢、不客气"的交流后，再也没有然后了……

此时此刻的场景和当初那个相亲的画面何其相似，除了对面沙发上的人性别不太对之外。

"我……"齐乐人准备说一说杀戮密会的事情。

"你……"宁舟也正好开口。

两个声音撞在了一起。

"你先说。"

"你先说。"

两个声音又撞在了一起，两个人同时沉默了。

齐乐人的汗又快下来了，这不行啊！这交流完全不行啊！干坐着说话太尴尬了！

"你饿不饿？我去做个炒饭吧。"齐乐人是真有点饿了，想来想去还是在餐桌上交流比较好。

"我不……""我饿！我好饿！快要饿死了！"宁舟刚说了两个字，他的鸟就声嘶力竭地叫了起来，吓了齐乐人一跳。

被它这么一打岔，这屋子里的气氛总算好了一些。齐乐人露出了一个大大的笑容，感激地看了它一眼："要是它能吃的话，我就做三份好了，在家里做饭比去外面吃便宜多了，在外面吃一顿付账的时候怪心疼的。"

见齐乐人都这么说了，宁舟也没再拒绝，默默跟在他身后走进了厨房……打下手。

齐乐人看到宁舟拿菜刀切西红柿的时候心情很复杂，那感觉大概像是看到吕医生在开高达，总觉得技能点加得有点偏。

一锅炒饭和一锅汤很快完成了，齐乐人的手艺还可以，毕竟他常年独居，不会两手厨艺就得天天吃泡面，宁舟看起来也是个会做饭的，联想到他的身世，齐乐人难免有些心疼。

大概有个帮厨的交情，两个人坐在餐桌上时气氛好了许多。齐乐人一边吃一边给宁舟说自己男扮女装混入杀戮密会的事情，说到他看到宁舟被列为持戒人选拔仪式的任务目标时差点露馅儿，宁舟深深地看了他一眼。

齐乐人噎了一下，他发现这话很容易让人误解，可是解释起来又越描越黑，只得埋头吃饭，吃得急了还打嗝，惨遭品味清奇炒饭都能吃得津津有味的语鹰嘲讽。

吃完后齐乐人重振精神，又开始给宁舟讲述他的计划："杀戮密会内部的斗争很激烈，审判所一直怀疑他们能抓到狂山是因为现在的代理持戒人烈阳（罗一山）偷偷泄露了他的行踪。因为一旦持戒人死亡，信物戒指就会落入代理持戒人手中，此时戒指已经失去绑定了，无论落入谁手中都可以使用它，但是半领域的功能就不完全了。而代理持戒人也有权召开选拔仪式选出下一位持戒人，由新的持戒人绑定戒指，恢复半领域的所有功能。但是我的出现打破了他的盘算。他现在肯定担心我先于他找到你，将你献给杀戮魔王成为新的持戒人，这样他就需要再想办法除掉我，再召开一次选拔仪式，这样变数就太多了。所以我猜测，他会在我完成任务前除掉我，当竞争者只剩下一人，无论任务是否完成，都由他持有戒指。"

齐乐人此时的处境无疑是危险的，但是在屋子里他倒是感觉挺安全，毕竟审判所的人全程都在盯梢，烈阳要在这里杀死他十分困难。如果烈阳足够谨慎，他就不会在这里暗杀他，地点太陌生，他的失败率很高，而且一旦失败，"红"就会很警惕。

要暗杀能够恶魔化的红，需要雷厉风行一击必杀，在她恶魔化前结束战斗。最好的办法就是在领域内进行，当红信心满满地带着任务目标进入领域想要完成献祭夺取信物戒指的时候⋯⋯

"有极大的可能，他会在我进入领域后联合他的手下突然发难攻击我，将我除掉。听说这么多次选拔仪式里，候选人之间自相残杀的情况还挺常见，杀戮魔王对这群信徒漠不关心，就像养蛊一样无动于衷地看着他们争斗。"齐乐人皱着眉说道。

"你打算怎么做？"宁舟问。

齐乐人忐忑地看了宁舟一眼："这个⋯⋯就需要你牺牲一下了⋯⋯"

宁舟有种不好的预感。

卖队友这活，真是越干越熟练。

"你现在的处境很危险。"凯萨琳夫人一边享用着阿西泡的红茶，一边对红说道。

红依旧是那副漫不经心的样子，听到凯萨琳夫人的话后似笑非笑地看了她一眼，那眼神称得上是媚眼如丝，却无端让人心里发凉。

侍立在一侧的阿西忧心忡忡，虽然他成为寄生之种寄生者的时间并不太久，但是也见过数次选拔仪式时的血雨腥风，那些候选人已经抛开了任务，专心致志地对付起了自己的同类，几乎每一次都杀到只剩最后一个赢家。他不由担心起了红，听说她已经离开地下蚁城的杀戮密会很多年了，对杀戮密会的情况难免陌生。

"如果你是担心烈阳会突然对我动手的话，呵呵，想来他也只有这个脑子了。"红给自己点了根烟，又给凯萨琳夫人抛了一根，然后直勾勾地看着阿西。

阿西红着脸，躬身走到红身边。

从这个俯视的角度看去，他第一次发现红身上那种妖冶的气质淡去了，她依旧冷漠且漫不经心，但是浓艳的妆容下她似乎有一张清秀的脸，既陌生，又新奇……

红感觉到了他的视线，仰着脸看他，浅褐色的眼珠折射着夕阳猩红的光，近距离下比魅魔状态下的她更慑人。

阿西慌乱地回到了凯萨琳夫人的身边，给自己的引导人点烟，凯萨琳夫人带着醋意地说："我的子裔好像很喜欢你。"

"不，夫人……"阿西吓得赶紧辩解。

"真可爱。"吞云吐雾的红魅惑地笑着，弹了弹烟头继续道，"你今天来，不只是为了告诉我烈阳的动向吧。"

被无视了的阿西失落地站在凯萨琳夫人身后，还是这样，每一次红都会无视他的存在，衬得他的念念不忘愈发愚蠢可笑。要什么时候，他才能和凯萨琳夫人一样和她谈笑风生呢？真的会有那一天吗？被自卑啃食着的阿西偷偷地看着，内心充斥着卑微的酸涩。

"烈阳现在也很防备我，因为我做了你的引荐人，不过我还有几个关系不错的朋友，所以多少会知道一些情况。我建议你尽快完成任务，将任务目标的尸体带入领域中，越快越好，最好在烈阳准备好之前，届时我会和我的朋友们威逼烈阳，'迫使'他交出戒指。"凯萨琳夫人说。

"只要戒指仍然在烈阳手中，他就不会乖乖交出来。"红冷冷地说着，嘲讽地笑了笑，"我更愿意带着一个活的猎物大摇大摆地走进领域里，用烈阳和猎物的血来浇灌祭坛，开启更迭仪式。"

红一手放在心口，一脸憧憬又狂热地说道："只有这样，吾王才会注意到我，我才是他最忠诚的信徒！"

凯萨琳夫人的表情僵硬了一下，显然她并不是那么狂热的信徒："如果你执意如此的话……这会有风险，毕竟你的猎物是一个信仰坚定的圣职者，万一他突然脱离了掌控。"

"和吾王相比，这点危险不值一提。"红说，一脸决然，可随即她表情一变，笑得十分妩媚，"况且，坚贞的圣职者已经为我堕落了。"

凯萨琳夫人愣住了，随即她感兴趣地问道："哦？希德跟我说你身边有个圣职者的时候，我还以为他只是在搪塞自己的无能，教廷的走狗一个个都像永无乡的冰川一样又冷又硬，你竟然融化了他？"

红玩弄着自己的长发，嘴角噙着一抹暧昧的微笑，嗓音低沉地问道："你见过崩解的冰川吗？"

凯萨琳夫人摇了摇头。

红歪了歪头："就像世界崩塌了一样，冰山碎裂落下，沉入海中，然后在浮力的作用下轰然升起，再沉入，再升起。就好像，是人性的反复挣扎。冰川有多坚硬，崩解的时候就有多美丽。"

凯萨琳夫人挑了挑眉："那又是什么融化了冰川呢？"

"温暖的春天？"红说着，突然轻笑了一声，看向窗外的夕阳，"也许，是爱情吧。"

凯萨琳夫人顿时乐不可支，她用羽扇遮挡着自己失态的笑容，端起了红酒杯说道："哦，那可真是感动人心。敬伟大的爱情。"

红端起酒杯，和凯萨琳手中的轻轻一碰，同样轻佻地说道："敬伟大的爱情。"

充斥着灼热熔岩的地下洞穴再次向杀戮魔王的信徒们开启，这片半领域就像一个固化的空间一样，毫无成长的潜力，但却是绝佳的庇护所。就是依靠它才让信徒们不必聚集在黄昏之乡的某个地点，减少了被一网打尽的风险。

但是今天，它即将落入敌手。

站在祭坛边的罗一山神色凝重，他没想到红下手这么快，当他还在满世界寻找宁舟的线索之时，她就已经完成了任务。虽然时间仓促他还来不及完成任务，但是布置人手对付红却已经足够了，只要杀死红，他就是唯一的候选人，哪怕不完成任务，半领域戒指也属于他。

翻滚着岩浆的石路上，手上牵着一根铁链的红笑盈盈地向祭坛走来，人群自发地为她让道。

被她引着的男子一身教廷驱魔人的打扮，衬衣的领口却解开了一半，露出锁骨。他眼神空洞地看着前方，脖子上套着一个金属项圈，双手也被金属手铐束缚了起来，连着锁链，沉默又茫然地向前走。灼热如同地狱的半领域中，他走过的地方似乎都被看不见的冰雪覆盖。

露出魅魔体征的红慵懒地回首，在俊美的驱魔人脸上抚摸了一把，又轻佻地看向罗一山的方向："教廷的驱魔人，我可是把他活着带来了，怎么样，别有一番风情吧？堕落又纯净的灵魂，才是献给吾王最好的礼物。"

红眄了一眼罗一山手上的戒指，罗一山立刻感觉到了她的视线，一股怒意涌上心头，他绝不会交出这枚戒指！人手已经布置好了，只要他一声令下……

红突然露出了一个古怪的笑容，牵在她手上的铁链松开，落在地上发出一声脆响，她已经如离弦之箭一般冲向罗一山，匕首在空中一挥，带起一道劲风——她的速度太快，太惊人，猎豹一般将他扑倒在地！

"动手！快动手！"手腕上传来一阵冻彻心扉的凉意，剧痛让罗一山的命令变成了一声惨叫，戴着戒指的左手已经被匕首削断，鲜血狂喷，他用来护身的防护罩立刻开启，将红弹飞了出去，谁料这一下飞得太过，红竟然直接落入了翻滚的岩浆中，瞬间就化为灰烬。

罗一山及其手下还在为这突然结束的战斗怔忪时，一支闪烁着银色光泽的箭矢雷霆一般飞来，那半透明的防护罩竟好似玻璃一般，在这一箭下轰然破碎！

原本被魅魔的摄魂术控制几如提线木偶的教廷驱魔人不知何时已经

打开了手上的枷锁,而早已没入岩浆的红,也再一次出现在了他的面前……

寄生之种爆发!

防护罩破碎的罗一山在巨大的危机刺激下陷入了寄生之种的控制中,疯狂的寄生之种化为荆棘刺出他的身体,恶魔之力在半领域中肆意奔腾,狂怒的力量环绕在祭坛四周。

洞穴顶部的嗜热菌类蓝光大盛,这阴郁诡异的蓝光下,信徒们身上的寄生之种开始接连失控,顷刻间吞噬所有人的理智!

刚刚读档复活的齐乐人眼睛一红,阴冷的力量从他的后颈往下蹿,电流一般流窜在了他的血液中。那种恐怖的、毁灭的力量侵占了他的理智,这一刻他的眼前没有了信物戒指,也没有了宁舟,只有杀戮!

断手的罗一山同样如此,他忘了不断喷血的伤口,也忘了那枚戒指,完好的右手举着重棍咆哮着向齐乐人冲来,荆棘如暴雨一般席卷而来!

丧失理智的两个人在空地上缠斗了起来,被充分激发了战斗本能的齐乐人敏捷得像是山猫一样,哪怕处于寄生之种的控制下,他也没有忘记自己的短处,绝不和孔武有力的罗一山硬碰硬。但即使如此,两人在战斗力上的显著差异还是不足以让他战胜这个对手,如果不是宁舟在一旁射箭相助,十几秒的时间内他早就被掀翻了。

半领域内已经一片混乱,凯萨琳夫人因为宁舟的突然苏醒而起了疑心,然而前几天她和红的那番对话令她选择相信红能够控制住这个堕落的圣职者,这才没让罗一山的亲信把控全局。可是在庞大的恶魔之力的牵引下,所有信徒都陷入了寄生之种的爆发中,被寄生之种侵蚀较深的信徒纷纷刺出了荆棘,大片大片的黑色荆棘肆无忌惮地收割着信徒的生命。

一支银箭拖曳着长长的电光插在地上,冰霜爆炸似的蔓延开,极寒的温度让周围的一片岩浆都冻结了片刻,更妄论那一片区域的信徒们,身体和荆棘都覆上了一层白霜,行动迟缓。宁舟双刀出鞘,杀意凛凛地冲向已经化作修罗场的恶魔信徒,在血雨中厮杀。

此时,齐乐人已经翻身爬上了祭坛,和罗一山越战越勇,清明的意识已经被压制在了杀戮的欲望下,倒计时却越来越少。

SL技能的有效时间还剩下……七、六、五、四、三……

罗一山身上的荆棘疾风暴雨一般扫过岩石组成的地面,将那枚戒指抽飞了出去,那一道抛物线的落点在岩浆中。

正在祭坛上躲避罗一山攻击的齐乐人突然清醒了一刹那。如果戒指落入岩浆,这段时间的苦心孤诣就全盘作废!

两秒。

他脚下一蹬,身体像扑杀猎物的猫科动物一样跳起。

一秒。

他的手距离飞起的戒指还差两米,他还在上升,可是戒指却在掉落。

零秒。

他也开始下坠,可是还差半米!只差半米!

存档时间已过,技能冷却倒计时 0:59:59。

他的脚下已经不再是坚实的地面,而是滚烫的熔岩,那恐怖的热力蒸腾在他的身上,越来越近,越来越近……

他已经失去重心,头朝下地坠落,世界在他眼前颠倒,可笑的是这一刻他还能冷静地看着不远处那荒诞的杀戮仪式。

冰冷的声音在他脑中狂笑,那是属于寄生之种的意识,它欢喜地指挥着他奔向死亡。

不，停下来！还有办法，一定还有办法……对了，他有"逆流之沙"可以任意重置一张技能卡，可是……可是哪怕在这里重置SL技能，读档后他也依旧会在半空中，一头坠入岩浆啊！

结束了……

清醒的意识再一次被寄生之种吞噬，齐乐人冷漠地看着一片炙热的红，看着自己奔向死亡。

"齐乐人——！抓住戒指！！！"宁舟的声音从遥远的地方传来，带着轻微言灵力量的闭口禅像惊雷一样唤醒了他。

天旋地转中，齐乐人的自我意识又一次压倒了寄生之种，他意识到自己在跌向死亡的深渊。

坠入岩浆，就是坠入地狱，他将化为灰烬，永远消失于此。

他能生还的机会，只有一个……

抓住戒指！

闭口禅破戒时附带的言灵的力量虽然轻微，但在这失之毫厘的一刹那却让不可能变成了可能。齐乐人使劲伸长了手，在戒指即将落入岩浆的那一刹那抓住了它，信物戒指冰冷的温度还来不及传到他的脑中，他疯狂地催动着意念——

出去！关闭领域！离开这里！

白光一闪，半领域关闭。

这场群魔乱舞的杀戮盛宴，在这一刻……

戛然而止。

眼前是一片滚烫的红，齐乐人触电一样从沙发上站了起来，然后腿一软又坐了回去。

在半领域中的最后一秒，灼热的岩浆几乎已经碰到了他的头顶，那恐怖的热度仿佛已经将他的灵魂灼伤，当时他的 SL 技能已经冷却了，如果那时候宁舟没有唤醒他，如果那时候他没有抓住那枚戒指……

戒指还被他握在手中，不等齐乐人仔细观察这枚信物戒指，他的手腕就被人握住了。

欲言又止的宁舟拉着他的手腕，那双蓝眼睛就好像暴风雨中的大海，酝酿着恐怖的情绪，齐乐人不禁哆嗦了一下，有点虚。

"呃……这不没事嘛。"齐乐人老神在在地说，其实内心一点底气都没有。

手腕被捏得生疼，齐乐人都不敢看宁舟的脸色了，他知道刚才实在是太惊险了。

离开半领域后，他的寄生之种得到了控制，现在又回到了他的后颈处蛰伏着，齐乐人有点恍惚地想东想西，冷不防听到了宁舟的声音："任何时候，活着都是最重要的。"

"嗯，知道了。"气氛太古怪，齐乐人无心争辩，把自己的手抽了出来，用对讲机跟审判所联系，"戒指到手，速来。"

"三分钟后，屋顶上等。"对讲机那头传来阿尔波澜不惊的声音。

时间紧迫，杀戮密会的信徒一定已经往这里赶来，必须在他们赶到前离开。

齐乐人没有完成仪式任务，也没有杀死另一个候选人，所以他并没有戒指的所有权，也不是杀戮密会的持戒人，至多只能动用这个半领域一部分的力量。

可惜受到半领域召唤的信徒可以拒绝进入半领域，否则现在他就可以将所有信徒拉入半领域，从容地逃之夭夭了。

"走吧，去屋顶等飞船。"齐乐人对宁舟说。

屋顶上，残照如血。

噩梦游戏没有解释过为什么黄昏之乡会有这样奇异的天候，这终年笼罩在夕阳下的人类庇护所好似被遗忘在了时光中，和那永不坠落的夕阳一起。

可是此时此刻，两人根本无心欣赏这样的美景，在夕阳徘徊的方向，大群蝙蝠好似迁徙的鸟群一样向他们袭来，从高处往下看，远处的街巷里陆续出现穿着斗篷戴着面罩的信徒，他们正向这里赶来，阻止他们带走信物戒指！

审判所的飞行器几乎同时出现，这架像是直升机一样的飞行器从另一个方向直奔两人所在的屋顶。

快一点，再快一点，齐乐人死死盯着两边，祈祷飞行器的速度再快一些，否则他们就要陷入蝙蝠潮了。

再看宁舟，他已经一声不吭拿出弓箭了。

说干就干，果然如此。齐乐人已经习惯他的作风了，但是这蝙蝠的数量着实太多了，箭够吗？还是说要用那种能冻结骨龙的冰霜箭？

黑沉沉的箭矢搭在金属长弓上，开弓拉弦一箭射出，耳边传来一声破空的厉响，那箭闪电一般射了出去，所过之处蝙蝠如同铁块一般纷纷跌落，那声响如同一场由近及远的钢铁暴雨。

这是什么箭？齐乐人好奇地看着，又偷偷打量起了宁舟手上的弓箭。

"增加重力。"宁舟说。

齐乐人其实不太清楚这是技能还是什么，但是最近他还没调整好心态，在那儿不懂装懂瞎点头。

飞行器已经接近屋顶打开舱门，距离屋顶不过两米的距离，宁舟示意齐乐人先上，齐乐人纠结了一下，用力一跳攀住了舱门，艰难地爬了上去，回头对宁舟伸手想拉他，结果还没转身宁舟就已经上来了。

几乎同一时间，信徒们已经冲上了屋顶。

一片人造的雨云在这片天空中凝结，狂风大作电闪雷鸣，一道道手腕粗的闪电从天而降，劈落在屋顶上，飞行器上瞬间弹开了一个防护罩。

飞行器上升，距离屋顶越来越远，透过半透明的防护罩，齐乐人看见屋顶上具备远程攻击手段的信徒正在试图打破防护罩，将飞行器击落。

人群中，只有一个人没有戴面具，齐乐人一眼看见了他。

阿西。

暴乱的人群中，他抬头看着他，隔着雷霆和暴雨，他原本还透着稚气的眼神却变了。

他有很多话想问，有很多话想说，那一日雨夜中的邂逅相助，原来竟是一场毁灭的阴谋开端，他的憧憬，他的向往，他悄然不语的爱慕，都是虚假的。

这世界上本就没有美艳动人风情万种的红，那只是一个被人精心编织出来的幻影。

和相遇那天一样的暴雨中，他的爱慕，在沉默的对视中戛然而止。

人群涌向飞行器，阿西却突然转身，逆着人流离去，他手中握着红戴过的面具，因为太用力而折断，断片割伤了手掌，鲜血被雨水冲刷干净。

"夫人，离开这里吧，黄昏之乡已经不安全了。"阿西对隐藏在阴影中的凯萨琳夫人说。

施展了暴雨雷霆的凯萨琳夫人疲倦地看着他，精致的妆容被雨水冲毁，晕了一脸，颓废又可笑。她隐约感觉到自己的子裔变了，青涩稚气从他脸上褪去，不留痕迹，在暴雨中站立的他已经有了成熟男人的轮廓。

　　"被摆了一道啊……走吧，去地下蚁城，再不走黄昏之乡的结界就要被审判所关闭了。"凯萨琳夫人做下了决断，放弃召集其他子裔，带着阿西一起走向边境。

　　阿西抬头看了一眼飞离的飞行器，它已经穿过了魔法雨云，飞向遥远的夕阳。

　　总有一天……阿西小心翼翼地收起被他捏断的面具，放进了物品栏。总有一天，他们会再相见。

　　那时候的他，一定不会是今天的模样。

第七章

圣城旧梦

【1】

转眼飞行器已经飞过了雨云,夕阳从窗口照入,为飞船上的三个人镀上了一层温暖的金色。阿尔开着飞船,这艘小型飞行器的内舱狭小,齐乐人和宁舟并排坐着,等待飞船降落。

沉甸甸的信物戒指还在齐乐人手中,他把玩着戒指,劫后余生让他有点心不在焉,舱门关闭前最后一眼时他看到的画面还深深地印刻在脑海:雷霆暴雨之中,信徒们冲向起飞的飞行器,而阿西已经转身,逆着人流消失在了人群中。

那个被人多看两眼都会脸红的青涩少年,已经变了。

执行任务的时候,齐乐人其实并没有太关注他,他对凯萨琳夫人的关注都比对阿西多,他只是他任务的一个引子,为了钓出他身后的凯萨琳夫人,然后混入杀戮密会中去。可是不知为什么,在任务的最后,反倒是这个影子一般跟随在凯萨琳夫人身后的少年,突然让他印象深刻了起来。

不过也没意义了,他们迟早都会落入审判所的手中,黄昏之乡的杀戮密会即将被连根拔起。

齐乐人拿起戒指,上面还有罗一山的血迹,戒指对着窗外的夕阳,折射出璀璨的光。

宁舟看着戒指,也看着他,逆着光的侧脸柔和了他的轮廓,夕阳从他的每一缕睫毛中穿过,留下根根可数的阴影。齐乐人的视线从戒指落到宁舟的脸上,有一瞬间他想问一问那枚蓝宝石戒指,可是却又无从问起,只能对宁舟笑了笑。

不可思议的事情就在这一刻发生了,一向不苟言笑的宁舟竟然柔和了表情，对他回以一笑。

飞船发动机轰鸣的声音在耳边消失了，机械滴滴答答的声音也消失了，就连那橙红的夕阳也好似消失了，齐乐人呆呆地看着宁舟难得一见的笑容，怔怔地说不出话来。

那个样子一定很傻，因为他还举着杀戮密会的信物戒指，就像是要献给谁一样。

"回去就把寄生之种取出来。"宁舟说，那梦幻的夕阳余晖在他的侧脸镀上了一层淡淡的红，让他变得真实而温暖。

"哦……嗯，好。"齐乐人这才回过神来，摸了摸后颈处已经沿着脊椎往下生长的寄生之种，这颗定时炸弹，终于要除掉了。

"宁舟……这次的事，谢谢。"齐乐人低声道谢。

宁舟摇了摇头，没说话。

齐乐人明白他的意思，他并不觉得这有什么，他只是在做他觉得应该做的事情，而且永远也不会索求什么回报。

宁舟，一直都是这样一个人。

飞行器在审判所降落，再次来到审判所的齐乐人没有上一次那么心情忐忑了，完成了任务的他意气风发地走下了飞行器，跟随着阿尔走进了审判所中。

这一次他没有被带入地下区域，而是直接到了一间办公室前。

阿尔敲了敲门，门内传来一个男人的声音："进来。"

阿尔打开了门，示意齐乐人进去，结果反倒是宁舟先一步走了进去。

屋内的人背对着他们站在窗台边，似乎在眺望海岸线上那一轮徘徊不落的夕阳，听到脚步声他转过身来，看到门口的宁舟顿时嫌弃地问道：

"你来干什么？"

齐乐人不清楚这人是谁，上次来审判所的时候倒是看见他和宁舟一起走出来，应该是审判所的高层吧。

看看眼前这位——高、白、瘦、黑长直，脸真是雌雄莫辨的中性，如果不是声音还听得出是男人，齐乐人绝对会以为那是一个御姐，没有女装，效果更胜女装。

齐乐人正看得眼直，宁舟突然瞥了他一眼，伸出了手。

这是干吗？齐乐人慢了一拍，想起信物戒指的事情，赶紧交给了宁舟。

宁舟接过信物戒指，看也不看一眼就丢了过去，对方赶紧接住，抱怨道："真不知道你哪来的这么大火气……齐乐人你好，虽然不是初次见面，不过上次匆匆一面也没做过自我介绍。"

那人走了过来，对齐乐人伸出手，轻轻握了一下就松开了："我是司凛，审判所的代理执行长，非常感谢你对这次任务的支持，我们也会兑现之前的承诺，随时。"

"其他奖励呢？"宁舟冷冰冰地问道。

司凛叹了口气："好吧，因为你完成得非常好，我们会给你一个额外的奖励，例如技能卡、道具之类的，折换成生存天数也可以，你可以将你的大体要求说出来，我们会尽可能满足你。"

齐乐人欣喜了一下，他还挺想要审判所之前出借给他的技能卡的，装备后提升了各项基础数值，否则他可没那个敏捷度和力量跟罗一山缠斗那么久。

但是……

"我想参加审判所的新人训练。"齐乐人坚定地说。

技能卡的确可以瞬间提高他的能力，但是如果不趁着还是新人的时候努力提升自己，他迟早会死在任务里。他还有很多谜团没有解开，他还想走得更远一些。

司凛挑了挑眉，似乎没想到他会提出这种要求。

"看来，你比我想的聪明一些。"司凛来到了他面前，近距离之下，他的眼睛好像某种冷血爬行动物，瞳孔比普通人细长，两个人之间的距离已经超过了礼貌的界限，齐乐人感到一阵凉意从司凛的身上传来。

这不是气场带来的冷，而是一种实质化的冷，就好像打开冰箱门之后，从里面冒出来的寒气，并不针对他，可却是实实在在的冷意。

"那就让阿尔训练你吧。"司凛后退了一步，似笑非笑地看了宁舟一眼，然后笑眯眯地送客了。

"换一个。"宁舟突然开口道。

齐乐人茫然地"啊"了一声，只听宁舟重复道："我来训练你，换一个要求。"

冷不防有人毛遂自荐要当他的教练，齐乐人立刻明白了宁舟的意思，他可以向审判所提别的要求，不要把这个珍贵的机会浪费在训练自己上——虽然他不觉得这是浪费，但是既然有更好的人愿意帮这个忙，他完全可以向审判所提别的要求。

"喂喂，虽说审判所只是教廷的外延机构，但你这也够得上吃里爬外了啊。"司凛郁闷道。

宁舟没理他，对齐乐人说："如果想不出来，就留着，以后用得上审判所的地方，不用跟他们客气。"

"哦……那我留着。"齐乐人从善如流，说不定以后混不下去还可以来避避难。

司凛从两人身边走过，打开了他办公室的大门，敷衍地伸出手："你们可以走了。"

齐乐人觉得自己好像成功地得罪了人，心里有点惴惴的，友善地对司凛笑了笑就赶紧离开了。

"宁舟。"司凛叫住了他。

宁舟的脚步一顿，望向司凛，他一脸凝重地看着他："教皇冕下曾在我面前赞誉过你，他说，你从来没让他失望过。"

宁舟放在身侧的手动弹了一下，慢慢收紧握拳。

"我不会让他失望的。"他说着，转身走出了房间。

"所以宁舟现在在你这里？"漫游于齐乐人梦境中的妙丽问道。

梦境总是被人不请自入的齐乐人点了点头，不过感谢妙丽的闯入，刚才他还在做噩梦，梦境里接连不断的死亡折磨得他疲惫不堪，现在倒是清醒了。

妙丽打了个哈欠："真不错，我们还在为杀戮密会的后续事情忙碌。"

"不是都结束了吗？"齐乐人问道。

"结束？不不不，这个任务比你想的复杂得多，虽然你执行了最关键的一环，但是除此之外的事情还有很多……"妙丽推了推自己的眼镜，"你以为我们是随便派了你去杀戮密会卧底吗？光是让幻术师遮掩掉亡灵岛上你的墓碑就费了不少工夫，幻术师对你倒是很好奇。"

墓碑？齐乐人突然想起，在他认出罗一山的时候，罗一山同样认出了他，如果他派人去调查了'齐乐人'这个身份，那么亡灵岛上那些数量惊人的墓碑……

等等，审判所还知道关于他的墓碑的事情？齐乐人不觉有些悚然。

"你不会觉得这事儿没人知道吧?再过几个月整个黄昏之乡都会知道有个死了很多次名叫'齐乐人'的玩家了,这种离奇的消息总是传得很快的。"妙丽好似看出了他在想什么,笑着说道。

齐乐人的感觉顿时有点糟糕,他可不想因此惹上什么麻烦:"有什么办法可以掩盖掉我的墓碑吗?比如挖掉?"

为了保密,齐乐人都不惜挖自己的坟了。

"……你的想法真有意思,不过噩梦世界毕竟和现实有所区别,就算你强行挖掉了自己的墓碑,等到零点一过它又会刷新出来。亡灵岛就像是一个游戏记录,记录了从这个世界诞生开始的玩家姓名,我们这群被玩弄于股掌之间的猎物,有什么资格去删改游戏记录呢?"妙丽略带嘲讽地说道,"所以我们也只是在确定需要你前去卧底之后,派上了幻术师去暂时遮掩亡灵岛上你的墓碑,现在幻术师已经撤掉了幻术,你的秘密恐怕隐瞒不了太久。只要有一个人发现了,秘密就不再是秘密,你该庆幸有扫墓爱好的人并不太多。"

可惜了,要是幻术师早一点去遮掩墓碑的话,他就不会被那些堆积如山的死亡记录弄得精神恍惚了。看来以后行走在外还是少用自己的真名吧,被人围观还是好的,就怕有人为了他死而复生的秘密铤而走险……这样的事情已经发生过了,而且还会继续发生。说到这个……

"杀戮密会的信徒都抓到了吗?罗一山……烈阳是知道我的真名的,当时我没能在领域内杀死他。"齐乐人皱眉问道。

"他已经死了,死于寄生之种爆发和失血过多。现在黄昏之乡的结界已经关闭,只许进不许出。信物戒指上附着着的联结可以反追踪进入过领域的人的身份,所有信徒基本已经被锁定,很快就可以抓捕完毕了。不过还是有几个信徒事发时不在黄昏之乡，另外还有两个信徒在结界关闭前逃脱。"妙丽将情况简单说了一下。

"逃脱的是谁？"齐乐人突然有种不妙的感觉。

妙丽深深地看了他一眼，似乎有点同情："两个你很熟悉的人。凯萨琳夫人和她的子裔阿西。"

不祥的预感总会成真，齐乐人都说不上到底是什么样的体悟了。

"好好让宁舟训练你吧，说不定哪天就用上了。"妙丽说道。

郁闷的齐乐人一脸漠然，宁舟训练他的时候根本不讲情面，他都记不清对练时多少次被他打翻在地了，就算他心理素质再好，次次摔得四仰八叉也快有心理阴影了。

"哦，另外关于寄生之种的事情，完成你的第一次强制任务后就到审判所报到吧，至少留出一周的生存天数，我们会帮你取出这颗定时炸弹的。"妙丽笑眯眯地说着，轻盈地走出了他的梦境。

一觉醒来已经是早上了，虽然窗外还是漫天晚霞，但是不断减少的生存天数告诉他，又一天过去了。齐乐人艰难地从床上起来，一边洗漱一边思考今天的任务。

宁舟给他制定了一张日常训练的清单，一部分需要对练的内容他还负责陪练，因此齐乐人主动承包了这位"教练"的三餐，目前来看两个人相得还不错——在两个人之间发生过这么多尴尬事之后，这份相处融洽愈加难能可贵。

在温暖的夕阳下一起吃饭的场景，回忆起来竟还有些淡淡的温馨。

不过昨天宁舟就说过今天他有事不在，齐乐人没好意思问他去哪里，所以今天的早餐就只有他一个人享用了。

和现代社会数量庞大的拖延症和懒癌患者相比，齐乐人是个很自律的人。进入噩梦世界后他就有意识地在锻炼自己，现在有了科学的教程后他更是十分珍惜这种机会，虽然每天被训练得青一块紫一块几乎是爬着回到床上，睡着了还要时不时被噩梦纠缠，可第二天还是咬咬牙起来了。

宁舟不在，对练的日程就取消了。下午训练结束后齐乐人有了难得的休憩时间，出于小伙伴之间的友情，他特地抄送了一份训练清单给吕医生送去，在私人诊所里他看到了躺在柔软沙发上享用甜点和热饮的吕医生，他热情地邀请齐乐人共享下午茶。

在得知齐乐人最近的训练清单后，吕医生露出了"天哪我的小伙伴竟然是个受虐狂吓死宝宝了"的表情，在齐乐人力劝之后才不怎么情愿地答应每天慢跑两公里。但是鉴于他数次跑两步就平地摔的前科——吕医生反复解释说这是因为天生小脑不协调造成平衡性比一般人差——齐乐人并不是很相信他能坚持多久……

从吕医生的诊所出来后，齐乐人还看到一个说话带口音的玩家在和自己的朋友讨论他："这里有个女医生，医术很好的！就是规矩多了点。"

"真的吗？漂亮吗？"

"是男的啊。"

"你不是说是女医生吗？"

"哦不是啦，是那个女（吕）啦。"

二楼的窗户被一下拉开，吕医生探出头来恶狠狠地说："我姓吕！带口音的人我不医！"

两个一番讨饶后发现这个医生竟然铁石心肠，顿时起了歹念，想要暴力威胁。担心吕医生安全所以一直没走开的齐乐人干脆实践了一下自己最近的训练成果，惊喜地发现自己一打二竟然不是问题。

医闹未遂灰溜溜逃走的两个玩家也没敢放狠话，齐乐人目送两人消失在路口，这才无奈地看向瑟缩的吕医生："让你好好学两招，现在知道锻炼的重要性了吧？"

吕医生张着嘴惊叹道："平常见你一身谜一样的软妹气场，和我一样好欺负，结果每次动手都出人意料啊。真是人不可貌相，乐妹不可斗量……"

齐乐人手痒痒地想揍他，什么叫谜一样的软妹气场？！乐妹又是什么鬼？虽然任务需要他是被迫当过两次妹子，但他平时还是很爷们的，刚才还收拾了两个七尺大汉呢！

"好好训练一下自己，至少坚持跑两圈，不然下次还有人来闹事怎么办？打不过好歹得跑得过啊。"懒得计较的齐乐人语重心长地说。

"我不是有张'此处有免费Wi-Fi'的技能卡吗？装备上大家就会慢慢忘记我的存在专心干自己的事情了。要是技能卡时间用光了，要么认尿，要么报警，实在不行，关键时刻总会有正义的路人来帮我。"吕医生正色道。

"……随你吧。"齐乐人一阵心累，身为一个倒霉蛋他不太懂幸运女神私生子的自信来源，怏怏地离开了。

现在时间还早，还可以去别的地方转转。齐乐人照着陈百七给他列的名单和地址走了一趟，上面有两个擅长做手工的玩家，可以做充电器，结果他按照地址找上门去时一个外出做任务不在家，另一个房子空了。

齐乐人一阵惆怅，看来只好过段时间再来看看那个去做任务了的玩家有没有活着回来了。

因为时间充裕，齐乐人干脆又去检查了一下主线任务，自从进入噩梦世界后，他强迫症似的隔三岔五就会去看看触发任务的关键NPC鲁德在不在，但却又故意不去触发任务，生怕自己再次死于非命，他就是想看看有没有人知道这件事。

循着记忆中的路线，齐乐人来到了黄昏之乡NPC的聚居地，这里离之前在杀戮密会卧底时的"红"的家比较近，齐乐人生怕遇见还没被抓起来的信徒，为了安全起见他穿上了斗篷。

夕阳下，道路两旁锈迹斑斑的粗大铁管里涌出大量水蒸气，远远看去仿佛一片烟雾。

小巷深处有一间酒馆，坐落在废铁堆砌成的垃圾场中，半人高的铁门关不住屋内嘈杂的声音，男人们打牌喝酒，大声聊天，让这个偏僻的小酒馆显得十分热闹。

齐乐人推开了半人高的铁门，走进了酒馆中。

酒馆老板认出了他，这个一头小卷毛、头发浓密的男人热情地问道："好久没看到你了，齐。"

"最近有些事情。"齐乐人一边回答，一边四处查看。

他要找的NPC鲁德不在这里……这可不是件寻常的事情，之前他每次这个点来，他都在酒馆的角落里喝得烂醉如泥。按照剧情，如果他去请他喝一杯，他就会一把鼻涕一把泪地讲述自己当年的回忆，二十多年前那场人类圣城被恶魔攻破的惨烈战役，然后要去教堂墓地祭奠他的战友。

"那个醉鬼呢？"齐乐人指了指酒馆的角落问道。

"哦他啊，刚才有个穿着斗篷的男人来跟他喝了一杯，然后两个人就一起走了，走之前竟然还把他欠下来的酒债一起还了，真是感激不尽。"老板说道。

齐乐人的脸色瞬间变了："那男人长什么样？"

"不清楚,他也穿着一件斗篷,看不清脸。"老板说道,"不过应该以前没来过,我对他的声音没有印象……欸,你的酒不要了吗?"

"送你了!"生怕被人截和,齐乐人头也不回地说着,冲出了酒馆直奔不远处的废弃教堂。

主线任务的下一步就在那里!

废弃教堂位于黄昏之乡的边境,那里荒僻死寂,杂草丛生。

教堂在岁月的车轮下逐渐残破,终被遗忘。

天幕尽头的一轮弦月沐浴在夕阳中,齐乐人回想起他在《噩梦游戏》中接到任务的那天,也有这样一轮悬挂在暮色中的弦月。

齐乐人深吸了一口气,踏着一地碎石荒草,走向了教堂。

教堂的大门已经年久失修,轻轻一推就开启了,灰尘在金红色的残照下飞扬着,游戏中的画面和这一幕重叠在了一起,熟悉又陌生。记忆中电脑屏幕上的画面在这一刻成为真实的场景,让人顿生一种荒谬感。

穿过一排排座椅,齐乐人来到教堂深处。

这里有两扇门,一扇向左,一扇向右。

那时候,齐乐人随意选择了向右的那扇门,沿着森林小径继续走,他来到了一片墓园,就在那里,他接到了前往圣城的任务,而他之所以知道这个任务特别,是因为游戏里这个任务的文字颜色和其他任务不同。

作为一个存档狂魔,在选择向左还是向右的时候,齐乐人其实是存了档的,但是走入右边的大门接到任务后他并没有读档,而是继续了游戏。NPC鲁德告诉他,他和他的战友阿诺德在圣城之战后受到了恶魔之力的侵蚀,战斗力衰退,没有实力回到圣城。现在圣城被笼罩在迷雾中,但是阿诺德有一个任务道具，带上它就可以穿过这层迷雾进入圣城，他希望玩家能驱散迷雾，让被困在圣城中无法离开的人类重获自由。

那时候齐乐人对圣城并不太了解，得到任务道具后兴冲冲地就前往了圣城，然后在这个游戏里第一次死亡，得到了一个 BE 结局……

齐乐人审视地看着这两扇门，一模一样。它们一左一右地嵌在墙体中，等待着他的选择。

齐乐人知道自己应该赶紧做决定，现在追上去的话也许还能追到那个带走了醉鬼 NPC 的人，甚至抢在他之前接下任务。但那又怎么样呢？如果对方和他一样是在现实世界玩过《噩梦游戏》并且凑巧触发过主线任务的人，那么他的秘密就不再是一个人的秘密了……

所以这种责任重大的事情，还是交给别人去做吧。

但是……

隐隐的不甘心却让他踌躇。

齐乐人都无奈地觉得，现在这种纠结的情况大概是对他难得犯一次拖延症的报应了……虽然他拖着不触发任务并不是犯懒，而是为了自己的安全着想。

算了，这一次先去左边的大门看看吧，该是他的总会是他的。齐乐人转开脸，不去看右边的大门，径直走向左边的木门。

木门被推开，眼前是一片夕阳笼罩的稀疏丛林，野草覆盖了地上的碎石小径，齐乐人费力地辨识着路径，向丛林走去。风吹拂着这片荒芜的丛林，远离了终日轰鸣的工厂，这一带的空气都清新了起来。虫鸣声、鸟叫声、风吹声、蝙蝠飞动的声音在耳边汇成自然的曲调。

齐乐人提着心往前走，随着他越走越深，眼前的丛林也逐渐茂密了起来。暮色深深之中，他隐约看到了前方氤氲着雾气的空地上那高低错落的墓碑和一个朦胧的身影。

枯枝被踩断的声音惊动了那个人，枝头上的鸟儿鸣叫了一声，那个人转过身来。

丛林中的空地，湿润土壤上破旧的墓碑，还有夕阳下的那个人……一切像是一场梦。

"宁……宁舟？"齐乐人咽了咽唾沫，他怎么也没想到会在这里见到他。

宁舟披着一件斗篷，安静地看着他。柔和的夕阳模糊了他眼中的那一抹蓝色，让人情不自禁地以为看见了温柔，可是一眨眼，那双眼睛就被理性的冰冷冻结，只剩下了空洞的平静，将一切情绪深深压抑在眼底的深渊里。

"你怎么在这里？"齐乐人忍不住问道。

宁舟稍稍退开了一点，露出身后的墓碑，这座墓碑被养护得很好，不像周围那些已经残损破败，墓碑上刻着一个名字——玛利亚。

齐乐人突然想起了宁舟的身世，他的母亲是教廷的圣职者，父亲则是最早进入游戏的那一批玩家……他由他的母亲抚养长大，在玛利亚去世后就被送往了永无乡的教廷，走上了和玛利亚一样的道路。

他想起陈百七说过的话，十三岁的宁舟连个圣光治愈术都学不好，哪怕去了教廷也没有学好神术……

小时候的宁舟是什么样子呢？也许他也有和普通的孩子一样的时候，在满是夕阳笼罩的黄昏之乡中自由快乐地成长……直到玛利亚去世。

齐乐人迟疑了一会儿，默默迈着步子走到了宁舟的身边。玛利亚的墓碑上没有照片，除了一个名字什么都没有，难以想象一个领域级的高手最后竟然悄然无声地沉寂在这样一个荒僻的教堂墓地中。

"她一直想回去。"宁舟突然说道。

从刚才起，齐乐人就在等宁舟说些什么，但没想到宁舟会说起玛利亚的愿望。

"回圣城吗？"他低声问道。

宁舟微不可察地点了点头："但她已经无法回去，也不敢回去了。"

虽然不知道原因，可是那份惆怅之情却涌上了齐乐人的心头，他已经基本可以确定，玛利亚就是《噩梦游戏》中的那个从来没有出现过姓名的圣修女。

圣城的结界崩溃后，教廷撤离了圣城，她留了下来，用了一种神秘的方法保护住了圣城中的子民——现在齐乐人知道这种力量应该叫作"领域"，但当时游戏中并没有对这个方法进行具象化的描述，而是将其形容为"圣修女的梦境"。

这位不愿放弃圣城的圣修女爆发出了惊人的力量，将圣城中所有的一切都拉入了自己的"梦境"中。梦境压制住了肆虐的恶魔，让它们无法再伤害人类，甚至连魔王都被这个梦境杀死，沉睡在了大教堂的深处。

但是这位圣修女最终却自我崩溃了，她无法再醒来，她的梦禁锢了恶魔，也禁锢了人类，也许连她自己的灵魂，也被遗忘在了那里。

残存下来的行尸走肉，终于被时光所打败，磋磨成了深埋在泥土下的骨骸。

齐乐人知道，直到死亡前的那一刻，她仍然想回去，亲自结束自己创造的"梦境"，让被困在梦境中的人回到现实中来。可是她已经虚弱太久了,十几年来缠绵病榻,最终魂归天国。

这一刻,齐乐人想为她,也为他做些什么……

"你想回圣城去看看吗?"齐乐人问他。

宁舟无声地点了点头。

"那就交给我吧!"齐乐人对他露出了一个开心的笑容,似乎能够帮宁舟是一件极其快乐的事情,事实也的确如此,"我恰好知道怎么去圣城的办法,只要找到一样东西就可以穿过笼罩在圣城外的那层迷雾,到时候我们一起去圣城吧!"

微风和煦,荒芜的墓地中伫立的宁舟没有问他是怎么知道穿过迷雾的办法的,也没有问该怎么得到那件关键的道具,他只是点了点头,甚至连怀疑都没有。

他不该答应的,宁舟清楚地知道这一点。

但是这一刻,齐乐人的笑容太真诚——他是真心想要帮助他——宁舟终是无法拒绝。

"这么说,刚才在酒馆把鲁德带走的人就是你了?你和他认识吗?"齐乐人问道。

"认识。他和阿诺德老师是我母亲的朋友,我最近才得知阿诺德老师去世了。"宁舟说道。阿诺德骑士是他的启蒙老师,他的格斗技巧有一大部分都是从他那里学来的。几个月前阿诺德去世,当时他在永无乡并不知情,虽然来过黄昏之乡,但因为来去匆匆并没有拜访阿诺德,直到最近才知道他去世的消息。

因为不知道他葬在何处,所以他来找阿诺德的朋友鲁德,鲁德带他来到了这里,他便顺便看望了同样葬在附近的玛利亚,然后就遇上了齐乐人。

齐乐人一瞬间想了很多。

如果当时在那个废弃教堂中,他没有选择向右的那扇门,而是选择了左边的门,他会在游戏里遇到宁舟吗?

如果他那时候遇见了宁舟,《噩梦游戏》的剧情会不会发生巨大的改变?

答案是肯定的。

如果玛利亚真的是那位圣修女,那么身为她的孩子,游戏里的宁舟就一定会做出和现在的他一样的选择,如果带上宁舟去圣城……

齐乐人在心里苦笑了一下,所以他会在圣城献出自己的"第一滴血",是因为他没有带上关键的任务 NPC 吗?

他并不愿意这么去想,因为这让他不得不将宁舟看作游戏中的 NPC,而不是一个活生生的人类。

也许曾经有这样一个可能,他会透过电脑屏幕看到一串数据组成的宁舟,他若无其事地将他当作一个普通的 NPC,不去探究他的人生,也不会为他的喜怒哀乐动容,哪怕看到他死去,他至多也不过是为他叹息一声,转眼就忘。

这太残忍,太残忍了……

"走吧,我们去找鲁德,他知道阿诺德手里有一个关键道具,有了它我们就可以穿过圣城外的迷雾,进入'圣城'了。"收拾了一下心绪,齐乐人说。

迷雾里的圣城也就是圣修女的梦境,或者用更通俗的说法,一个由玛利亚创造的领域,一个被和平安详的假象笼罩的世界,在那里,在恶魔入侵中幸存下来的人类幸福地生活着,对安宁表象下的世界无知无觉。然而在圣修女死去后,这份和平的假象已经越来越脆弱,终将露出狰狞恐怖的内里。

两个人折回了另一条小径上,宁舟刚从阿诺德的墓地回来,轻车熟路地带着齐乐人往那里走,果然在墓地里找到了鲁德。齐乐人记得游戏里的时候鲁德很轻易地就将任务给了他,并告诉他信物在阿诺德的故居里,希望他早日带着信物前往圣城,将被困在圣城中的人类解救出来。

可是这一次,齐乐人在酒馆没有和鲁德聊过天,他担心鲁德还能不能将信物的线索告诉他,但是他的故人之子就在这里,鲁德应该会比较配合吧?

正在他斟酌词句的时候,宁舟已经单刀直入地问道:"她的领域信物,交给我。"

原本还醉醺醺的鲁德突然打了个激灵,酒醒了,矢口否认:"我没有那种东西!"

齐乐人蒙了,剧情突然大变,鲁德的态度太奇怪了,他为什么要否认?在《噩梦游戏》里他明明迫不及待地将信物的线索告诉了他……是因为漏掉了酒馆部分的剧情吗?

不,是因为宁舟。

齐乐人仔细观察着鲁德的神色,他看着宁舟的时候明显露出了紧张的情绪,他在极力隐瞒着什么……

宁舟说过,鲁德和阿诺德都是他母亲的朋友,所以鲁德才不想让宁舟去圣城?

为什么?

虽然"圣修女的梦境"的确开始出现问题,但是趁早去破解领域,让那里的人类离开不是更好吗?为什么要阻止宁舟?

宁舟身上的气场顿时压抑了起来,他似乎在极力忍耐着什么,低声问道:"她知道,她的领域信物落在了你和阿诺德的手里吗?"

鲁德的嘴唇动了动,将嘴边的话咽了回去:"我不知道你在说什么。"

宁舟深吸了一口气,闭上眼,过分压抑的声音带着轻微的颤抖:"她到死都在想着回去……"

鲁德好像被雷劈中了一样,酒醒后惨白的脸一片僵硬。

"你们明知道,她一直想着要回去。这十几年来她被担忧和愧疚折磨,反反复复地在梦魇里醒来……她以为她的领域信物遗落在了圣城里,却没想到是你们藏起了它。"宁舟蓝色的眼睛里酝酿着深沉的愤怒和失望,"为什么隐瞒她?为什么?!"

虬须满面的鲁德颤抖了一下,在愤怒的宁舟面前竟显得有些脆弱可怜,他看向阿诺德的坟墓,似乎从好友那里汲取到了力量,大声道:"如果玛利亚知道她的领域信物没有遗落在圣城,她一定会回去,可是她的领域已经死了!要解开领域必须彻底摧毁它,这和杀了她有什么区别?我们怎么可能眼睁睁看着她去送死?!"

"一个战士应该死于战场,这是主赐予的无上光荣,要接受它,而不是逃避它。"宁舟逼近了一步,鲁德被他的气势压迫,不自觉地后退,退到了阿诺德的墓碑前。

"她没能完成的事情,就交给我来完成,现在,把她的领域信物给我。"宁舟将手伸到了鲁德面前,紧盯着他的眼睛说道。

鲁德沉默着,紧咬得咯咯作响的牙关暴露了他的不平静,他好像一只被逼到极限的困兽,彷徨无措,内心挣扎。

"我不知道。"鲁德恶狠狠地摔下这句话,逃也似的离开了墓地。

夕阳下又只剩下齐乐人和宁舟两个人。

看到这里齐乐人多少有点明白了为什么《噩梦游戏》里鲁德会这么轻易地将领域信物的下落告诉他。鲁德是害怕的，虔诚的阿诺德宁可背负着欺骗，死后无法升入天堂，可是鲁德却没有他那样执着。他想减轻自己的罪责，所以选择将领域信物交给一个愿意前往圣城的陌生人，让他去完成玛利亚的遗愿。

齐乐人多少能理解鲁德的心情。就像在杀戮密会卧底的时候，他宁可在自己的屋子里留下一封关于《噩梦游戏》主线任务和一些零散支线任务的信，期望一个素不相识的陌生人来接替他承担起这份沉重的责任，也不愿把这件事告诉吕医生。

这份想要保护亲友的心，都是一样的。

"我知道东西在哪里。"齐乐人斟酌了一下后还是说了出来，"就在阿诺德的家中。"

宁舟站到阿诺德的墓前。他是他的启蒙老师，也是他母亲的骑士，他曾发誓要忠于玛利亚，可他却宁愿违背誓言，在内心的谴责中将这个秘密带入坟墓，哪怕他的灵魂因此将落入地狱中。

宁舟闭上了眼，回想起多年前，阿诺德是如何耐心地教导他，一个最简单的出刀动作都仔仔细细地帮他纠正。玛利亚去世后，他遵从玛利亚的遗愿，将他送往了教廷，由教皇亲自担任他的监护人。

可就是这个人，在善意的谎言中结束了玛利亚的一生。

【2】

虽然关键NPC鲁德已经跑了，但是身为"作弊"玩家的齐乐人一点也不慌,他一语道破天机:"那个东西在阿诺德故居的书房暗格里。"

于是不到半小时,两人就顺利潜入了阿诺德的房中,得到了关键任务道具——一枚小巧精致的胸针,由金属的齿轮和羽毛组成,水滴形坠子从上面垂落下来,整个胸针精致得不可思议。拿起胸针的一瞬间,系统提示出现了:

"得到特殊任务道具胸针。持有这枚胸针可以穿过圣城外围的迷雾。"

"玩家齐乐人,触发特殊任务:圣修女的梦境。请在三十天内携带信物抵达圣城,抵达任务地点后将暂停生存时间直至任务结束。逾期未到达视为任务失败,扣除生存天数一百天。玩家触碰任务道具可以接到该任务,剩余可加入人数:3/4。"

齐乐人把胸针递给宁舟,宁舟也接到了任务。

齐乐人问道:"要不要再带几个人一起做任务?还能再找两个队友……至少得带个治疗。"

齐乐人可深深记得陈百七黑过宁舟的圣光治愈术,而且献祭女巫的任务里宁舟也随身带伤药,看来治疗得另外找人。虽然吕医生的战斗力不靠谱,但是目前噩梦世界里还是很缺治疗的——看他开家诊所就能过得这么滋润就知道了。而且幸运值超高还自带寻宝技能,带上他是个不错的选择,就是任务有点危险……到底要不要带吕医生呢。

宁舟嗯了一声,倒是他肩上的那只黑鸟聒噪地说:"下本不带奶,通关全靠浪!"

齐乐人对这只鸟已经无语了,宁舟这么正经的人,怎么有只这么不正经的鸟,不知道是哪儿学来的这么乱七八糟的话。

离开阿诺德的故居后,齐乐人犹豫着来到了吕医生的家中,刚好赶上吕医生在吃夜宵。

吕医生郁闷地问他是不是卡着他的进餐时间来的,刚蹭完下午茶就来蹭夜宵,但还是招待了齐乐人,齐乐人吃饱喝足后就把接到的"圣修女的梦境"任务说了出来,邀请吕医生参加。

"马上就要进行第一次'月考'了,等'月考'结束再说吧。"吕医生一脸痛苦地说。

因为强制任务刚好是每月一次,所以被玩家们戏称为"月考"。齐乐人和吕医生是同一天进入游戏的,月考的时间一样,自然答应了:"那好。"

"实话说我不太想作死啊,这个任务听起来很难,要不你邀请一下苏和吧,他去的话我也去。说起来前两天我还见过他,他还在黄昏之乡呢,他应该对主世界的背景情况比较了解吧,要是他愿意帮忙的话任务也能轻松很多啊。"吕医生提议说。

齐乐人愣了一下,接到任务后他就没想过邀请苏和,因为手提电脑的事他一直有点害怕苏和看穿他。可是仔细想想,苏和也不会知道这就是所谓的主线任务啊,他完全可以说是机缘巧合下接到的。

但是如果任务进行下去,苏和发现这个任务和噩梦世界有千丝万缕的关系了呢……他这种半个 GM 的身份,会不会对这个任务造成不可控的影响?

就在齐乐人纠结之时,敲门声响起,吕医生叹气道:"啊,大晚上的还有病人,真是累死人了。请进请进!"

门开了,苏和推开了门,微微诧异地看着房间内的齐乐人:"原来乐人你在这里啊。"

"说曹操曹操到,苏和,我们正在说一个主世界的任务,你要不要参加?"吕医生顺口问道。

215

"主世界的任务？任务名称和地点是什么？"苏和随手将西装外套挂在了门后，向两人走来，不算宽敞的房间坐上三个人就略显拥挤了，可是苏和身上那种温和的气质却不会让人有压迫感。

吕医生已经起了头，齐乐人干脆就说了："任务叫作圣修女的梦境，地点在圣城。"

"圣城？可是那里二十多年前就已经被恶魔攻陷了，现在笼罩在一层迷雾中，贸然进入的话恐怕有危险。"苏和回想了一下噩梦世界的历史后说道。

"进入圣城倒不是问题，我意外得到了一个任务道具，拿着这个道具就可以进入迷雾中的圣城。"齐乐人想了想，还是没把玛利亚和她的领域的事情说出来，因为他没法解释这个消息的来源。

"看来是和恶魔入侵的旧事有关联的任务，我倒是很有兴趣。好吧，我加入。"苏和微微一笑，很爽快地答应了下来。

"那太好了！"吕医生松了口气，突然想起了什么，"哦，这么晚了你来找我有事吗？"

"本来是来找你道别的，其实刚才我还去了一趟乐人的家……你朋友开的门。"苏和的话诡异地停顿了一下，清俊的眉眼里明显流露出了一丝好奇。

吕医生："啊？"

齐乐人："……"

杀戮密会的卧底任务结束后，齐乐人就搬回了自己在落日岛的家中，宁舟为了方便指导他进行基础训练，所以暂时也住在他那里。刚才两个人从阿诺德的故居回来后，他因为来找吕医生就和宁舟分别了，结果宁舟回到了他家中，恰好遇上了前来找他告别的苏和……

在古堡惊魂的任务里，齐乐人可是跟苏和谈起过献祭女巫的任务的……虽然苏和应该没法把他隐去了名字的那个人和在他家帮他开门的宁舟对上号，可齐乐人还是无端觉得有点心虚，以苏和的聪明和观察力，他很可能会猜到。

就算现在没猜到，如果吕医生和苏和加入了圣修女这个任务，那他们意识到宁舟是谁根本是迟早的事啊！

一阵头疼的齐乐人强行转移话题："咳，找我告别？这么说苏和你是要回黎明之乡了吗？"

苏和实在是个很温柔的人，竟然对齐乐人拙劣的转移话题没有任何异议："原本准备回黎明之乡了，但是现在既然你有需要，那我当然要留下来帮忙。"

"不不不，如果你有事的话，还是回去吧。"齐乐人想象了一下吕医生和苏和一起围观宁舟和他的画面，觉得自己的心脏有点承受不来，他后悔了，他根本就不该来这里找吕医生参加任务。

"我没有关系，其实并没有要紧的事情，只是想着在黄昏之乡也有一阵子了，没别的事情的话也该离开了，但是现在既然你有困难，那我当然不能袖手旁观。"苏和笑笑说。

吕医生在一旁鼓掌卖队友："爱与正义的小伙伴，来，我请你吃蛋糕。"

觉得前途渺茫生无可恋的齐乐人只好一边怒抢吕医生的蛋糕，一边自我安慰：不管怎么说，奶妈有了，输出有了，可回收利用的肉盾有了，就让GM带他们飞吧。

出于习惯，齐乐人还是去找陈百七买了点关于圣城的情报。可惜陈百七那里也没有什么详细内情，就只有一张几十年前的圣城旧地图让齐乐人掏了钱，陈百七倒是向他预定了"圣修女的梦境"这个任务的情报，等他结束任务回来卖给她。

齐乐人还顺便问了问她对这个任务有没有兴趣，虽然任务人数已经满了，但是陈百七肯加入的话，他可以考虑劝退吕医生，让他安全地在诊所里过小日子。

陈百七高深莫测地看了他一眼："我能在这个世界存活八年，靠的是一个原则。"

"什么原则？"齐乐人问道。

"不到万不得已，绝不轻易作死。"陈百七说。

"这种涉及二十多年前恶魔入侵的任务，要么是史诗级难度，要么就是个连锁任务历经九九八十一难最后变成史诗级难度，总之不会简单到哪里去。你们一进入圣城见到满城的恶魔我都不会觉得奇怪，你自求多福吧，可别让我给你扫墓去。"陈百七拍了拍齐乐人的肩膀，笑眯眯地说道。

"喂，别随便给我立 Flag 啊。"齐乐人郁闷道。

"你还是抱紧苏和的大腿吧，他身上说不定有强制脱离任务的道具，实在扛不住难度绝不会硬撑送死，毕竟来日方长嘛。可惜你穷了点，不然我倒是可以卖点优质道具给你，现在只能卖给你一点便宜的微缩炸弹，实在赚不了几个钱，啧。"齐乐人虽然赚了不少生存天数，但是在陈百七看来还是个穷鬼，在养肥前实在没法好好敲诈。

乖乖掏钱买了任务必需品的齐乐人，郁闷地回家去了。

第一个月的强制任务到来了。第一个月里齐乐人进行过献祭女巫和古堡惊魂两个任务，一个是主世界任务，一个是副本世界任务，执行任务期间都不会消耗玩家剩余的生存天数，但是仍然计算在玩家度过的生存时间里。

每次强制任务是可以推迟一周的，逾期不开始，就会被强制拉入任务世界了。如果玩家执行了一个时间长达两个月的任务，那么在任务结束后的一周内他就必须完成一次强制任务，然后再在一周内再完成另外一次强制任务。

噩梦世界的玩家们痛恨"月考"，因为月考几乎没有任务奖励（除非完成度极高），难度还每月提升，到了第三年，那些没有资质又疏于提升自己的玩家就开始纷纷落马，在没有补考机会的残酷月考中被淘汰。

齐乐人对自己的实力并不担心，宁舟说过他的技能卡和自身实力足以应付前三年的强制任务，只是因为频频遇上难度异常的任务所以才经常狼狈不堪。

倒是吕医生，心惊胆战，生怕自己第一次月考都过不去，跑来齐乐人家里准备一起开始任务。虽然第一次强制任务多半是单人任务，两个人一起开始也凑不到一块儿去，但是多少让吕医生有点安全感。

不过……

"你……你好！"吕医生看到站在窗边的宁舟后突然想起，苏和上次说起过有个朋友在齐乐人家的事情。

齐乐人打开门的一瞬间，很想把门摔在吕医生脸上，但是仔细想想宁舟和吕医生迟早会见面，早见晚见都一样，只好把人引了进来介绍给宁舟。

"吕医生，这位是宁舟，会一起参加'圣修女的梦境'的任务，宁舟，这位是吕医生，大名叫吕仓曙，和我同个新手村出来的朋友，会治疗。"

齐乐人简单介绍了一下两个人。

停在沙发上的大黑鸟不爽地嘎嘎乱叫，逼着齐乐人把它也介绍给了吕医生才罢休。

吕医生张着嘴，从头到脚把人打量了一遍，拉过齐乐人在他耳边问道："你女神？"

这种时候能不能不要这么敏锐？齐乐人在心里吐槽了一下，诚实地点了点头。

于是吕医生挂着奇怪的笑容，扭扭捏捏地坐了下来，使劲打量宁舟，又使劲打量齐乐人，一副他什么都懂的样子。齐乐人觉得以他的脑补能力，自己有一百张嘴也解释不清了。

可怜的宁舟完全在状况外，不太习惯和陌生人相处的他坐了一会儿就上楼了。

等宁舟一走，吕医生努力压抑着得到了八卦的兴奋之情，强作严肃地对齐乐人说："我不歧视，真的，我当医生见多了……"

"你误会了。"

吕医生一脸"Excuse me"的表情。

"宁舟只是来帮我训练一下，上次给你的那份训练清单就是他定的。"齐乐人解释说。

"原来如此……"吕医生恍然大悟，然后斜着眼看他，皮笑肉不笑地反问，"你以为这种话我会信？你们不是任务一结束就见光死了吗？为什么现在变成他训练你了？前阵子你突然失踪我满世界都找不到你，果然是想通了吧？呵呵。"

齐乐人竟无言以对。他又不能对吕医生解释杀戮密会的卧底任务。

齐乐人扪心自问，如果换一个时间换一个地点，他遇上了身为女性的宁舟，他会爱上她吗？答案是：他会。身为女性的宁舟完美契合了他对另一半所有的期望，无论何时何地，只要他遇见了她，就一定会爱上她。

但如果换一个性别，他遇见了身为男性的宁舟，他还会爱上他吗？

齐乐人觉得，答案恐怕是否定的。

他也许会崇拜他，向往他，想和他成为朋友乃至生死之交，但却不会爱上他。因为他根本不会考虑还有超过朋友这个界限的可能，这一点宁舟只会比他更固执。

"虽然开始的时候出了一点岔子，但是现在误会已经解开了。我想我们会成为好朋友，很好很好的朋友。"齐乐人说，他说得很慢很慢，也许连自己都有点迷茫，可他还是这么说了，莫名的坚定，"甚至是可以为彼此牺牲生命的朋友。"

吕医生冷漠地看了他半天："……哦。"

"时间差不多了，开始强制任务吧。"齐乐人决定集中精神对付眼前的困难。

拉开系统菜单栏，选择本月的强制任务，齐乐人和吕医生先后消失在了房间中。

停在沙发上的语鹰拍了拍翅膀，飞上了楼梯回到主人身边，站在楼梯口的宁舟伸出手臂让它落脚。语鹰亲昵地蹭了蹭宁舟的侧脸，感觉到主人心情的它此时此刻表现得十足的乖巧。

客厅里的两个人已经消失了，宁舟本想下楼帮他们倒点水，但是刚好听见齐乐人和吕医生谈到他，所以只好在楼梯口停下脚步。

齐乐人以为，以自己跌破字母表的幸运值，应当是不会有什么简单的任务了，毕竟新手级的古堡惊魂在他这里难度都飙升了两个等级，不但副本被恶魔之力污染，还出现了他在现实中装有《噩梦游戏》的那台笔记本电脑。

就是在这种不抱期望的心态下，齐乐人开始了自己的第一次强制任务。

但是他得到了一个惊喜，不带惊吓的那种。

在丛林小木屋度过了一夜的齐乐人，发现自己真的是躺着过的副本。夜间木屋外狼嚎声、求救声此起彼伏，卧室门外怪笑声、啼哭声、敲门声接连不断，心惊肉跳的齐乐人手握匕首岿然不动，硬是等到天亮结束任务。

最讽刺的是，这个强制任务的名字叫"夜游森林"，躺着过副本的齐乐人贯彻了"不作死"的精神，在木板床上等了一晚，结果没有一个怪物进来。其间，他百爪挠心想出去看看，但是想到陈百七说过强制任务几乎拿不到什么奖励，他就又兴致缺缺了。

再过几天他要去一趟审判所，把脖子后的那个寄生之种解决掉，然后就要去圣城开始任务了，如果在这里受了重伤吕医生也治不好，到时候会影响战斗力，齐乐人可是清楚地知道，迷雾中的圣城有多危险……

任务结束后齐乐人回到了自己的小屋中，吕医生比他还早结束，躺在沙发上睡着了，被齐乐人叫醒后他兴致勃勃地跟他说了一下自己的强制任务，竟然比他的还简单！他和一群NPC去玩试胆大会，全程紧跟团队绝不乱跑，有人作死坚决抵制，一个小时就结束了任务。

"我现在知道什么叫新手级难度了。"齐乐人半是感动半是感慨地说道，"再过十来天就要准备出发去圣城了，你也早点回去准备吧。"

定下了时间和队员，剩下的事情已经不多了，齐乐人准备好了要带的东西，整理了一下自己的技能卡和物品。

腰带卡槽一共三个。

技能卡四张：SL大法、下雨收衣服、初级格斗术、恶魔的礼仪。本来他还有向审判所借来的技能卡，但是在卧底任务结束后就还回去了。

道具四件：饱吸人血的匕首（需要插卡使用）、讨人喜欢的口粮、逆流之沙、复活彩蛋。

还有古堡惊魂前从陈百七那里买来的圣洁符文（已失效）和刚买的微缩炸弹，加上之前剩下的，一共五颗。因为卧底任务的关系，审判所还给了他一些魅魔的恶魔结晶，现在还剩下七颗，可以变身七次，宁舟给他的圣水也还剩一些。另外还有诸如匕首、手电筒、急救包、压缩食物之类的任务必需用品。

齐乐人悲哀地发现，留给他锻炼的时间太少了，他进入游戏也就一个月的时间，这就朝着主线任务去了。要是连环任务还好，他可以一步一步来，要是这个任务直奔史诗级难度，那他就可以歇菜了。

还是等这次任务结束再继续训练吧，这种训练都不是速成的，宁舟给他制定的教程至少得花上三个月的时间才能有明显进步，现在时间还是太短了。

齐乐人叹息了一下永远不够的时间，准备饭菜去了，本来还想问问宁舟想吃什么，结果从地下室到二楼都没找到他人，空荡荡的房间里只有他一个人的脚步声。

之后的几天宁舟也早出晚归，只在他需要对练的时候出现一下，然后又继续失踪，齐乐人几乎感觉不到屋子里还有另一个人的存在，问他最近在忙什么，宁舟说教廷有些事需要处理。

之前审判所就通知他，需要留出一周左右的时间，于是齐乐人在结束强制任务后休整了几天，给宁舟留了张纸条，一个人前往了审判所。妙

223

丽带着他走入了审判所的地下，一边走一边告诉他："帮你解除寄生之种的寄生会涉及一些审判所的秘密，去除寄生之种大概需要七天，所以我们会用特殊办法让你忘掉这一周的记忆，你最好给自己写封信以免醒来后不知道发生了什么。"

虽然齐乐人有点好奇到底是什么秘密，但是他也知道审判所不可能告诉他，他比较担心的是清除记忆会不会误伤他的其他记忆，或者……审判所会不会趁机从他脑中得到一些他不愿被人知道的秘密。

"可以不清除记忆吗？我保证不会说出去。"齐乐人问道。

"恐怕不行。这涉及很重要的……东西。"妙丽推了推眼镜，看出了他的担忧，"如果你是担心自己的隐私的话，这你可以放心，消除记忆的方法并不是让人催眠你，而是用一种药物，按剂量吃就行。"

齐乐人稍稍放心了些，他觉得审判所没必要诓他，也不该为了杀戮密会的事情杀人灭口——看在宁舟的面子上也不至于下这种狠手。

在妙丽的带领下，齐乐人换上了病患的衣服，躺在了手术台上，审判所的人给他注射了一针药剂，之后他就失去了意识。

等他再次醒来就是一周后了，生存天数消耗了 7 天零 4 个小时，浑身酸痛意识不清，齐乐人好半天才想起自己身在何处，记忆一片空白，看了一周前的自己写下的信才慢慢回忆了起来。

后颈处的寄生之种果然已经不在了，那种阴冷血腥的力量从他身上抽离，他好像一颗摆脱了寄生植物的树，舒坦地舒展开了叶子。

之前审判所借给他的用来检测恶魔之力浓度的吊坠也已经还了回去，真是一身轻松。

走出审判所后，夕阳照在齐乐人的身上，他竟然感觉到了暖意。

终于，终于可以不用提心吊胆了。

虽然寄生之种能让他的能力得到不小的提升，但是他始终觉得走这种捷径是十分危险的，每一步都走在悬崖上，随时可能摔下去。

他更喜欢依靠自己的力量，一步步走下去。

迈着轻松愉快的步伐，齐乐人离开了审判所。

"你不跟他一起走吗？"司凛无奈地开始赶人，"你每天定点来我这里打卡监督，生怕我们对他做什么手脚，这都一周了，现在他人都没事了，你也该滚了吧，地下的那一位都开始烦你了。"

抱着手臂站在窗边，目送齐乐人离开审判所的宁舟好似没听见他的话一样。

"真受不了你……"司凛抱怨着，拿起写字台上的文件看了起来。

三天后的一大早，吕医生和苏和依约来到了齐乐人家中，宁舟也在，齐乐人郑重地又问了两个人一次："如果现在反悔还来得及哦，你们还没正式接任务。"

"都这个时候了才问是不是晚了点？"吕医生斜眼看他，"少啰唆了，把任务道具拿来吧，再耽搁下去都要第二次强制任务了。"

触发任务的胸针被齐乐人拿了出来，交到了吕医生手上，又交到了苏和手中。

苏和拿着胸针举在眼前端详，赞叹道："这枚胸针很精致啊，还有浓郁的信仰力附着在上面，应当是某位女性圣职者的随身物品吧。"

"啊……嗯，我想是的。"齐乐人没说这是宁舟母亲的遗物。

"带着它就能走入迷雾中的圣城,看来这件物品的所有者和圣城有非常密切的联系呢……"苏和说着,视线在宁舟的身上停顿了一秒,正看向窗外的宁舟感觉到了他的视线,立刻回过了头,两个人四目相交,又各自移开了目光。

齐乐人莫名紧张,他总觉得以苏和的聪明,很可能已经猜到了宁舟身世的特殊。

"时间差不多了,我们出发吧。"苏和说。

"哦,好,走了。"齐乐人赶紧站起身来,四人离开了屋子,向黄昏之乡的边境走去。

教廷的飞行器就停在那里,载着他们飞向圣城。

飞行器在圣城附近的山丘上降落,从山丘上往下看,坐落于盆地的圣城被遮天蔽日的迷雾笼罩在了里面,完全看不清迷雾内的景象。

齐乐人一行人下了山丘,走向迷雾,被他捏在手心的玛利亚的胸针,从走入迷雾开始就微微发热,散发着一股暖意。

雾气越来越深,近在咫尺的树木都变得模糊不清,就连脚下都蒙着一层纱一般,前后左右都是一片灰色的雾气,难以辨别方向。

"指南针也失效了啊。"吕医生嘀咕道。

"凭着感觉走吧,既然任务道具都在,肯定能走入圣城的。"苏和安慰说。

齐乐人对雾气有种本能的害怕。在新手村的时候,医院就被笼罩在雾气中,他还为了救苏和跌落楼顶,那一片深重得快要液化的雾气里静静站立着无数诡笑的影子,那一幕也成了日后他梦魇中的常客。

"前面好像有光!"吕医生惊喜地叫了起来。

四人快步向前去，浓重的雾气开始消散，迷蒙的灰色中隐约可以看到一个小小的人影站在雾气中。

齐乐人停下了脚步，《噩梦游戏》中他穿过圣城迷雾的时候可从来没有见过什么诡异的人影，眼前的影子究竟是……

雾气中传来小女孩咯咯的笑声，伫立的人影跑动了起来，似乎刚刚才发现他们一般，欢快地向他们跑来。她的身影越来越清晰，越来越接近，雾气中她金色的头发像金子一样耀眼，在蒙蒙的雾中跳动着。

她提着裙子，边跑边跳，雾气让她的模样模糊不清，齐乐人努力看着她，可就是无法看清她的脸，只觉得有一种熟悉的感觉……很近，很近。

笑声停止了，小女孩的脚步也停止了，她双手提起裙摆，像是谢幕的舞者一样对他们欠了欠身，嘻嘻笑着跑开了，转眼就消失在了雾气中。

"那……那是什么东西？"吕医生颤声问道。

齐乐人比他冷静一点，他还能思考这个《噩梦游戏》里没有出现过的小女孩此时出现究竟是意味着什么？

也许这意味着，这一次他走在了正确的道路上。

齐乐人看了看身边的宁舟，他微微蹙着眉。

"怎么了？"齐乐人小声问他。

宁舟摇了摇头，没说什么。

"跟着她走吧，也许我们就快到了。"苏和温言道。

四人继续在迷雾中跋涉，在那个神秘的金发小女孩出现后，雾气终于开始消散，太阳的光亮让人心生喜悦和向往，他们追逐着光的方向。终于，眼前的雾气散尽，一座恢宏圣洁的城市已经近在眼前。

系统任务出现：

"玩家齐乐人，开始任务：圣修女的梦境。"

"任务背景：二十一年前，魔王率领恶魔进攻圣城，圣城陷落，教廷被迫撤离，远走永无乡。一位圣修女不忍看到信徒们在恶魔肆虐中生灵涂炭，愿与圣城的子民们共存亡，她在绝境中得到了神赐的力量，用自己的梦境保护了圣城，恶魔们被驱逐、被消灭，但从此以后圣城被笼罩在了一片迷雾中，与外界隔绝……"

"任务要求：结束圣修女的梦境。"

"数据同步倒计时，十、九、八、七、六、五、四、三、二、一，同步完成。"

城市的外围有一堵高耸的围墙，一行人来到了大门口，城门是开启的，但却没有卫兵守卫。眼前的城市欣欣向荣，居民们往来于热闹的街道中，砖石结构的建筑有一种别样的异域风情，日间也在营业的酒馆、路边贩卖水果的摊贩、远处环山而建的神殿建筑群……一切看起来都很美好，丝毫看不出这是一座封闭了二十多年的城市。

"这就是……圣城？"宁舟的声音很轻，自言自语一般。这里就是他母亲成长的地方，他从未来过这里。因为当他出生的时候，这里已经隔绝于外界了。

"不，这里恐怕并不是真正的圣城。"苏和说，带着一丝凝重，"我感觉得到，现在自己身处在一片领域之中。"

是的，他们现在并不在一个真实的世界中，齐乐人很清楚这一点，这里是玛利亚的领域，也是圣修女的梦境，唯独不是真正的圣城。

"领域？好像很厉害的样子。"吕医生并不太清楚这是什么，他对领域的了解来自古堡惊魂中苏和带他和齐乐人进入过的那个"领域"。

"这个领域的确非常厉害。不论是范围还是真实度……联系到这个任务的名称和圣城的历史,这里就是那位圣修女凝结出的领域吧?她创造出了一个梦中的圣城,让二十一年前幸存下来的人类生活在了她的领域中。真是……了不起。"苏和看着眼前真实的蓝天白云,赞叹道,"非常、非常了不起。"

"有机会的话,一定要见见这位女士。"苏和说。

"咳,这恐怕不可能,这位女士已经去世很多年了。"齐乐人觑了一眼宁舟,见他没有表露什么特别的神情后才说。

苏和错愕地看着他:"领域的主人已经死亡,领域竟然没有破碎?还是说教廷秘法凝结的领域和玩家凝结的领域有所区别?信仰力的关系吗?"

宁舟点了点头。虽然他的半领域破碎了,但是对于教廷的道路还是很了解的,这也要归功于玛利亚去世前给他留下的大量关于教廷领域的研究,虽然他的体质并不适合信仰力的路线,但是理论上的知识还是毫无问题的。

齐乐人莫名有点难过,自从知道宁舟的半领域破碎后,他就一直牵肠挂肚,但是关于领域的事情他知道的太少,现在……

虽然有点不好意思,但齐乐人还是厚着脸皮问了苏和:"玩家凝结领域,究竟要怎么做?"

"其实这个说起来很玄乎,让我回忆凝结领域的时候,我只能想起一点很模糊的记忆片段,因为那个时候……我快要死了。"苏和平静地叙述着,"就像是黑暗中突然闪现了一道光,在那种生死边缘突然体悟到了一种新的力量,奇妙又不可思议……"

吕医生捂着额头:"根本听不懂,我信科学。领域这东西到底有什么用?"

"简单地说,只有领域级的人才可能和领域级的人对抗,否则根本就不是一个量级。"苏和神秘地对几人眨眨眼,"就像突然踏入了一个全新的世界,你所要面对的东西已经和过去截然不同了。"

齐乐人听得云里雾里,还想问些什么的时候,几个中年的NPC卫兵发现了他们,询问他们是从哪里来的。在得知他们穿过了圣城外的迷雾后,卫兵和周围的NPC都十分吃惊,要带他们去见领主。

《噩梦游戏》里有这段剧情吗?齐乐人莫名其妙。

他记得他玩到这里的时候,并没有什么卫兵出现,直到他死也没见过什么领主,现在这剧情到底是怎么回事?!

感觉到剧情在脱轨的齐乐人一阵无力。

四人跟着卫兵前往圣城的城主府,沿途的居民们好奇地打量着他们这群陌生人,窃窃私语着。

沿着砖石铺就的街道,卫兵带着四人来到圣城中央的石堡中,穿过大门和厅堂,来到了领主面前。这位圣城的管理者看起来有五十多岁,满头白发,异常苍老。

卫兵向他报告了四人的来历,年老的领主颤颤巍巍地从座椅上站了起来,死死盯着宁舟:"你……你们是教廷的人?"

身着教廷驱魔人制服的宁舟点了点头。教廷的服饰二十多年来并没有发生变化,哪怕陷入迷雾中的圣城被神的恩泽遗忘了二十多年,领主依然能一眼认出教廷的装扮。

领主久久地凝视着他,半晌才虚脱一般坐回了自己的座椅上,他的夫人用金杯为他盛了一杯葡萄酒,领主一饮而尽:"那么,你们是来帮助我们结束朔月灾厄的吗?"

朔月灾厄？齐乐人无声地苦笑了一下。兜兜转转了一圈，最后还是要解决这个任务啊。

但愿这一次他不用再死了。

见过领主之后，四人就在领主的城堡里住了下来，等待朔月之夜来临。

从领主口中他们得知了一些关于朔月的情报：从某一年开始，每到朔月之夜，圣城中的居民就必须在午夜前入睡，不论是自然入睡还是依靠安眠的药剂，总之必须睡着。如果有人在零点之后仍然没有入睡，或者在天亮前醒来，这个人就会消失，而且是永远的消失。

圣城中的居民们称之为"朔月灾厄"。

朔月灾厄的起因至今仍不清楚，很多人怀着好奇探索过这每月一次的怪异现象，甚至有人故意在午夜后保持清醒，然后留下了一些令人毛骨悚然的笔记……

城堡的藏书室内，侍从们依照齐乐人等人的要求，将关于朔月之夜的资料搜罗到了一起，几人坐在桌边分头查找资料，就连宁舟的大黑鸟也老老实实地停在一旁给自己梳理羽毛，不吵不闹。

苏和翻看了一本笔记后说道："这本日记有点意思，你们可以看看。"

齐乐人接过苏和递来的笔记本，令人庆幸的是噩梦世界的通用语是中文（虽然不知道是不是来自系统的自动翻译），所以他不至于看不懂噩梦世界的文字，一段时间来他已经习惯西方人长相的NPC们熟练地说着汉语了。

"我已经准备好了一切需要的东西，纸、笔、油灯、棍棒和斗篷，并且告诉父母我已经喝了安眠药剂，能够一觉睡到大天亮。现在是二十三点整，距离午夜还剩一个小时的时间。我很兴奋，也很不安，因为我不知道一个小时后我到底会看见什么。如果午夜后一切正常，我就穿上斗篷走出门去夜游一圈，如果有什么不对劲……反正我已经锁好了门窗，不会有什么危险的。"

读到这里，齐乐人已经看到了这个倒霉蛋的结局。

吕医生也凑了过来，啧啧道："作死啊。"

齐乐人把笔记本翻到了下一页，羊皮纸上的笔迹变得匆忙凌乱了起来：

"零点到了！天哪，我竟然真的在朔月之夜熬到了零点以后，现在我有点紧张了。但是周围一切正常，刚才我站在窗边往下面看，圣城一片漆黑，连主干道的煤油路灯也熄灭了，这也正常，毕竟这一晚没人需要路灯的照明。太安静了，周围什么声音都没有，只有羽毛笔在纸上写字时的沙沙声，我已经听到自己越来越快的心跳了，这就是朔月灾厄吗？和我想象的并不一样。

"我好像听到门外有脚步声……错觉吗？（一团墨迹）刚才我轻手轻脚地走到了门边仔细听，真的有脚步声！！！有什么东西在楼梯上？！脚踩着木板咯吱咯吱作响，有一下声音特别响亮，肯定是踩在了楼梯口那块松动的木板上发出的声音！我的天，有什么东西潜入我家了吗？！爸爸妈妈在主卧室睡着了，他们肯定听不见，天哪，我要怎么办！怎么办！！它不会进来吧？神啊我该怎么办？怎么办？"

笔记的主人已经彻底慌了，字迹越来越潦草凌乱，颠三倒四。

"它会从门缝里看到我房间的光吗？我最好吹灭油灯，对，吹灭它，然后去喝了安眠药剂，我必须睡了。"

一个惶恐不安的年轻人的形象出现在了齐乐人的脑中，他想象着他是如何惊恐地猜疑着那诡异的脚步声和那在门外徘徊的不知名的怪物。他已经在恐惧中丧失了天真的好奇心,可恐惧本身却没有放过他。

齐乐人又往后翻了一页,一行充满了惧意和绝望的文字占据了大半张羊皮纸,最后半个字甚至已经写到了纸外,它潦草、扭曲,对未知的恐惧已经彻底击垮了这个在黑暗中写下最后一句话的年轻人。

"它在敲门。"

这份笔记不过数百字,可是却让人毛骨悚然,从好奇到惊恐再到绝望,他在黑暗中如同惊弓之鸟,那骤然响起的敲门声将他彻底击溃……

苏和耐心等待他们看完这份笔记,然后说道:"从文字的内容来看,朔月之夜的午夜后会出现一些不可思议的变故。"

齐乐人合上笔记本,交还给苏和:"也许是恶魔?"

他知道的比他们多一些,因为他经历过《噩梦游戏》中的朔月之夜。在游戏里他懵懵懂懂地得到了任务,走入了圣城,但是 NPC 们没有对他展露出好奇,他也没有被带去见领主,而是在圣城的一家酒馆里借宿,通过酒馆里的客人知道了朔月灾厄的故事。他理所当然地在朔月到来的那个夜晚选择了熬夜,在零点后走入了圣城的街道中。

然后平凡无奇地死于恶魔的攻击。

"极有可能是恶魔,也许恶魔会在朔月的夜晚出现,然后到处攻击没有入睡的人类。但是为什么只有朔月之夜会出现这样的事情?这群恶魔平时都潜伏在哪里?为什么要攻击没有入睡的人?"苏和一口气提出了几个问题。

齐乐人被问得哑口无言,偷瞄着在一旁翻阅文件的宁舟:"这个问题交给教廷专业驱魔人来回答。"

宁舟抬起头,对上了苏和略带笑意的眼睛,两个人足足对视了三秒,然后各自移开了目光。

"等到朔月之夜就知道了。"宁舟说着，继续翻阅起了堆叠的资料。

苏和无声地笑了笑，淡淡道："也好。"

这就完了？不继续分析一下吗？齐乐人茫然地看着各自忙碌的宁舟和苏和，冷不丁地就被吕医生拉到了一边，齐乐人还以为他发现了什么线索，结果吕医生就只是拽着他到了角落里，神神秘秘问："你有没有觉得，苏和同你那个好朋友有点气场不和？"

齐乐人："还好吧，只是宁舟不太喜欢说话而已，他跟你也不太说话啊。"

吕医生正色道："不，这根本不一样。气场，他们之间有一种微妙的气场。"

"什么气场？"齐乐人不耻下问。

吕医生正儿八经地说："修罗场。"

"啥？"齐乐人记得这好像是形容惨烈的战场的意思，用在这里显然不太合适。

"算了，我去上个厕所。"吕医生翻了个白眼，插着口袋优哉游哉地走出了藏书室。

没有得到答案的齐乐人还在思考着"修罗场"到底是什么意思，冷不丁听到宁舟和苏和同时叫了他的名字："乐人，你来看看这个。""齐乐人，这里。"

各自占据了桌子的一边的两个人对望了一眼，又一同看向门边的齐乐人。

电光石火的一刹那，齐乐人无师自通地领悟了些什么。

原来，修罗场是这个意思吗？两个好朋友同时提出一个同样的要求，不清楚到底该先答应哪一边时这种微妙的、诡异的，甚至略带尴尬的气氛。原来是这个意思？

还真是让人莫名有点慌，可他也不知道自己到底在慌什么？

"我……我先去上个厕所，你们先互相交流一下新发现好了。"齐乐人同时无师自通地领悟了一点该如何应对这种场景的技巧，假装镇定地走出了藏书室。

总之，先去上个厕所。

【3】

走在昏暗的台阶上寻找洗手间的时候，齐乐人还在思考这个问题：他为什么要觉得心慌？

思来想去还是觉得捉摸不透，一定要说的话，大概是无论他先走到哪一边，另一边都会有种被忽略的不快感吧。

此时此刻齐乐人突然又想起了一个画面。

当年还是个初中生的他偶然间被损友推荐了一个游戏，当他操纵的主角在青梅竹马的白玫瑰和天降系的红玫瑰之间犹豫不决的时候，无论选哪个另一方的好感度都会狂掉，吓得还是个初中生的齐乐人赶紧存档压压惊。

虽然记忆中的游戏画面已经模糊了，但是那一刻慌乱纠结的心情还清晰地印在齐乐人的脑海中，他竟然觉得和现在的场景有种微妙的相似，让人感觉毛毛的。

黑暗中传来一声短促的轻笑声，正在沉思的齐乐人浑身的汗毛都参开了，他紧握着匕首，压低了声音问道："谁在那里？！"

一片死寂。

此时他正站在城堡的楼梯上，这里已经接近顶楼了，两边斑驳的石头墙壁上零星地点着几盏煤油灯，在楼梯上方灌下来的风中微微摇晃着。

极致的安静中，齐乐人听见了自己咽口水的声音，还有扑通扑通的心跳声。

刚才那一声笑声很短，也很轻，仿佛是稚龄女孩的声音，但是消失得太快，齐乐人都怀疑那是不是风吹开门窗的咯吱声了。

他尽可能地冷静，审视着自己的状况。

今晚不是朔月，这里是相对安全的领主城堡，他的技能都在随时可以激活的状态，任务才刚开了个头，眼前的状况虽然略显诡异，但是应当不至于要了他的小命，应当是某种线索。

齐乐人深吸了一口气，贴着墙壁慢慢往上走，不过十几阶楼梯，他走了快有半分钟。

楼梯上方是一片敞开的露台，站在那里可以眺望整座圣城的夜景，露台的入口足有三四米宽，两旁用洁白的石柱装饰，地上铺着材质光滑的石头，在月下折射出亮光。

挂在露台上的帷幔轻飘飘地在风中舞动着，月光和纱幔的影子纠缠在一起，如同舞女的裙袂一般曼妙，却又因为这月色而清冷空灵。可是眼前的美景却丝毫没有让齐乐人放松下来，他死死盯着廊柱的影子。

准确地说，应该是藏在廊柱后，却被月光暴露了一个衣角的人影。

齐乐人的眼睛一眨不眨地凝视着那根廊柱，仔细看去，那被飘逸的纱幔遮掩着的廊柱上有一只手。

那只手小小的，搭在柱子上的手指都是细细的，加上手的高度，很明显是个小孩子。

应该是个小女孩，恐怕就是他们走入圣城的时候在迷雾中遇到的那个，他记得她有一头金色的头发，哪怕在浓浓的雾气中也灿烂得像是在发光一样。

冷风从露台灌入，吹得齐乐人遍体生凉。

要过去吗？如果现在在这里存档，走过去不用几秒钟……

廊柱后的小女孩又发出了一声笑声，那只抱在廊柱上只露出几根细小手指的手动了动。一阵狂风吹来，她的几缕发丝被风吹起，那洁白的纱幔也一同高高飘起，露出了纱幔后女孩头发的颜色，哪怕在这样清冷的月光下，她的头发也是金子一般的颜色。

她动了。

她慢慢地、慢慢地歪过了头，头顶从柱子后伸了出来，更多的头发露了出来，然后是小巧的耳朵、她的脸……

狂风戛然而止，飘荡的窗帘无声落下，挡住了她的脸，齐乐人只能看见惨白的月光下她投影在纱幔上的影子。她从廊柱后走了出来，提着她的小裙子，向前踏出了一步，向他走来！

"一起来做梦吧。"小女孩甜美的声音在黑暗中响起。

齐乐人瞪大了眼，原本就紧绷的神经快要拉断了，僵硬感从脚下蔓延了上来，麻痹了一般动弹不得。这一刹那他仿佛是那个在朔月之夜冒险的年轻人，在一片黑暗中听到了不可能响起的敲门声……

她来了，她来了，她来了！

"齐乐人，你在上面干吗？"

吕医生的声音从楼梯下传来，他噔噔噔地踩着楼梯跑上来，齐乐人情急之下大喝一声："别过来！"

吕医生猛地停下脚步，结果停得太急重心不稳，竟然哎哟一声滚下了楼梯！只听一阵让人肉疼的翻滚声，吕医生躺在楼梯下嗷嗷惨叫了起来。

齐乐人一分神，帘幕后的影子一晃就消失了，月光铺洒在大理石一般的地面上，宁静又安详，片刻前那个诡异的小女孩仿佛幻影一般，来去无踪。

齐乐人大步走向露台，一把扯开帷幕，停在幕帘上某种像是蝴蝶又可能是飞蛾的东西振翅而起，从他的眼前飞过，向着夜空远去。他沉思了片刻，转身走下了楼梯去查看吕医生的情况。

"疼疼疼疼疼！要死了，要死了！别拉我啊，我先给自己来个治疗！"倒在楼梯下的吕医生拒绝了齐乐人的搀扶，吭哧吭哧地给自己拍了个"三不医"，这才缓过气来，扶着墙充满怨念地站起，"你说你好好地喊什么喊，还以为你在做什么见不得人的事情，吓得我脚一软就滚下来了……"

齐乐人心事重重，扶着他往藏书室的方向走："刚才遇上了点怪异的情况……你上来也许有危险，回去说吧。"

回到藏书室，齐乐人将刚才发现的情况告诉了宁舟和苏和："……虽然不太清楚那究竟是谁，但是我基本可以肯定她和我们穿过迷雾的时候遇见的小女孩是同个人，我看到了金色的头发，但是没有看到她的脸。"

"看来是个关键角色啊。"苏和沉声道。

"……有点熟悉。"宁舟突然道。

另外三个人都看着他，宁舟蹙着眉道："那个小女孩，给我很奇怪的感觉。"

"她身上有恶魔之力，或者信仰力吗？"齐乐人问。

宁舟和苏和同时摇头："感觉不到。"

没有更多的线索，四人也只好暂且作罢，准备第二天去调查一下，再过三天就是朔月之夜，留给他们收集线索的时间不多了。

夜深了，一行人在领主的安排下住在了城堡中，为了安全起见他们没要单间，而是两个人一间。在分房间的时候稍微耽搁了点时间。因为某种难以用语言描述的微妙气氛，齐乐人想和吕医生一间，但是吕医生活像被火烧了屁股似的从椅子上一跃而起严词拒绝，理由是两只菜鸡不能放在同个房间里，否则容易被一网打尽。

"那我和乐人一间好了。"苏和很自然地提议说。

吕医生："我俩一间不好吗？乐人和宁舟比较熟，他俩一间挺好的。"

于是分房间的事情就这样一锤定音。在跟着女仆去房间的路上，齐乐人看着宁舟走在前面的背影，因为那个神秘小女孩而心神不宁的神经似乎放松了一些。

今晚应该不会再做噩梦了吧，他想。

这一晚齐乐人还是做梦了，少见的不是噩梦。不，某种意义上来说，也算是噩梦吧，梦境像是自动播放的电影一样，从他和吕医生进入新手村开始放起，然后苏和出现，他们结束任务来到黄昏之乡，然后是献祭女巫，再跳转到了古堡惊魂。梦里他又经历了那次在地下室打败疯夫人的战斗，当他再一次要打开那个装了手提电脑的抽屉时，他的梦境戛然而止。

半夜醒来的齐乐人还迷迷糊糊的，他翻了个身继续睡，然后又做起了梦，他梦见了献祭女巫任务时的宁舟，那时候他还是女性的外表，他们在无人的地下洞穴……

齐乐人翻身而起，冷汗淋漓地坐在床头。天已经亮了，他的生物钟罕见地罢工了,正当他摸索着放在枕头边的手表的时候,他看到穿戴整齐的宁舟坐在窗边的沙发上擦拭着他的双刀。

齐乐人打了个激灵,立刻清醒了:"早……早啊。"

宁舟的视线在他敞开的T恤领口上停顿了一秒,又在他还残留着睡意的脸上停顿了一秒,淡淡点了点头,移开了视线。

就在他思绪万千之际,宁舟突然收起了他的双刀:"我去拿早餐。"

"哦,好好好。"齐乐人松了口气,目送宁舟的和他的黑鸟一起离开了房间。

吃完早餐四人再次集合到了一起,研究着齐乐人从陈百七那里买来的圣城地图,商量了一下接下来几天的行动。最后商议决定先在城内大致走一圈,然后去教廷旧址探探究竟。

圣城依旧是那个圣城,被封闭了二十多年之后它看起来依旧是热闹的,但是有些角落已经可以看到这座城市在没落的痕迹,几条主干道之外,很多房屋都已经废弃了。据说在恶魔入侵和朔月灾厄后,圣城现存人口不足一万。

街道上到处都是中年的男女,还有些白发苍苍的老人,但很少看到年轻的男男女女,小孩子更是一个都没看见。四人游荡了一圈打听了一些圣城的情况后就向教廷旧址出发了。

"昨天领主是怎么说的来着?教廷附近被一种神秘的力量封闭了起来,无法进入?"吕医生回忆着昨天在城堡内打听到的情报,问道。

齐乐人应了一声:"刚才那个路人也是这么说的,他们想要去教廷寻求庇护,但是根本无法进去。领主夫人是个很虔诚的信徒,经常在教廷附近祈祷,但也无法走入教廷中。"

"到那里看看就知道了。"苏和说道。

圣城的教廷旧址坐落于圣城北方的一座山丘上，环山而建的白色石质建筑群圣洁依旧，却是一潭死水。

"这个有点像圣斗士里的圣域啊。"吕医生站在山下仰望的时候感叹道。

被他这么一说，齐乐人也觉得有点相似了。

抬眼望去，葱翠的山林身披白色石阶组成的长梯，沿着蜿蜒的山路往上延伸，沿途的宗教建筑高低林立，绿色和白色组成了这个圣域最基本的色调，在蓝天白云下熠熠生辉。山峰最高处的神殿似乎历经了一场战火，半个建筑已经坍塌了，可即便只剩下断壁残垣，它看起来依旧圣洁宏伟，令人神往。

这就是昔日信徒们心目中的圣地吗？

"果然被封闭了啊。"苏和站在台阶上伸出手，他的手掌似乎碰触到了某种诡异的屏障，涟漪从他手掌的位置扩散开来，弥漫着不祥的黑色。

"恶魔之力。"宁舟也上前一步，很肯定地说。

"是恶魔的力量，看来是它们封闭了教廷……"苏和思忖了片刻，继续道，"历史传说里带领恶魔第一次入侵人类世界的那位魔王，应当是被封印在了这里。"

吕医生的表情扭曲了一下，痛苦地问道："我们不会一不小心把它放出来吧？"

苏和笑了笑："应当不会，因为传说魔王的传承和人类不太一样。如果旧的魔王不死，新的魔王就不会登基加冕得到恶魔的承认，现在新的魔王都已经产生了，老魔王恐怕是真的死了。"

"你是说权力、杀戮和欺诈这三位魔王？"齐乐人记得苏和曾经给他们科普过，"但能够同时产生三位魔王吗？"

"这个……我就不清楚了。"苏和无奈地笑了笑。

因为无法进入教廷，四人就在山脚附近查探了一番，在一道石阶旁发现了一处被鲜花和绿树包围的墓园。

"圣墓花园。"齐乐人站在墓园的入口，将碑文读了出来。

说是墓园，但是圣墓花园中到处都是鲜花，这些美丽的花朵在无人照料的今天也开得鲜艳，如果不是零星几块墓碑穿插在花海中，来到这里的人几乎感觉不到这里是一座墓园。

"我饿死了，休息一会儿下午再去调查线索吧。"吕医生的肚子已经咕噜咕噜叫了。

"好啊，我也饿了。"齐乐人早餐吃得不多，经过一早上的奔波现在也已经饥肠辘辘了。虽然这里是个墓地，但是风景还是不错的，四人就在这里休息了。

午餐是领主城堡里的女仆准备的，这位四十几岁的女仆细心地把面包和葡萄酒装在了一个大篮子里，还配上了果酱和熏肉，味道比他们自备的干粮好多了。四人将篮子里的桌布铺开，在草坪上席地而坐，沐浴着阳光享用起了午餐。

来到噩梦世界后齐乐人很久没有这么放松过了，离开了黄昏之乡那压抑的机械城市和那永不坠落的夕阳，此时此地的阳光和空气都让他轻松愉快。宁舟的语鹰也很喜欢这样的环境，从宠物行囊里钻出来，抢了一大片熏肉后就拍着翅膀飞跑了。

吃饱喝足后齐乐人在圣墓花园转了一圈，花园的角落有一棵巨大的树,准确来说应该是巨大的树木残骸,因为它的内部已经被蛀空,又在雷雨中被劈倒,距离地面一米以上的部分已经倒下了,横陈在草地上成为一截毫无生气的朽木。

有趣的是被蛀空的木墩里竟然长出了青葱的野草,铺得树墩里的空间像一张天然的睡床。

一阵风吹来,周围蓝白色的花瓣纷纷扬扬地坠了下来,落在了蛀空的木墩中,盖在树墩里的青草上,看起来柔软又舒适。

吃饱喝足有点困倦的齐乐人干脆踩着露出地面的树根爬进了树墩里,枕着清新的野草和散发着香味的落花,满足地喟叹了一声。

这棵被劈断的巨木的树墩就成了他午睡的小床,躺在里面的齐乐人闭上了眼,任由阳光洒落在身上,照得他的脸红扑扑的,浑身的血液都流淌着阳光的味道,暖暖的。

静谧的圣墓花园里,齐乐人还能依稀听到吕医生和苏和说话的声音,他们的声音被睡意越推越远,他睡着了。

"为什么这个墓碑上要刻玫瑰花?"吕医生指着一块墓碑问道。

苏和端详了一下这块墓碑后说道:"关键应该不是玫瑰花,而是数量,玫瑰花刚好七朵,在这里是代表'我爱你'的意思,这应该是为爱人立的墓碑。"

吕医生左手捶了一下右手:"对,我记得在古堡任务里你跟我和乐人说过。"

两人的谈话吸引了宁舟的注意,他也看到了这块墓碑,上面是一位教廷信徒的名字和生平。她叫苏珊,是一名虔诚的教徒,消失于朔月之夜中,她的丈夫为她举行了葬礼,祈祷她的灵魂能得到救赎,墓碑上的玫瑰花浮雕被涂成了白色，栩栩如生。

"白色的玫瑰，象征纯洁的爱情。"宁舟说。玛利亚钟爱白色的玫瑰，所以他记得。

他还记得，玛利亚跟他说起过圣城教廷外的圣墓花园，当她还是个少女的时候，她在这里种了很多玫瑰花，五颜六色，她最钟爱白色。圣墓花园的角落有一棵参天大树，她在那里挂了一个秋千，在晚风中独自玩耍，那是一段天真烂漫、无忧无虑的时光。

二十多年过去了，玛利亚种下的玫瑰花顽强地存活了下来，生长在圣墓花园的角角落落，而被她悬挂过秋千的树……

"咦，乐人跑哪里去了？"吕医生奇怪地问道。

"他好像往那边逛过去了。"苏和指了指花园的角落。

宁舟大步走了过去，果然在花园的角落里找到了齐乐人，他躺在了蛀空的树墩里，枕着青草和花瓣，在午后暖暖的阳光下小睡。一片调皮的花瓣顺着风滚落到了他的头发上，又打着滚往他的脸上跑，被卡在了睫毛里。他似乎觉得痒，皱了皱鼻子嘟哝了一声，微风将那片花瓣从睫毛里拯救了出来，它打着卷动弹了一下，落在了他的嘴唇间。蓝白色的花瓣衬得原本就红润的嘴唇越发鲜艳，宁舟久久地凝望着他，一言不发地沉默着。

"齐乐人——你跑哪里去了？"

吕医生的叫喊声从远处传来，睡得正香的齐乐人被惊醒了，猛地睁开眼，似乎有什么东西挡住了阳光……他躺在花瓣里仰起头，视线落在一片蔚蓝中，那是比天空更蓝的颜色，澄澈纯净，直击内心。他恍惚了一瞬间才意识到那不是天空，而是站在树旁的宁舟，他安静地看着他，依旧是那么冷淡，仿佛刚才他看到的那一抹温柔的蓝色，是他还未醒转的错觉。

"我睡着了？"齐乐人一张嘴，落在嘴唇间的花瓣被他吃了进去，他赶紧坐了起来东张西望，寻找刚才声音的来源。

吕医生一溜小跑来到他身边，惊叹地叫道："这张床看起来好舒服啊，还是纯天然原生态的，你可真会找地方。"

齐乐人从树墩里跳了出来，拍了拍衣服上的花瓣和草屑："你要躺会儿吗？"

吕医生纠结地看了一会儿，还是放弃了："算了，我们去吃小蛋糕吧，我从黄昏之乡带来的，可好吃了。"

齐乐人恋恋不舍地看了一眼那张舒服的树床，最后还是跟着吕医生走向野餐的地方，苏和正随意地坐在草地上，笑着举起盛了葡萄酒的高脚杯，对他们致意。齐乐人一边走一边回过头，宁舟还站在树墩边，无声地望着他们。

他没有想到他会回过头，微小的诧异浮现在他的蓝眼睛里，还有某种来不及藏好的情感，含蓄、内敛、悄无声息。那一刹那有太多的细节，多到让人来不及理清就全盘忽略。午后温暖的阳光里，齐乐人笑着举起手，对宁舟挥了挥："一起来啊！"

于是他只是踌躇了一刹那，就笔直坚定地向他走来。

"还是理一理这个任务的思路吧。"苏和啜了一口色泽鲜艳的葡萄酒后说道，"距离朔月之夜还剩两天，虽然这个任务一个朔月之夜可能还无法完成，但我们必须在这一夜找到突破口，否则就又要在这里耽搁至少一个月，你们也不想一结束任务就面对连续几次的'月考'吧。"

吕医生一脸菜色："不，绝对不要！"

"首先,任务要求是结束圣修女的梦境,但是没有说奖励,在主世界里的任务经常是这样,不会像副本任务一样预先告知你奖励,有时候连完成方法都很模糊,需要自己去摸索。"苏和说。

齐乐人点了点头,献祭女巫的时候也是这样,根本没有提前说奖励,支线也是撞上一个算一个,根本不给提醒,不过献祭女巫的任务链比这个任务清晰得多,大概因为这是个主世界循环任务,每三年进行一次,规则明确。

"结束圣修女的梦境,意思就是说突破这个领域。理论上来说领域的主人死去,这个领域应该也会随之终结,但是现在却没有……教廷的信仰力凝结的领域和普通的领域有所不同,这一点我就不清楚了,需要宁舟先生来为我们解惑。"苏和淡淡道。

"教廷的领域形成需要一件物品,信仰力凝结在那件信物上,形成半领域。"宁舟清冷的声音传来,道出教廷领域的秘密。齐乐人小心翼翼地看着他,那个信物挂坠还挂在宁舟的脖子上吗?因为有衣服的遮挡,所以他看不见,但他想宁舟应当是挂着的。

"这个领域的信物,就是那枚胸针。"宁舟说。

齐乐人将玛利亚的胸针拿了出来,摊在手上,小巧精致的胸针微微发热,仿佛有生命力一般。正是拥有它,他们才像是拿到了钥匙一样,得以走入已经死亡的封闭领域中,但如果过分使用它,它也将崩溃。

"半领域成型后逐渐成长,过程有快有慢,足够亲和足够坚定,一刹那就可以凝结成领域。领域形成后会凝结成另一件信物,代表着……毁灭。"

苏和感兴趣地挑了挑眉:"要终结领域需要用到这个信物吗?"

宁舟点了点头:"这个领域已经死了,不会再衍化下去,也无法被领域的主人控制，它已经是一个独立的小世界了。要终结它，需要用毁灭的信物，将它摧毁。"

两个凝结了信仰力的信物，一个代表生，一个代表死，开始与终结……这就是教廷领域的奥妙吗？可惜，宁舟的半领域只是刚刚开始，就已经毁灭了，齐乐人不禁有些惆怅。

"看来我们需要找到那件毁灭的信物了。"苏和说着，看向被恶魔的力量笼罩的教廷旧址，"唔……直觉东西应该是在那里呢。"

"的确在那里。"宁舟说。

"咦？""欸？"吕医生和齐乐人都惊奇地看着他，"你怎么知道？"

宁舟眺望着远方山顶上的残破建筑，用很低的声音说道："……是她告诉我的，她用那把剑杀死了魔王。"

"……你和那个圣修女认识？！"吕医生呆呆地问道。

"她是我的母亲玛利亚。"宁舟说。

"玩家？"吕医生紧张地追问。

宁舟摇了摇头，他不会用NPC这个词语去称呼这个世界的人，在他眼中这群自称为"玩家"的人才是外来者。

吕医生崩溃地看着齐乐人，眼神里是欲言又止的同情。

气氛一时间有些凝滞，吕医生的嘴巴开了又闭，闭了又开，活像一条搁浅在了沙滩上的鱼。苏和却似乎早有预料，不疾不徐地说："这种情况在这里倒也挺常见……继续说任务吧，现在看来要结束圣修女的梦境，需要拿到玛利亚女士杀死魔王的那把剑，但是要得到那把剑就必须先打开笼罩在教廷四周的恶魔结界。按照现有的线索来看，朔月灾厄极有可能和恶魔有关系，我们需要先破解朔月灾厄……一环套一环，典型的任务链。"

问题又回到了朔月灾厄，现在关于朔月灾厄的线索还不全，他们只能大胆猜测这和恶魔有关——据齐乐人在《噩梦游戏》里的了解也的确如此。

"这样吧，两天后的朔月之夜我保持清醒，我把在古堡任务里得到的那个'恶魔的礼仪'技能卡装备上，如果到时候真的出现恶魔，我也恶魔化一下，说不定可以得到一些意想不到的线索。"齐乐人说，他其实还是有点怕的，毕竟在《噩梦游戏》里他就是在朔月之夜里死于恶魔的攻击。

"我记得那个技能是需要恶魔结晶的。"苏和记得挺清楚。

"这个……我有。"齐乐人拿出了一块恶魔结晶，杀戮密会卧底任务结束后剩余的恶魔结晶没充公，审判所大方地留给他了。

苏和拿起恶魔结晶观察了一下，突然笑了起来，阳光下他的笑容暖得像是春水一般："这是魅魔的结晶啊。"

被一眼看穿的齐乐人："……"

苏和把恶魔结晶还了回去，收回手的时候停顿了一下："低头。"

齐乐人不明所以地低下了头，苏和一手拨开他的头发，一手从发丝里挑出了一片蓝白色的花瓣，应该是他睡在树洞里的时候粘上的，花瓣被拈在苏和修长的手指间，纤弱柔软，看起来一碰即碎。

"这花可真好看啊。"苏和看着齐乐人的眼睛笑道。

"啊……嗯，蛮好看的。"齐乐人呆呆地说。

宁舟的语鹰在四周玩耍够了，终于拍着翅膀飞回来了。它理直气壮地往篮子的提手上一站，歪着脑袋打量几人，瞅见苏和手上的花瓣，突然拍着翅膀嘎嘎地叫了两声，一口啄走了那片花瓣，叼着它飞到了宁舟的肩上，将花瓣丢在了他的头发上。

齐乐人看着宁舟头发里的花瓣和他那面无表情的俊脸上明显状况外的迷茫，忍不住大笑了起来。被他的笑声感染，吕医生也笑出了声，最后是苏和，他笑盈盈地看着他们，俊美的眉眼里一派温柔。

这温暖的午后阳光里，喜悦和快乐感染了所有人，让他们得以短暂地摆脱梦魇一般的生存压力，在鲜花和日光中度过一段快活的时光。可惜轻松愉快的时光总是短暂的，在结束了午餐和休息后，四人继续搜寻起了关于朔月之夜的线索，直到夜幕降临才回到领主的城堡中。

晚餐后一行人又回到了藏书室，寻找疑似和朔月之夜有关的线索，一些亲历者的笔记都已经看完了，内容大同小异，没有人能写下自己究竟是遇见了什么东西，因为在他们落笔前就已经永远消失了……

就在众人苦苦寻觅之际，坐在桌边的苏和突然若有所思地问了一个让人毛骨悚然的问题："你们注意到了吗？今天我们在圣城内走了一整天，没有遇见一个二十岁以下的年轻人，一个都没有。"

苏和调整了一下坐姿，用手背支着侧脸，追问道："所以我们看见的那个小女孩，究竟在暗示什么？"

苏和的话让齐乐人意识到了这一整天来他隐约感觉到却说不出的古怪，这座城市里从卫兵到普通居民，没有一个未成年，最年轻的也有二十多岁了，联系二十多年前这座城市被封闭的历史……难道从那之后就再也没有小孩子出生？

但是那个神秘的金发小女孩……又是从哪来的？

看来她真的不是人类，而是恶魔？

怀着这样的疑问，几人询问了城堡内的仆从，他们中的一些承认了自从二十多年前圣城被封闭起就再也没有新生儿降生，但是因为领主严禁他们讨论这件事，所以之前他们没有说出来；但是又有几个仆从，他们的反应让人觉得古怪。

"支支吾吾，欲言又止，啧啧，肯定有内情啊。"问跑了一个女仆的吕医生摇头晃脑地说道。

事实也的确如此，次日一早几人求见了领主，领主的反应也同样耐人寻味，当被问及为何禁止讨论没有新生儿降生这件事的时候，领主和领主夫人的脸色都苍白了起来，可却怎么也不肯松口。

没法从领主这边得到线索的几人只好继续大海捞针，一面商量着即将到来的朔月之夜如何应对。齐乐人还是坚持自己先用恶魔的礼仪伪装成恶魔去探探究竟，但是宁舟和苏和一同否决了。

"不行。"宁舟很干脆地拒绝，"一起去。"

苏和的理由更充分："如果你是担心我们的安全的话，完全不必，主世界的任务对领域的限制比较少，我可以让领域干涉主世界，完全可以做到让你们不被人发现。"

说着，苏和打了个响指，齐乐人隐约感觉到身上似乎被罩了一层什么看不见的东西，他奇怪地观察着自己，发现什么变化都没有。

一个女仆从走廊拐角处目不斜视地向四人走来，眼看着就要撞上齐乐人，可她却好似没看见似的目视着前方继续，齐乐人赶紧后退了一步，她看也不看他一眼，径直走向了走廊更深处。

"还真是没发现啊，我们在别人眼中是不是透明的了？"吕医生好奇地戳了戳自己的胳膊，问道。

"是的，当个人领域干涉主世界时，会对主世界产生一定影响，隐藏自己只是其中一个作用。不过对同样拥有领域的人来说，这种程度的伪装是没有效用的。"苏和解释道。

"怪不得你说只有领域级才可以和领域级对抗。"吕医生点了点头，开心地说，"等朔月之夜我们隐身一下出去探个究竟，说不定一晚上就能结束任务了。"

齐乐人虽然没有这么盲目乐观，但是有宁舟和苏和在，他对这个任务还是挺有信心的，应该不会落到《噩梦游戏》里惨遭恶魔毒手的下场了吧。

剩下的几天风平浪静，几人寻找线索之余，专心等待朔月之夜来临。终于，这一天到来了。

睡醒了的齐乐人看了看手表，距离零点还剩将近四个小时，他从中午一直睡到现在，正是精力充沛的时候，想来这一晚是不会再觉得困了。宁舟不在房间，不知道去了哪里，他的那张床上被子叠得整整齐齐，看起来不像睡过午觉的样子。

起床洗漱完毕，齐乐人整理了一下技能卡，SL技能冷却完毕，下雨收衣服技能冷却完毕，初级格斗术随时可以使用，恶魔的礼仪先不装备，卡槽只有三个。

走出了房间，走廊上也一片安静。每逢朔月之夜就连城堡内的仆从都会早早结束一天的工作，喝下安眠用的药剂一觉睡到天亮，所以此时此刻的领主城堡里安静得有些吓人。这种诡异的氛围让齐乐人觉得不太舒服，他不清楚其他人在哪里，就先到吕医生和苏和的房间外，抬手准备敲门。

"嘿，乐人，这里！"吕医生从走廊拐角处冒了出来，轻快地跟他打了个招呼。

"你起来了啊，苏和人呢？"齐乐人一边说着一边向他走去。

"不知道啊,可能在藏书室吧?"吕医生兴致缺缺地说。

"那你看到宁舟了吗?"齐乐人又问。

吕医生摇了摇头,突然想起了什么似的说:"对了,我刚才想到那个信物胸针可能有点用处,给我看看。"

齐乐人哦了一声,从道具栏里取出胸针,胸针还是微微发烫着,似乎比之前更烫了……

拿着胸针的手伸向吕医生摊开的手掌,齐乐人的视线漫不经心地跟随着胸针移动,就在他即将松开手的一刹那,他看到了吕医生的眼睛。

那是一双熟悉的眼睛,圆溜溜的,每当看到好吃的东西总会闪闪发亮,但此时这双眼睛里却流动着令人陌生的贪婪和兴奋,这绝不是吕医生的眼神!

他是谁?这个人是谁?!

齐乐人猛地捏住了胸针收回了道具栏,接连后退几步握住匕首:"你是谁?"

"吕医生"响亮地喷了一声,不悦地歪着脑袋看着他:"真是小瞧你了,你……"

齐乐人身后的大门突然打开了,吕医生打着哈欠从门里走了出来,看到堵在门口的齐乐人嘟哝道:"乐人几点啦?我是不是睡过头……"

吕医生目瞪口呆地看着几米外和他一模一样的人:"我一定是没睡醒……"

说着他在自己大腿上拧了一把,痛得嗷嗷叫:"啊!不是做梦啊!这什么情况!你谁啊!"

假的"吕医生"烦躁地轻哼了一声,一转身绕过了走廊的拐角,跑得不见踪影。齐乐人追了两步也没追上,只好放弃地回来了。

吕医生还在门边震惊道："有个怪物假扮成了我……天哪，它要是假扮成你，我肯定上当了！太可怕了，太可怕了。"

"它对你应该没什么兴趣，它只是想要信物胸针。"齐乐人推断道。刚才假扮吕医生的怪物明显是冲着他手上的胸针来的，无论是模样、声音还是语气都惟妙惟肖，如果不是他看出那个怪物的眼神不对……

糟糕的是这怪物甚至都没有触发"下雨收衣服"技能的警惕，不知道是这个技能自带的失误概率，还是它的恶意不足以触发技能的感应。目前看来这个技能只对可能致死的危险发出警报，也许这个怪物只想得到信物，而不是杀死他。

"走吧，去找宁舟和苏和，这东西在我身上已经不安全了。"之前不知道有人在觊觎这枚胸针，所以信物一直是齐乐人收着的，但是现在既然知道了，他就不能冒这个风险，必须把东西交给更可靠的人。

两个人迅速离开走廊，向最有可能有人的藏书室走去，一路上古堡内都点着油灯，应该是领主得知他们要在朔月之夜夜游后特别授意的。

噩梦世界的主世界还停留在中世纪，还没有可持续发电的电力设备，只有黄昏之乡因为恶魔结晶这种能源而点歪了科技树，倒是提前进入到了电气时代。

齐乐人带着吕医生来到了藏书室，门一开，正背对着他们在书架上挑选书籍的苏和转过身："怎么了？一副急匆匆的样子。"

看到烛光下苏和气定神闲的身影，两个人悬着的心总算放了下来，吕医生抢先道："你不知道，刚才乐人遇上了一个怪物，它还变成了我的样子！"

苏和将刚取出的书推回了书架上，示意两个人坐下，他给两个人倒了两杯茶，还在后怕中的两个人喝着热腾腾的茶水，都觉得平静了一些。

齐乐人将事情的经过说了一遍，着重强调了一下它的变形能力："……真的非常非常像，如果不是它快拿到胸针的时候眼神有一点不对，我绝对看不出来，就连我的感知技能也没发出警报，它应该是想要这枚胸针。"

"有这个可能，按理说持有这个领域的领域信物就可以自由出入这个领域了，它也许是想逃出去？它很可能已经盯上你了，你必须小心一些。"苏和猜测道。

"还是交给你保管吧，看起来这个东西是个关键道具。"齐乐人坚持要把它交给苏和。

"也可以，它要骗过我可就没这么容易了。"苏和笑笑说，对齐乐人伸出了手。

"是啊，它可骗不过你。"齐乐人一想到可以交出这个重担就心情愉快了起来。

他再一次从道具栏里取出了信物胸针，它依旧在发热，比之前更热，烫得像是要灼伤他的手心……

齐乐人突然像是被按下了暂停键一样，握着胸针信物的手也顿住了。

它要骗过苏和，的确不容易，但是它要骗过他，却并不难。

所以他要怎么证明，眼前的苏和真的是苏和本人呢？

【4】

齐乐人的犹豫落入了苏和的眼中，他错愕地看着他，些许受伤的神色浮现在他的眼中，看得人一阵羞愧："你是在怀疑我吗？"

齐乐人胃里痉挛似的抽痛了一下，不敢直视苏和的眼睛，可依旧坚持："抱歉，我需要一点证明……请回答我，我们第一次见面的地点，是在哪里？"

如果眼前的苏和真的是那个怪物假扮的，它可能从他们进入圣城开始就观察着他们，他必须询问一些它绝对不会知道的事情。

苏和深深地看着他，俊美异常的脸庞在微弱的烛光下流露出一丝淡淡的惆怅，然后被他眼中温柔的笑意遮掩："在医院，那是你们的新手村，我伪装成普通玩家，和你们一起完成了任务。"

判断出错，齐乐人咽了咽口水，尴尬地红了脸："对不起！对不起！我以为你是那个怪物……"

在一旁紧张的吕医生也松了口气："吓死我了，刚才我真的也以为你是那个怪物变的了。"

"你会有这种警惕心是好事，很多时候可以避免轻信造成的悲剧。"苏和微笑道，又对齐乐人眨了眨眼，"现在可以把信物给我了吧。"

羞愧的齐乐人简直没脸待在这里了，他扭过脸将胸针递向苏和……

笃笃笃的敲门声响起，门外传来一个温柔熟悉的声音，正是苏和："我进来了。"

"……"

"！！！"

"？！"

齐乐人触电一样从椅子上弹起，胸针再次收起，匕首刺出——座椅上的"苏和"连人带椅往后一退，避开了匕首的攻击，一摞书被打翻，连同茶杯一起被掀翻在地，椅子在地板上滑过的刺耳声音盘踞在藏书室中。

听到门内的动静，站在门外的苏和猛地推开了门，右手往前一伸，在虚空中张开了手指——正在打斗中的齐乐人和怪物齐齐感到身体一沉，尤其是站着的齐乐人，扑通一下就趴到了地上。

好重，身上像是压了几百斤的重量，根本爬不起来！

身上的重量突然又消失了，齐乐人不受控制地飘了起来，被完好地放在了一旁的座椅上，和呆滞中的吕医生面面相觑，而那个伪装成苏和模样的怪物不知何时已经变幻了样子，竟然是个金色头发的小女孩！她还被那恐怖的重力压趴在地上，繁复漂亮的礼服裙浸水一般沉重地贴在她的背上，压得她动弹不得，她艰难地发出声音："不愧是……领域级……"

苏和伸在空中的手慢慢地抬了起来，被压制住的金发小女孩也飘浮了起来，散乱的金发挡住了她的脸，她突然发出了一声诡异的笑声："幸好……没有亲自过来……"

说着，她的身体在一声巨响中爆炸，化为一团灰色的烟雾，雾气中有一只蓝黑色的蝴蝶挣扎着拍动翅膀，又被恐怖的重力压迫坠向地面，化为一团火焰燃烧殆尽。

苏和皱了皱眉，遗憾地说："竟然不是本体，真可惜，差一点就能抓住她了。"

"我的天，差点就上当了，不过这家伙也太倒霉了吧，两次都撞上正主刚好出现……"说着，惊魂未定的吕医生扭头看向齐乐人，"她其实是你妹妹吧，这一脉相承的幸运值也没谁了。"

"……闭嘴。"齐乐人郁闷道。

这个神秘的小女孩和齐乐人在露台上见过的那个小女孩应当是同一个，但是她究竟是怎么知道苏和和他们的初遇的？她怎么可能知道呢？

齐乐人搜索着自己的记忆，终于，他意识到了一种可能。

在来到圣城的第一个晚上，他在露台上遇见了那个小女孩，她说"一起来做梦吧"。那一晚他梦见了过去的事情……几乎将他进入噩梦世界后的经历快进了一次，直到在古堡惊魂里突然中断。如今想来，"她"在露台上出现并不只是为了吓唬他，这个梦恐怕也不是单纯的梦境，而是"她"在窥探他的记忆。但为什么当她快要看到手提电脑的时候，梦境会戛然而止？是他自己在梦里有意识地阻止她，还是因为……

齐乐人有点不敢想下去了。

吕医生正在给苏和讲刚才发生的事情，齐乐人补充了几句，苏和听完后对两人安抚地笑了笑，看着齐乐人缓缓道："如果是我的话，我会让你继续收好信物，然后好好保护你。"

"我……还是把胸针给你保管吧。"齐乐人有点不敢看苏和，盯着茶水说道。

"不必了，反正待会儿也会一起行动的，说不定还需要用这个东西把她钓出来……"苏和说。

"也好。"齐乐人现在都被这防不胜防的怪物弄怕了，"等人齐了，我们就一起行动吧，说起来，宁舟人呢？"

被惦记着的宁舟正独自站在阴冷的夜风中，他立于古堡的最高处，抱着手臂监视着周围的一切。语鹰在无月的夜空中盘旋，乘着风翱翔，不同于一般的鹰类，语鹰的夜视能力也同样出色，能够在几千米外捕捉到猎物的动静。

没有异常，丝毫没有。

古堡四周一片死寂，从城堡的顶部眺望，没有一户点着灯，就连主干道上的油灯也熄灭了,整座圣城笼罩在令人心悸的黑暗中。

虽然朔月灾厄会从零点开始,但是担心会有意外的宁舟从夜幕降临后就在此静候……

盘旋在头顶的语鹰发出了一声高亢的叫声,一把长弓出现在了宁舟的手上,他弯弓拉弦,直指恶魔之力出现的方向。

城堡的露台上,一群蓝黑色的蝴蝶疯狂涌出,乘着夜风飞向无边无际的夜空,它们的蝶翼上镶嵌着蓝宝石一般的色块,仿佛一双双恶魔的眼睛在眨动着,这群夜色的使者在风中翩跹地飞舞着,优雅地逃离此地。

黑沉沉的箭矢在无月的夜幕中射出,松开弓弦时破空的脆响声中,那群翩翩起舞的蝴蝶们被怪异的力量折断了翅膀,沉重地坠落,绚丽地燃烧,纷纷扬扬如同一场即将结束的烟火,燃烧的蝴蝶雨中,一个甜美的小女孩的轻笑声响起:

"不要心急,我会来找你们的,很快……"

声音散去了,那些翩飞的蓝黑色蝴蝶仿佛是夜色中靡丽的梦,顷刻间消散于无形。

当看到这一大群蝴蝶飞出古堡时,宁舟就意识到自己大意了,他的注意力集中在了防备恶魔潜入城堡中,却没想到其实它在里面埋伏已久,它藏得如此之深,之前他在城堡内巡逻的时候丝毫没有感觉到恶魔之力。

语鹰回到了宠物行囊里,宁舟快步走下顶楼,脚步声在安静的旋转石梯上越发清脆,他先去了房间,齐乐人已经不在那里了,被子叠得整整齐齐,应该是自己醒来后离开的。

餐厅没有人,休息室没有人,不仅是齐乐人,吕医生和苏和也不见踪影，古堡里安静得诡异。宁舟一路向下找，最后来到了藏书室前……

推开门，他四处找寻的人安安稳稳地坐在桌边，兴高采烈地和苏和说着话，后者似乎说了什么好笑的事情，他哈哈大笑了起来。那是一个和在他面前不一样的齐乐人，没有紧张、忧虑、惴惴不安、欲言又止，只是单纯的开心，而他几乎没有在他的脸上见到过这样轻松愉快的表情。

他见过齐乐人很多很多的笑容，温柔的、愉快的、苦涩的……可是在他面前，哪怕他笑得再灿烂，也总是夹杂了一丝小心翼翼。为什么呢？为什么他从来没有在他面前这么笑过？

"宁舟！"齐乐人一下子从椅子上站了起来，向前走了两步，又停了下来，那种熟悉的小心翼翼又浮现在了他的脸上，他似乎有满肚子的问题想问，可最后却硬生生地咽了回去，只流露出最平常不过的关心，"刚才到处都没见到你，你没事吧？"

宁舟摇了摇头，虽然因为是团队行动他没有装备着闭口禅技能卡，但依旧习惯沉默不语，视线越过齐乐人的肩膀，他看到地板上有椅子拖曳过的痕迹，上次在藏书室的时候那里并没有这个拖痕，桌子上的书本也是乱的，刚才发生了什么吗？

不远处的长桌后，苏和对上了他的视线，对他笑了笑。那应当是个友善的笑容，可宁舟本能地没法喜欢他，并不是苏和有什么不好，苏和是个非常好相处的人，温柔亲切，博学多闻，而且很健谈。但是，他就是无法和这个人相处愉快，能待在一起相安无事已经是最好的状态了。

"乐人，你先别过去。"苏和将齐乐人叫了回来。

齐乐人这才想起刚才接连两次的险情，不由心中一突，一瞬间的怀疑让他径直看向宁舟的眼睛。

昏黄的烛光倒映在他的眼睛里,不会错的,那就是宁舟的眼神。

"应该是宁舟没错。"齐乐人的性格让他永远不会很肯定地做出什么结论,只是婉转地说道,"再说刚才那个怪物不是已经跑了吗?"

"那也不一定,也许它还潜伏在附近呢?"苏和淡淡道。

就算是怀疑宁舟的时候,苏和的语气也是平和的,不带私人情绪和偏见,只是陈述着一个可能的事实。

"不过宁舟先生是教廷的人,那就很好辨认了,恶魔是无法施展教廷的神术的。"苏和说。

"……宁舟也不太擅长。"齐乐人底气不足地说。

宁舟没说话,用皮革带子固定在大腿外侧的短刀出鞘,圣洁的灵光迸现,打消了三个人的疑虑。齐乐人松了口气,怀疑一个人,哪怕理由再合情合理,在误会消除的时候总会令人愧疚,齐乐人自然也不例外,但他又不好意思说什么,只好讷讷地翻着手中的书籍。

吕医生扶着额头猛喝茶,就差开 Wi-Fi 技能降低自己的存在感了。

"再过不久就要零点了,我们再来确定一下待会儿的行动吧. 放心吧,现在那个怪物是不会听到我们的交谈的。"苏和打开华丽精巧的怀表,确认了一下时间。

商量行动这种严肃的事情让几人的注意力集中了起来,专心听苏和讲:"零点以后我会用我的领域部分地干涉主世界,确保我们不会被人或者其他什么东西注意到,不过你们不能离我太远,超过五米大概就会失去隐蔽效果了。"

"今晚应该能发现不少线索,也许还会发生战斗,我想那个会变形的恶魔是不会轻易放弃的。"苏和说。

宁舟还不知道刚才发生了什么，齐乐人小声把刚才的事情说了一遍："……它想要你妈妈的信物胸针，也许是想拿了这枚胸针逃出领域吧？"

齐乐人犹豫了一下，还是拿出了信物胸针："要不，还是你来保管吧，毕竟这个本来就是你妈妈的东西……"

"现在再交给宁舟先生也来不及了……其实知晓它的目的的话，它能动用的手段就很好猜了，再用变形的办法骗取信物已经行不通了，你又有可能将信物交给其他人来保管，所以要确保拿到领域信物，最好的办法是迫使我们交出来。"苏和双手交叠放在桌上，慢条斯理地说。

"迫使？"吕医生嘀咕了一声，很有自觉地问道，"不会是想抓我当人质吧？"

"这是一个可能，到时候随机应变吧。"苏和笑笑说。

"……"这也太随意了，齐乐人和吕医生无语地看着苏和，要不要这么随意？

苏和镇定地说："不用担心，我们要面对的只是一个藏头露尾不敢正面对抗的对手，它处心积虑小心翼翼，不过是因为它弱小而已，所以自信一点吧，这一次我们才是猎人。"

苏和的话让齐乐人豁然开朗，是啊，他习惯以弱者的角度来对待敌人，每一次都提心吊胆生怕有什么意外，可是这一次不一样，他带了神队友啊！在自带外挂的神队友面前，一个不是领域级的对手注定是要被碾压的。

苏和温柔道："不过还是要稍微做点准备……嗯，我有个想法可以一试。"虽然在《噩梦游戏》里，齐乐人在朔月之夜死得飞快，但是这一次他充满了信心。

时间一分一秒地流逝，苏和放在桌子上的怀表在清脆的机械声中走动着，终于，时针和分针在罗马数字Ⅻ上重叠，他拿起怀表，对另外三个人露出了一个从容的微笑："出发吧。"

零点之后的世界看似和之前并没有什么不同，四人从领主城堡一路向圣城的繁华区走去，一片漆黑寂静，没有月光，也没有灯光，没有夜视能力的齐乐人抓瞎了："不能点灯吗？"

黑暗中，躲在宠物行囊里的语鹰飞了出来，发出了一声嘲讽的轻哼，拍着翅膀飞入了黑夜中，在前方探路。

吕医生拉着齐乐人的衣服，生怕自己脚下一崴又是一个惨烈的平地摔。

"恐怕不行，如果开着灯，远处的人看这里就会有非常奇怪的效果……大概就是亮光中有一个半径五米的黑洞吧。"苏和说。

那样的话隐身不隐身还有什么区别？老老实实地继续摸黑走路吧。

一片黑暗中，齐乐人的眼睛也逐渐适应了起来，隐约能看到同伴的轮廓了，可光顾着看人，脚下没留心，一脚踢上了一块突起的石块，立刻重心不稳地往前栽去，还以为这下要摔个五体投地，不料被人一把拎了起来。

"……谢谢啊。"被拽住手臂拉起来的齐乐人闷闷地道谢。

宁舟沉默地松开了手。

"如果担心绊倒的话，可以拉着我。"苏和带着笑意的声音在黑暗中响起。

齐乐人犹豫了一下，还没吭声，旁边的吕医生已经开心地叫了起来："好啊好啊！刚才我都绊了两下了，太黑了根本看不见！"说着，他高高兴兴地拉住了苏和的胳膊。

一只温暖的手握在了齐乐人的手腕上，他扭过头去，黑暗中只能看到宁舟的轮廓,他目视着前方,仿佛这一切都很平常。

"小心脚下。"他说。

"哦……嗯。"齐乐人应了两声。手腕上的温度从皮肤渗入了血液中,随着跳动的心脏一直传递到每一个角落。那是另一个人的体温,来自一个和他截然不同的个体。他们有着不同的成长经历,不同的性格爱好,不同的宗教信仰,他们甚至不是一个世界的人,却奇迹一般地相遇。

齐乐人紧紧捏住自己出汗了的手心,静静感受着手腕上的温度,他不说话,也不敢动作。

宁舟的语鹰在前方盘旋了一周后回到了主人的身边。

"前面有动静。"宁舟得到了语鹰的提醒后说道。

一片黑暗中,前方只能隐隐约约看到一些建筑物,浓郁的黑色蒙蔽着人的双眼,令人情不自禁地感到恐惧,因为黑暗,也因为未知。

宁舟看向前方,街道的另一头,数个人影正摇摇晃晃地徘徊着,他的夜视能力虽然不错,但还是无法看清楚,肩头上的语鹰再次振翅而起,在黑暗中飞向那里。

"是恶魔。"宁舟语气森冷地说。

果然,和《噩梦游戏》里一样,进入朔月灾厄后圣城内就开始出现恶魔,当时齐乐人就是被这群恶魔攻击导致死亡,但是这一次不会重蹈覆辙了。

"放心,它们不会发现我们的。"苏和说着,继续向前走。

随着一行人走入圣城的繁华区,这群恶魔的数量也越来越多,它们没有组织和纪律,却遵守着奇怪的指令,在这里游荡……等待……

"圣城的居民们没事吗?这些恶魔会不会攻击人类?"吕医生提心

吊胆地问道。

"没有人类了。"苏和的声音在黑暗中响起,"现在,这座圣城就只剩下恶魔了。"

一股寒意从脚下爬到了后颈,齐乐人不禁毛骨悚然,虽然他知道零点之后圣城里会充满恶魔,但却没想到这些恶魔竟然就是居住在这里的居民吗?

"为什么会这样?这里的居民知道自己会变成恶魔吗?等等,如果不睡的话……"齐乐人想起在朔月之夜坚持不睡最后一个个消失的居民,一种更为可怕的猜想涌上了他的脑海。

"一旦在朔月之夜睡着,零点之后就会异化成恶魔,如果保持清醒,那么……"苏和停顿了一下,缓缓道,"……就会变成恶魔的猎物。"

仿佛在印证着苏和的猜想,前方街道中突然响起了开门声,路边的房屋大门打开,一个年轻男性惨叫着冲了出来:"不,恶魔!别过来!"

在他身后,两个身形怪异的恶魔摇摇晃晃地追逐着他。

随着他逃出房屋,街道上混沌地游荡着的恶魔们被惊醒了,这群毫无理智的怪物兴奋地发出了吼叫,追逐着他朝着四人的方向跑来。年轻人一边哭叫一边逃跑,不小心摔倒了,连滚带爬地起来继续跑,可是身后贪婪的猎食者们已经越来越逼近了,下一秒就要抓住他……

齐乐人感到手腕上一松,宁舟已经冲了出去。

"别杀他们!他们是活人!"齐乐人喊道。

宁舟果然没下死手,他拉住仓皇逃窜的年轻人,将扑向他的恶魔一个个踢开,一手攀住临近房屋的栏杆将人拉了上去。更多的恶魔被惊动了,疯狂地向这里涌来……

黑暗中传来一阵短笛声,在这诡异的笛声中,原本疯狂的恶魔们却平静了下来，它们茫然地站在那里，呆立了一会儿后三三两两地继续游荡了起来，对两个大活人视而不见。

会是那个金发的小女孩吗？齐乐人死死盯着声音传来的方向，那里被纯粹的黑暗浸染着，隐约看见几个人影正在向这里走来。

三个身穿斗篷的人来到了宁舟面前，其中一个还吹着笛子。最前面的那人抬头看着屋顶上的两个人，用嘶哑飘忽的声音说道："外乡人，请将他交给我们。"

已经被吓破了胆的年轻人跪趴在屋顶上，瑟瑟发抖，用破了音的嗓子叫道："不不不，不要把我交出去……我要回家，我要睡觉……"

"我们会送你回家，你会平安地睡到天亮，然后忘掉这件事情，来吧，我们送你回家。"斗篷人说。

"你们是谁？"宁舟问道，他对这三个穿着斗篷的人充满了警惕，因为他感觉得到这几个人身上也有浓郁的恶魔之力。

齐乐人紧张了起来，向前走了一步，被苏和拉住了："再等等，先看看这群人到底想做什么。"

斗篷人沉默了一下，其中两个人低声交谈了一下，最后说道："你可以叫我们守夜人。"

"恶魔？"宁舟冷冷地反问。

斗篷下的恶魔苦笑了一声，摘下了兜帽，露出一张变异了的狰狞脸庞："对，只不过，我们是清醒的恶魔。"

被宁舟救下的年轻人抖得更厉害了，颤抖中的他牙关咬得咯咯作响，似乎随时都会晕过去。

"在这朔月之夜，所有睡着的人都会变成恶魔，而清醒的人……则会成为恶魔追逐的对象。虽然现在我们站在这里，能走路能说话，但其实我们也一样沉睡着，这应该叫作'梦游'。在每一个朔月之夜，我们会在梦游中四处寻找没有入睡的活人，在恶魔吃掉他们前救下他们，让他们忘掉这一切，然后安然睡去。外乡人，答应我，像我们一样保守这个秘密。"斗篷人沙哑地说道。

"为什么不说出来？而是任由这种事情继续下去？"宁舟质问道。

幽幽的短笛声中，守夜人变异了的脸上露出一个狰狞又悲凉的笑容。

"人在蒙昧中犯下的罪行，是可以被神原谅的。每一个朔月的夜晚，这群入睡的人化身恶魔，到处猎食，然后在天亮之前清理掉一切痕迹，再一次披上人类的外衣，安然无事地醒来……这样已经八年了。如果有一天，这虚伪的和平被打破，无辜的人知道了真相，这座城市才真正地完了，他们……我们，任何人都将坠入地狱，再也无法得到救赎。"

齐乐人再一次想起在笔记本里记录下这一切的那个年轻人，再联想一下他最后听到的敲门声……那一晚会出现在他家中的人，恐怕就只有他早已入睡的亲人们。

齐乐人觉得胃里一阵翻滚，仿佛在灼烧一样，他捂住肚子，努力不去想象那个血腥残忍的画面。

被宁舟救下的青年发出了一声绝望的哀鸣，趴在屋顶上呕吐了起来。在这一夜前的每一个朔月的夜晚，沉睡的他都和那群血腥的恶魔一样，贪婪地攻击着活人。他情不自禁地想起多年前的某一天，他在梦中平安度过朔月的夜晚，醒来后还感觉到身心愉悦满足，好似做了一个美梦。就是那一天，从小看着他长大的邻居奶奶在朔月灾厄中失踪了……

守夜人魔鬼一般的脸上再次浮现出那种笑容："无知的幸福总好过

血腥的真实,所以闭上眼睛吧,就这样沉默地活下去。"

"原来如此。"苏和低声道,带着齐乐人和吕医生向守夜人的方向走去。

领域的力量将守夜人也一同带入了干涉范围内,苏和在守夜人面前现出了身形,守夜人们终于意识到了齐乐人等人的存在,惊讶又警惕地看着他们:"你们又是谁?"

"同样是你们口中的外乡人,正在调查朔月灾厄的起因,想办法结束这场噩梦。"苏和温雅地说道。

守夜人们审视地打量着他们,被这种变形的怪异脸孔打量着,齐乐人有种非常不舒服的感觉。并不是说他们的眼神里充满恶意,只是那张狰狞恐怖的脸令人浑身不自在。

"我知道你们,从外面的世界穿过迷雾来到这里,也许你们才是结束这一切的钥匙。如果你们想知道,好吧……这场灾难,是从八年前开始的……"

守夜人嘶哑的声音在黑暗中响起,将朔月灾厄的事情娓娓道来。

二十多年前圣城被恶魔入侵,之后不知道发生了什么,整座城市就被迷雾包围,但恶魔却消失了,圣城恢复了平静。劫后余生的居民们发现自己再也走不出迷雾,无论在迷雾中走多远,最终都会回到圣城中。

从那以后,再也没有女人怀孕,也没有新生儿降生,这座城市在迷雾中孤独地老去……

直到八年前的某个朔月之夜,噩梦开始了。

"那一晚至少有十分之一的人消失了,没有人知道发生了什么,整座城市都陷入了惊恐不安中。在那之后的第二个朔月之夜，又有一群人消失了……慢慢地我们找到了规律，每当朔月之夜降临，零点到太阳升起之前，绝对不能保持清醒，否则就会消失。之后人们逐渐习惯了这种生活，每当朔月之夜来临，他们会喝下安眠药剂，确保一觉睡到天亮，失踪的人口开始减少，但总有意外发生……例如刚才那位差点成为恶魔的食物的朋友。"

还趴在地上的年轻人哆嗦了一下，颤巍巍地抱住了自己的头抽泣，知道朔月灾厄的真相让他濒临崩溃。

"某一次的朔月之夜，我梦游了，但奇怪的是这一次的梦游中，我是清醒的，我'看到'我的妻子慢慢变成恶魔。那时候我吓疯了，可是当我看向自己的时候，我也已经变成了一个怪物，我跟着她走出了家门……

"那一晚，我看到了一个地狱一样的圣城，我的妻子和那群恶魔一起寻找追逐着猎物。我这一生从没有见过这样残酷野蛮的景象，我试图阻止这场暴行，奋力推开了我的妻子，她一头撞在了墙壁上，鲜血直流地醒了过来。"

守夜人怪异的脸上浮现出一个哭泣一般的笑容："她醒了。"

所有人都沉默着，就连那个抽泣着的年轻人也屏住了呼吸忘记了抽泣，一片深邃的黑暗中，那个面目可怖的守夜人哀鸣着："她变回了人类，看着一片黑暗中的恶魔们尖叫。我靠近她，想要保护她，可是在她的眼中我就是恶魔，她根本听不进我的话了，只是一边惨叫一边逃跑。那群可怕的、丧失了人性的野兽扑了上来……我怒吼着，挣扎着和它们搏斗，我想在这一刻醒来，哪怕和我的妻子一起死去……我用头去撞击墙壁，一下又一下，头破血流，可就是无法醒来，我被困在了噩梦里。这个梦太漫长，也太绝望了……

"在太阳升起前，它们秩序井然地回到了自己的家中，甚至有几个恶魔自发地将猎食的痕迹打扫干净，清洗掉自己身上的血迹，若无其事地回到床上迎接黎明。奄奄一息的我躺在地上等死，东方的天亮了，我的身体变回了人类，伤口全部愈合。在这个血腥的夜里发生的一切，只能由我独自承担。天亮以后，那些邻居们恢复了人类的模样，关切地询问我和我的妻子昨晚睡得如何，他们根本不知道几个小时前他们才伤害了她。我只能沉默地留在地狱里，一个人，留在地狱里！

"苏珊，我的妻子，成了一个在朔月灾厄里消失的人，永远。"目睹这一切的守夜人，选择保守这个秘密。

"后来我救下了几个人，其中一个是药剂师，他配制了一种可以让人短暂失去记忆的药剂，混合了安眠药剂。我们会让被救的人选择，是要加入我们还是要喝下药水忘记这一切，他们中的大多数都选择了喝下药剂，忘记这一段恐怖的经历。选择留下的人，就会成为我们的一员，共同保守这个秘密。我们一起研究清醒地梦游的办法，研究朔月灾厄的起因，研究怎么安抚这群不停追猎的恶魔。可越是坚持，就越是绝望……"

"这座曾经充满了虔诚信徒的城市，也许已经没有一个灵魂可以升入天堂了。"

胃里痉挛了一下，齐乐人将手压在了腹部，守夜人迷茫又绝望的叙述让他被一同拉入了这份情绪中。沉睡的人变成恶魔，杀害了清醒的人；知道真相的人，为了保护更多人只能掩盖着他们的罪行，守口如瓶。在这罪恶的朔月之夜里，这样的悲剧重复上演了八年，漫长到令人绝望。

他们绝望地保守着这个会让所有人坠入地狱的秘密，一切都已经来不及了。没有人知道自己是否无辜。

"拿着，让他喝下吧。"守夜人扔了一瓶药剂上来，宁舟接住了，递给了跪倒在地上的人。那个人颤抖着接过了药水，惊慌到好几次都打不开瓶口，用牙齿才咬开木塞，问也不问地喝了下去。

喝下了药剂的人颓废地坐在地上，看着宁舟手套上微微反着光的银色十字架刺绣，喃喃地问道："神还能宽恕我吗？我还能去天堂吗？"

药剂已经开始起效了，倦意上涌，他抬头看着宁舟，绝望的眼神里甚至满是哀求。

宁舟的手指蜷曲了一下，悲恸感席卷了他。他回想起病榻上的玛利亚，她靠在枕边，拉着他的手，湛蓝的眼睛里流淌着泪水。

"我必须得回去……"她气若游丝地说，"一旦我死去，那里的力量就会彻底失控，如果还有恶魔潜伏在那里，一切都会不可挽回。"

"可是我回不去了。这十三年来，我想尽了一切办法，想要打开已经死去的领域。可是它已经死了，它不再是可以随意开启关闭的门，而是一扇紧锁的大门，没有钥匙就无法打开……在大门背后，有什么邪恶的力量已经开始蠢蠢欲动了。"

满脸病容的玛利亚无声地流下了眼泪："我自以为是的拯救，也许才是最大的恶。一定……一定要救救他们……答应我……"

半跪在床前的宁舟拉着她的手，沉默地点了点头。

八年过去了，他真的来到了这里，可是这座玛利亚用生命守护的圣城早已是一片人间地狱。

"谨以上帝之名，宽恕你的罪行，赐予你灵魂的安宁。"宁舟的手放在那人的额前，白色的手套中散发出微弱的圣光。

男人露出了欣慰的笑容，慢慢地闭上了眼。

随着他的沉睡，他的身体开始发生变化，面容扭曲，身体膨胀，穿在他身上的衣物被撑破，他发出了一声低吼，睁开了再无人性的眼睛。

守夜人的短笛声安抚了它的食欲，它摇晃着跳下了屋顶，沉重地落在了地上，然后向着远方走去，重新回归到了恶魔的队伍中。

为首的守夜人发出了一声沉重的叹息，低声道："有时候连我们自己也怀疑，我们拯救的究竟是人类，还是恶魔，又或许，我们只是在救赎我们自己。"

【5】

黑暗中气氛凝滞，守夜人变异的身躯伛偻着，似乎快要被这种来自灵魂的重量摧垮。

朔月灾厄的真相是如此沉重，让这座曾经被誉为"神之眷乡"的圣城堕入罪恶之中。

而守夜人们仍在为茫然无知的居民徒劳地挣扎着——他们不能说出真相，这将毁掉圣城最后的和平，让这座城市深陷绝望与罪恶之中，但如果不说出真相，他们就无法劝说所有人在朔月之夜保持清醒，而且只要有一个人睡着了……那后果就会像是一只饥肠辘辘的饿狼钻进了羊圈中。

所以他们只能选择沉默地守护着，卑微地努力着，绝望地坚持着，尽他们所能地让每一个醒来的人忘掉这场噩梦。

齐乐人深吸了一口气，清冷的空气进入肺中，压住了胃部的不适感，一种阴郁的冷从肺里一直蔓延到全身，让人仿佛置身冰窖。

苏和清冷又温柔的声音响起："朔月灾厄不可能是毫无征兆地突然

开始,请回忆一下,八年前有什么特殊的事情发生吗?"

守夜人们摇了摇头。

"我们也在探究朔月灾厄的起因,可是至今也没有证据……只是有一个可疑的传言,八年前,领主的夫人生下了一个女婴。"

齐乐人瞬间打了个激灵,八年前,女婴?那个试图从他手里骗走信物胸针的金发的小女孩正好是七八岁的样子,难道……

"女婴的事情,说说。"宁舟突然出声道。

齐乐人疑惑地看了他一眼,虽然夜色太深他看不清宁舟的表情,可是刚才他一贯冰冷的语气里却好似有一丝颤音,他在担心什么?

守夜人面面相觑着,最后还是那个为首的守夜人说:"我们也从未见过那个女婴,这个流言是从领主城堡中传出来的。传说八年前领主夫人怀孕,当时已经足有十三年的时间没有新生儿降生,这里甚至传言是被诅咒了,不会再有人类降生,如果出生,那就一定是恶魔。所以领主和夫人隐瞒了这件事,只有最亲近的几个仆人知道。被命令照顾孩子的女仆因为害怕向自己的亲人透露了这件事,后来孩子在朔月之夜降生,从那一天开始,整座城市就陷入了噩梦中,而这个女仆也消失了……"

"这八年里有人见过这个小女孩吗?"齐乐人问道。

"偶尔会有人说自己梦到了一个小女孩,蓝色的眼睛,金色的长卷发,扎成了两条辫子,头发上还插着白色的玫瑰花,模样端庄又圣洁,就好像教廷中的圣母画像。"守夜人说。

金发蓝眼,圣母画像……齐乐人的脑中闪过宁舟的半领域中的玛利亚……

宁舟十三岁前往教廷,因为那一年玛利亚去世了,正好是八年前。

这真的是巧合吗？

齐乐人再一次看向黑暗中的宁舟，也许这一刻只有他读懂了他内心的忧虑与恐惧。这个本来由玛利亚创造出来用来保护圣城的领域，如今已经沦为了恶魔的猎场，而最可怕的是……他们无法确定玛利亚死去的灵魂，是否回到了这里，却被恶魔的力量污染。

如果是，这对一个虔诚的圣修女而言，才是命运最无情的嘲讽。

"梦境……"苏和低声自语。

梦境？对了，这里发生的一切都和梦境有关，就连那个小女孩都会从梦境里窥视他的记忆……

"梦魇魔女吗？我和我的朋友研究过第一次恶魔入侵人类世界的资料，当时的魔王身边最信重的一位魔女叫作梦魇，擅长操纵梦境。如果二十多年前的那次灾变中，她并没有死亡而是沉睡了，然后在八年前苏醒降临，那就说得通了。"苏和缓缓道，"朔月灾厄的起因恐怕是她污染了圣修女已经死亡的领域，正在缓慢恢复力量，直到她可以逃离这里，或者……"

苏和看向教廷旧址的方向，眉心微蹙。

吕医生突然捂住了小腹，脸色惨白地说："肚子好痛……"

一直觉得胃里不太舒服的齐乐人也是一阵绞痛，冷汗唰地从背后流了下来，瞬间浸透了后背的衣服，有什么东西，好像有什么东西在胃里翻滚着！

吕医生吐出了一口血，血迹中一只蓝黑色的蝴蝶正从蛹中孵化，破茧而出，沾着鲜血的柔软蝶翼迅速在风中变得坚硬，它扑腾着翅膀飞了起来。

梦魇魔女？对了，她在藏书室假装苏和的时候，给他和吕医生倒过茶，那时候他们毫无防备地就喝了下去，下雨收衣服的技能也没有给他任何提醒。

来不及细想的齐乐人拿出很早之前宁舟给他的圣水一口灌了下去，胃里翻腾的胃酸和血气稍稍平和了一点，可仍然让人冷汗涔涔。宁舟不知何时已经从屋顶飞奔到他身边，扶着他的肩膀查看情况，齐乐人把还剩三分之一的圣水递给他："给吕医生。"

从吕医生胃里孵化出来的蝴蝶在夜色中拍打着翅膀，一阵童稚的笑声传来，甜美的声音在蝴蝶身上响起："没用的，就算圣水可以暂时压制住，一个小时后你们两个人还是会因为毒性发作一命呜呼的。"

吕医生已经疼得意识不清几近昏迷了，他对自己使用了一次"三不医"，但是技能对这种诡异的魔女毒药毫无作用。齐乐人的状况稍好了一点，可还是浑身颤抖无法站立，如果不是宁舟揽着他，此时他应该就已经站不住了。

"很痛苦吗？这种痛苦还会随着时间推移越来越深重，直到你连呼吸都无法继续，真是可怜，这种活活痛死的感觉。"梦魇魔女的声音依旧是甜美的，可是语气却充满了阴森的恶意。

守夜人发出了一声怒吼："就是你吗？！制造这一切的人！"

蝴蝶渐渐化为了一个小女孩的轮廓，她咯咯地娇笑着："啊，我记得你，真是一条可怜虫，每当我看到你们费尽心思维持这虚假的和平，我就忍不住想要发笑。多亏了你们，这八年来无知无觉的愚者们源源不断地给我送来梦境的力量。"

梦魇魔女拍着手，嘉奖着这群守夜人，清脆的掌声让守夜人崩溃地怒吼了起来，失去理智地上前想和幻影搏斗，可是魔女的蝴蝶展翅一飞，高高地凌驾在空中："我讨厌人多的地方，看起来你还能忍耐一会儿，就由你拿着领域信物到教廷旧址来交换解药吧。"

"抱歉，女士，我们并不相信恶魔的信用。"苏和淡淡道。

"我对你们的性命没有任何兴趣，不过如果你需要一个承诺，好吧，我给你们一份恶魔的契约。"魔女的蝴蝶扇动着翅膀，星星点点蓝色的光点从翅膀上散落了下来，变幻成一张写着契约的白纸。

宁舟看了一眼，契约上要求用圣修女的领域信物换取两份解药，魔女保证在来去的路上不会伤害契约人。

苏和背对着魔女，用嘴型无声地说：答应她。

"信物由我来送。"宁舟冷声道。

"那可不行呢，我可不想从教廷的人的手中接过任何东西。"魔女的声音变得冰冷而厌恶。

"那就让我送他去。"宁舟对魔女说。

魔女的蝴蝶停顿了一瞬，然后缓缓飞到了宁舟面前，绕着他转了一圈："你倒是让我想起了一个人……好吧，但是这位持有领域的先生必须留在这里，在契约履行完毕前不得离开这里。"

"可以。"苏和淡淡道。

契约内容添加完毕，交易成立。

虽然齐乐人疼得连说话的力气都快没有了，可他的大脑还是清醒的，一切都按照他们的计划进行着，虽然中毒有些超出了他们的预计，本来他们是打算让魔女抓走一人，然后等她提出用领域信物交换人质。中毒虽然痛苦，但是苦肉计反而会让魔女更加放松警惕。

"来吧，跟着我。"魔女的蝴蝶在黑夜中扇动着翅膀，蓝色的蝴蝶鳞片散发着微弱的荧光，像粉末一样飘散在夜色中。

宁舟将齐乐人的胳膊搭在肩上，扶着他向前走。

沉沉的夜幕中，疼痛感一浪一浪地拍打在身体上，从毛孔到骨髓，令人窒息。他努力迈着步子向前走，可是渐渐地力气随着疼痛感流失，好几次他腿一软差点跌倒，都是宁舟拉住了他。

"我背你。"黑暗中宁舟的声音响起。

齐乐人摇了摇头，此时他连抱住宁舟脖子的力气都没了，说是在走，其实根本是宁舟提着他在往前挪。

身边的宁舟停顿了一下，这短暂的一刹那在痛苦中变得无限漫长……他将他打横抱了起来，大步向着前方走去。

世界安静得只有一个人的脚步声，在剧痛中战栗的齐乐人艰难地维持着呼吸，意志因为痛苦而变得脆弱，终于抛却了理性和逻辑，只留下纯粹的感性。

黑暗之中，回忆在疼痛中翻腾着卷来，齐乐人想起献祭女巫中那个阴冷潮湿的地洞，那时候刚从水潭中被救起的他就是这样在寒冷和痛苦中被宁舟抱着，一步一步地往前走。

当过往和现在重叠在一起，他才恍然发现，那时候的心情和如今，竟别无二致。

痛苦让视线变得模糊，思考被荒诞的臆想取代，他定定地看着头顶的漫天星海，亘古洪荒、广袤无垠。在这短暂的时间罅隙里，他们被命运女神编织出的网牵引着，从两个不同的世界相会于这一刹那，被悲欢喜乐浸泡着。而这一刹那，就是永恒。

教廷旧址就在前方,魔女的蝴蝶在他们身边盘旋:"就到这里吧。"

宁舟将齐乐人放了下来,让他半靠在自己身上,取出圣水喂他。虽然圣水的力量无法解除魔女的毒药,却会让痛苦感减轻一些。齐乐人咽了几口,冰冷的圣水让胃好过了一些,可还是火烧火燎地疼。

宁舟帮他擦干了嘴角的水渍,极黑的夜色里,齐乐人其实看不清宁舟的模样,可是他的眼睛里却仿佛映着漫天的星光。

"我没事。"齐乐人从喉咙里挤出了三个字。

这三个字是嘶哑的,毫无说服力,可又因为计划即将实现而异常坚定。

早前探索教廷旧址时就发现的恶魔结界依旧在那里,将教廷旧址包裹着,无法进入。

此时他们就在这一层结界外,魔女的蝴蝶拍着翅膀飞入了结界中。

那深藏在结界之后的世界泛起了涟漪,极深极深的黑暗中,仿佛有一个人正向他们走来……

近了,黑暗中的她微微泛着光,金色的。

随着她越走越近,她的模样也逐渐清晰,那是一个七八岁的小女孩,漂亮的金色卷发上装点着洁白的玫瑰花,她提着礼服的裙摆,轻盈地从台阶上走向他们,隔着一层恶魔的结界,齐乐人还是看清了她的脸。

太像了……不,那根本就是幼年时的玛利亚。

可是她那双湛蓝的眼睛却没有玛利亚的温柔,而是浸泡在戏谑的冷漠中,阴郁得像是噩梦一样。

"就是这张脸……嗯,真有趣,并且不可思议。"恶魔结界后的梦魇魔女歪着头,天真又充满恶意地凝视着宁舟,"那个女人的孩子竟然回到了这里,为我送来我想要的东西,太有趣了。"

宁舟的手放在了刀柄上,冷意直指梦魇魔女。

"哎呀呀,不要生气呀,这位小朋友还需要我的解药呢。来,在契约的指引下来交换吧。"梦魇魔女煽动的语气里满是贪婪的迫不及待。

齐乐人拿出领域信物,玛利亚的胸针微微发热着,这一刻他心怀忐忑,虽然苏和再三保证过……但是习惯了关键时刻总会有意外发生的齐乐人仍旧放心不下。

契约书悬浮在了两个人之间,胸针飘浮了起来,魔女手中的两份解药也飘浮了起来,在契约书的力量下向着对方飘去,平安无事地穿过了恶魔结界,落在了对方的手中。

梦魇魔女发出了愉悦的笑声:"就是这个,就是它!哈哈哈哈,我得到它了,陛下,我得到它了!"

她疯了一样向着教廷更深处跑去,心心念念多年的愿望终于要达成了,她捧着领域信物,朝圣一般来到了被圣修女的结界保护着的圣殿前。

梦魇魔女心潮澎湃地仰望着这座残破的圣殿,这是她二十多年来无法踏足的地方,被圣修女圣洁的力量保护着,哪怕在她死亡的八年里依旧顽强地阻拦着恶魔的脚步。

但只要有了她的领域信物……

"那个可恶的、该死的玛利亚,她欺骗了您,她不可饶恕!"梦魇魔女将玛利亚的领域信物贴在了圣洁的结界前,她憧憬地对虚无表白,"陛下,现在的我像她吗?只有我……"

当领域信物碰触到结界的那一刻,附着在信物上的秘术被触发,恐怖的黑色火焰突然从梦魇魔女的手上燃烧了起来。她愕然地松开了手,可已经太晚了,那黑色的吞噬一切的烈焰迅速席卷了她的身躯,来自地狱的业火将她彻底吞没。

她甚至来不及发出一声惨叫,就已经被绝对的力量烧为灰烬,狂乱的恶魔之力渗入了地下,掀起了一阵阵大地的震颤。

梦魇魔女恶毒的游戏倏然结束,被魔女的力量操控着的夜行恶魔们就像是黎明即将到来一般,缓缓地向着家中走去,而这一次,这恐怖的轮回将被永远终结。

教廷旧址外,地面还在不断震颤,齐乐人已经喝了一份解药,浑身的剧痛消失了,只留下一身黏腻的冷汗。

"我没事了。"齐乐人站直了身体,擦了擦额头上的冷汗说道,"得赶紧把解药给吕医生送去。"

宁舟很轻地应了一声,看着消失的恶魔结界和结界后一片幽深的黑暗,那里有什么东西在召唤着他。

"如果苏和的计划没出问题,梦魇魔女应该已经死了吧,这个结界已经不见了。"齐乐人感受不到几秒钟前教廷深处疯狂震荡的恶魔之力,自然也不知道梦魇魔女的情况,还稍稍有些担心。而此时整个教廷所在的山丘都在轻微地震荡,仿佛有什么恐怖的力量在里面肆虐,令人感觉不祥。

"死了。"

"那以后不会再有朔月灾厄了吧。"

"嗯。"

"但是任务提示还是没有出现,看来还是得按照目标里说的,必须结束圣修女的梦境才行……那个代表毁灭的信物是在里面对吧?"齐乐人又问道。

宁舟点了点头。

齐乐人本能地觉得宁舟的心情不太好,他又有些惴惴的,很多话在嘴边,却怎么也开不了口。他想安慰宁舟,又不知从何说起,他想鼓励宁舟,但又觉得语言苍白无力。

"我……我去把解药给吕医生。"齐乐人胆怯了,退缩了,他后退了一步,准备离开,可是刚走出两步他又后悔地回过头,"你等等我,等我回来再一起去教廷里面。"

不,不是的,他想说的并不是这个。

"或者……你要不要跟我一起走?"齐乐人希翼地看着宁舟,鼓起勇气问道。

站在黑暗中的宁舟,被星辰微弱的光芒照亮,身影孤单得仿佛要融化在黑夜中。

他等了很久也没有等到回答,齐乐人无端地鼻子一酸,他不想转身,也不愿离开,哪怕明知道这只是短暂的分别,他们很快就会再相见,只是一会儿,一会儿就好了。

齐乐人用力露出了一个笑容,大声道:"那你在这里守着,我马上就回来,你要等等我!你一定要等等我!"

说完,他向着来时的路跑去。

大地还在震颤悲鸣,夜晚清冷的风吹在脸上,风干了汗水,他的心跳随着脚步越来越急,越来越快,空旷的街道上没有其他人类,也没有恶魔,只有他的脚步声,和回忆一起穿过寂静的黑夜。

他在奔跑着,恍惚间他好像看到了极地圣城永无乡,大片大片的冰川在融化,在崩解,在坠入深海,天崩地裂却又无声无息。

远在极地的冰山融化了，没有人承认，也没有人敢承认。

他应该告诉冰川，继续冻结下去，不要为一场梦中短暂的春天走向轰轰烈烈的毁灭。

可是，他凭什么以为自己可以无动于衷？

目的地越来越近，来时漫长的路，回去时却如此短暂，守夜人们已经离去了，齐乐人气喘吁吁地停了下来，将解药递给站在路中央的苏和："梦魇魔女已经死了，解药就是这个，给吕医生。"

苏和没有急着接过，他诧异又温柔地问道："怎么哭了？"

齐乐人茫然地擦了擦自己的脸，手指间的水痕里倒映着微弱却璀璨的星光。

"因为太痛了。"齐乐人认真地回答说，"但是现在已经不痛了，喝了解药就不痛了。"

"是吗，那就好。"苏和轻声叹了口气，接过解毒剂给吕医生喂下。

"拜托你照看一下吕医生，我回去找宁舟。"齐乐人说。

苏和摇了摇头："这样吧，你先把吕医生送回领主的城堡，我先去教廷旧址，如果宁舟遇上了麻烦，我总比你经验丰富一些。"

地面还在轻微地震动着，自从梦魇魔女死后，她积累多年的恶魔之力似乎就开始失控。齐乐人很担心教廷旧址中会有她的同伴，也后悔当时没有强硬地将宁舟一起带回来——虽然他知道宁舟一定会选择守在那里以防万一——但如果宁舟遇上什么危险……

"好，你先过去，我马上就来。"齐乐人答应了。

苏和对他微微一笑，温言道："不用担心，很快就会结束了，很快。"

齐乐人扶起还昏迷着的吕医生："嗯，一定会的。"

苏和含笑对他点了点头，转身走入茫茫黑夜之中。

夜风吹过枝梢，卷落枯叶，封闭了二十多年的教廷旧址安静得一片死寂。

宁舟拾级而上，沿着当年玛利亚走过无数次的台阶，向着最高处的圣殿走去。

一路上大地还在不断震动，越来越频繁，溃散的恶魔之力在地表之下横冲直撞地肆虐着，惊醒了熟睡的鸟儿。

一阵狂风吹来，卷着大片枯叶和落花从宁舟身边掠过，头顶传来语鹰的叫声，它盘旋着落了下来，将一小片蓝白色的花瓣丢在了宁舟的发丝间。宁舟将花瓣剔了下来，这种蓝白色的花瓣应该是从圣墓花园吹来的，那浸润在午后阳光中的记忆，温柔得像一个梦……他摸了摸语鹰的头，继续向前走。

他不曾来过这里，但是当他走在这里的时候，内心却充盈着一种没来由的亲切……和陌生的恐惧，仿佛这里是他的圣地，也是他的地狱。

梦魇魔女就死在不远处，信物胸针掉在地上，宁舟捡了起来，上面附着的一次性激发的攻击手段已经用掉了，地上的残骸灰烬证明了这一切。

这只是一个很简单的把戏，可有时候胜利就是这么简单。

宁舟摸了摸前方的结界。这个由他母亲设下的结界在她离开二十多年后依旧尽职尽责地保护着教廷最深处的秘密，虽然它因为多年的恶魔之力的侵蚀，已经开始变得脆弱，但却依旧阻挡了梦魇魔女的脚步。

领域信物被再次贴在了圣修女的结界前，金色的涟漪从胸针上荡开，缓慢地向四周蔓延，包裹着教廷最高处的圣殿的结界开始虚化，终于消失不见。

再往深处，就是隔绝了二十多年的圣殿大教堂了。

宁舟仰望着一半已经化为断壁残垣的圣殿，就是在那里，玛利亚杀死了魔王。

肩膀上的黑鸟发出了一声鸣叫，宁舟转过身，远处的台阶上传来高跟鞋踩在石阶上的声音，越来越近。

有人来了。

刀刃擦着刀鞘拔出，宁舟站在台阶上静静等待来人，对方身上毫不掩饰的恶魔之力在沉沉的夜色中潮水一般地涌来，满载着来自地狱的恶念。

一个戴着黑纱礼帽，身穿黑色晚礼服的女士迈着优雅的步伐走来，那镶嵌着珍珠和宝石的晚礼服在夜色中熠熠生辉。她推了推帽檐，黑纱后是一张妆容精致的脸庞，眼中闪动着属于恶魔的光彩，和当年那个平凡的村庄少女截然不同了。

"好久不见。"伊莎贝尔对宁舟略微点了点头致意。

宁舟心情复杂地看着她。

地宫深处，伊莎贝尔自愿成为欺诈魔王的女巫，走入了祭坛中，不过半个多月的时间后她再次出现在他眼前，却再也不是当年那个平凡的人类少女了。

汹涌的恶魔之力里充斥着累累的杀业，她已经成为一个魔女。

最可怕的是，她究竟是如何穿过这个已经封闭的领域，来到他面前的？她不可能有领域信物，所以也不可能自行进入玛利亚的领域，除非……

"重新介绍一下我自己，我是伊莎贝尔，司掌嫉妒的魔女。奉主人之命，前来与阁下一较高下。"伊莎贝尔戴着黑丝手套的手提起裙摆，优雅对他行了一个礼。

短刀上亮起圣洁的灵光，宁舟面无表情地注视着嫉妒魔女："教廷驱魔人宁舟,杀你的人。"

黑暗寂静的教廷旧址中,圣洁之力和恶魔之力猛然在虚空中碰撞,爆发出一股汹涌的气浪,所过之处树木倒伏,石阶断裂。

魔女轻笑着:"我是不会让你过去的。"

安顿好吕医生后,齐乐人立刻从领主城堡离开了,向着教廷旧址的方向快步赶去。

被异化成恶魔的居民已经恢复了原状,天亮之后这场噩梦就将永远终结,守夜人们也恢复了人类的身份,从此不用在每一个朔月之夜里苦苦挣扎——他们已经解脱了,永远。

只要拿到玛利亚的那件毁灭信物,就可以将这个领域重新开启,让二十多年前就被困在这里的人们离去。

静静的黑夜里,齐乐人的脚步越走越快,到最后开始一路小跑了起来,很快来到了教廷旧址前,可是宁舟已经不见踪影,苏和也不在这里。

用手电筒照着前方的路,齐乐人沿着台阶向更高处的建筑走去。

地面还在间歇地震动着,齐乐人不得不小心一些,以免没站稳摔下去。

山间石径在前方断裂了,十几米宽的土坑看得人触目惊心,周围的树木也倒伏了,看得出有人在这里进行了一场激战。齐乐人的心悬了起来,从树木的情况看,这并不是二十多年前恶魔入侵留下的痕迹,虽然不清楚是苏和还是宁舟在这里和人发生了冲突,但前方一定有危险。

空间仿佛在前方扭曲了,那一大片深邃的黑暗无法被手电筒的光照亮,没有人影,没有声音,只有纯粹的黑暗,令人恐惧不安。

路也断了,齐乐人犹豫了一下,从另一条小道绕行,很快就来到了山丘最高处的圣殿大教堂前。

星空之下，这座残破的圣殿依旧巍峨威严，穿过圆形石阶广场，沿路的石柱都已经断裂了，可即便如此，这些断壁残垣仍旧散发着圣洁庄严的美。

一路上有各式各样的天使雕塑，有的斩断了翅膀，有的只剩下双腿，毁坏的痕迹一览无余，它们簇拥着广场正中央，那里有一个直径四五米的圆盘，似乎是什么巨型雕塑的底座，可是底座上却没有那个应该存在的雕像，周围也没有雕像的残骸，它就像凭空消失了一样，让这群围绕着它的天使在黑夜中无比落寞。

再往前走就是被摧毁了一半的圣殿了，前殿几乎完全毁坏，连穹顶都已经不见了，风吹雨淋后已经长满了野草和灌木。齐乐人踩着荒草小心翼翼地前行，穿过一排排的石柱，来到大殿的石门前。

这是两扇可以从中央推开的大门，这扇门恐怕快有十米高了，门上精美的浮雕已经长上了青苔，可还依稀看得清浮雕的内容是关于来自天堂的天使和恶魔大战的恢宏场景。

门的后面会是什么呢？

齐乐人的手已经放在了大门上，心跳加快，呼吸急促，他收回手调整了一下。

SL大法、下雨收衣服、初级格斗术已装备。

如果待会儿发生战斗而SL技能已经进入冷却，他还有道具逆流之沙，这枚精致的沙漏道具可以任意重置一张技能卡的冷却时间，如果到时他还是不能战胜敌人……他还有复活彩蛋。

不必害怕，污染这个领域的梦魇魔女已经死了，如果她还有同党那早该在路上拦下他了。

地面再次震动了起来，这一次明显比之前震感强烈，仿佛这座圣殿就是震动的源头，里面究竟发生了什么，任由这样不断地震下去会有什么后果吗？不能再等下去了……

齐乐人再一次将双手贴在了冰冷的石门上，用力向前一推。

存档完毕。

出乎他意料地，这扇巨门竟然没有想象中那么沉重，新鲜的空气迎面而来，手电筒照亮了大理石地面，齐乐人看着殿堂中巨大的坍塌墙面后露出的星空，握着匕首向前方的黑暗迈出了一步。

黑暗被倏然驱散了，眼前的光芒越来越盛，终于如同白昼一般。

齐乐人愣愣地看着眼前的圣殿，就在大殿最深处，巨大的圣母像高举着利剑，刺穿了一头狰狞咆哮着的黑龙的逆鳞，将它钉死在了巨型的十字架前。

这震撼的一幕昭示了多年前这里发生的惨烈战役，可这并不是让齐乐人目瞪口呆的原因，一刹那的震撼后他木然地看着巨大的十字架下那个属于教皇的王座。

那被浮雕和宝石装饰着的王座上，苏和单手支颐，面带微笑地看着远处的他。

他的神情依旧是平和温柔的。

只除了那一双红色的、恶魔的眼睛。

存档倒计时：三十秒、二十九秒、二十八秒……

时间一分一秒流逝，齐乐人呆若木鸡地看着王座上那个熟悉又陌生的人，脑中竟是一片空白。他不能思考，也不敢思考，长久以来深藏在他心底的、不能言说的恐惧在这一刻梦魇一般地被证实——他毫无防备地打开了家门，邀请站在门外彬彬有礼的恶魔走了进来。

如果从相遇开始的一切都不是巧合，他究竟在无意中抖搂出了多少秘密？

齐乐人绝望得甚至不敢去想。

二十秒、十九秒、十八秒……

"晚上好，乐人，不问一问我的名字吗？"王座上的苏和温柔地问道。

齐乐人痛苦地闭上了眼。如果苏和是恶魔，拥有领域的他绝对不是恶魔中普通的一员，他处心积虑地利用他来到二十多年前圣修女杀死老魔王的地方，所谋求的也绝不是普通的东西。

齐乐人沙哑地问道："权力，还是杀戮？"

苏和轻笑了一声，语带深意地说道："我是被你错过的那一个。"

"不可能，欺诈魔王她是女……"震惊中的齐乐人反驳了一声，又瞬间明悟了。

献祭女巫的任务里，他和宁舟都被强行转换了性别，如果欺诈魔王也出现在了任务里，那他极有可能会和他们一样，又或者对欺诈魔王而言，隐瞒自己的性别也是一种乐趣……齐乐人突然想起在地宫中他曾经迷迷糊糊地听到过的声音："因为很有趣啊。看着你们因为绝望、恐惧、妒忌互相欺骗，自相残杀，真是太有趣了。"

那个温柔动听的声音令他浑身发冷，他从没听过这个声音，却觉得语气熟悉，如今想来，这个语气和说话的习惯分明就是……苏和。

"现在，明白了吗？"苏和笑着问道。

明白了，一切都明白了，从第一次新手村苏和出现开始，他就已经注意到了他身上的异常。所谓的新手村Bug，不只是杀人狂，还有携带了装载有《噩梦游戏》手提电脑的他。但那时候苏和没有证据，他只是观察着他，耐心地等待他露出破绽。

献祭女巫则是一次试探，让他在欺诈魔王的眼皮底下进行了一次任务，但依旧一无所获。不，也许他在他身上留了什么标记，之后他被成长速度异常的寄生之种寄生，也许是巧合，也许是必然。

古堡惊魂更是一个早已设置好的陷阱，伊莎贝尔依照他的命令干扰了副本的生成，无知无觉的齐乐人在里面露出了最大的破绽——那台手提电脑出现了，然后苏和紧跟着出现，之后电脑离奇失踪，也许是落在了苏和手中，也许是某个力量为了避免秘密被苏和发现而将电脑隐藏了起来，但在古堡惊魂中，苏和可以百分之一百确定，齐乐人隐藏了某个秘密——这是齐乐人亲口承认的。

他温柔体贴，耐心蛰伏，适当展示自己，最终如愿以偿地接到了邀请，进入了他一直以来无法进入的圣城。也许一开始他只是有一点点怀疑和好奇，但最后他收获了一个惊喜。

真是一场完美的骗局。

"真有趣，被蒙蔽得无知无觉的人类在发现真相的那一刻，那难以置信的表情，真有趣啊……"属于苏和的声音在大殿中响起，温柔表象之下，万物皆不过是玩物，令人不寒而栗。

齐乐人突然不想再追问下去了，他不想知道他的算计，不想知道他的目的，也不想知道真正的苏和究竟是一个什么样的人了。

他的时间，所剩无几。

三秒、两秒、一秒……技能冷却倒计时0：59：59。

"时间到。"苏和微微勾着嘴角，惬意地看着他，"以我对你的了解，在推开这扇未知的大门前，你一定会存档，不过你竟然没有想着要反抗一下，这不像是你。"

齐乐人心里咯噔了一下，他知道自己的实力和苏和根本有着天壤之别，只要苏和动用领域，他就会像蝼蚁一样被碾死在他面前，可是万一……万一苏和大意了呢？

他连赌都不赌上一次就认命吗？

最重要的是……如果他死了……

"宁舟呢？"齐乐人问道。

"伊莎贝尔正陪着他，虽然她成为嫉妒魔女的时间还很短暂，但我给了她一点额外的优待。只要一小杯魔王的血，就能让她成为一个强大的魔女，想必会让你的朋友对她刮目相看。"苏和说道。

伊莎贝尔？她也在这里？她是怎么进来的？对了，苏和的领域，他完全可以将恶魔们藏匿在自己的领域中，带着他们进入圣城。

齐乐人的心越发沉重，要怎么办？到底怎么办？继续拖延时间吗？可是再等下去情况也不会好转了，就算宁舟打败了伊莎贝尔，现在半领域破碎的他不可能是欺诈魔王的对手。

无论怎么想，前方都是死路一条。

不，再想一想，冷静下来……至少要弄清楚苏和这一盘棋的目的，也许还能给宁舟留下一线生机。

齐乐人强作镇定，看着破损的大殿深处那巨大的持剑圣母像和那条被她刺中逆鳞的黑龙，圣母像上的那把剑并不是石质的，巨大的金属剑身上折射着锋利的光弧。

这应当就是玛利亚杀死魔王的那把剑了,也就是这个领域的毁灭信物。

只要拔出它,斩开这个领域,任务就可以结束了。

"那是玛利亚女士的剑,真是圣洁到刺眼的力量啊,可惜恶魔无法碰触……感谢她为魔界的权力更迭做出的奉献和牺牲。"苏和站起身来,向着黑色巨龙伸出手。

空间在他手中扭曲着,黑龙的胸腔中骤然亮起一道深沉的红光,一团燃烧的火焰从它胸口破体而出,落回了苏和的手中。

火焰熄灭,留下了一块巴掌大的红宝石,里面流动着鲜艳的红色,仿佛血液一般。

除去了寄生之种的影响,齐乐人已经感觉不到恶魔之力了,但是看到那块红宝石,他还是情不自禁地哆嗦了一下。

这里面涌动着一种邪恶霸道的力量,令人不安畏惧。

"这是什么?"齐乐人小声问道。

苏和将红宝石拿在手中,饶有兴致地审视着它:"它有很多名字,你可以管它叫高级一些的恶魔结晶,也可以叫它世间邪恶的集合,但我还是喜欢更通俗易懂地解释它,它代表着三分之一的魔界王权。"

齐乐人咽了咽唾沫,三分之一?那剩下的三分之二在哪里?

"很多事情,知道很好,不知道也无所谓,我从不刨根问底,尽情享受解谜也是一种乐趣。不过本来我还以为你知道得很多,虽然不清楚你究竟是从哪里得到进入圣城的线索,但反复试探下来原来你也只是一知半解而已,它还真是够小心的。"苏和淡淡道。

毛骨悚然的感觉再一次来袭,虽然早已知道自己可能是牵扯进了什么危险的斗争中,但这一刻这种身为卒子的感觉越发鲜明。

不能再坐以待毙了，无论如何结果也不过一死，他还有复活彩蛋，只要保持尸体完整，七天后就可以复活，但是……宁舟要怎么办？除非他能战胜伊莎贝尔，然后拔下玛利亚的剑，斩破她的领域结束任务，否则只要苏和有杀他之心，他就不可能存活下来。

除非他真的能趁苏和大意干掉他，但是，这可能吗？

天堑一般的实力差距让齐乐人绝望，甚至连孤注一掷的勇气都消失了。

"乐人。"苏和叫了他的名字。

齐乐人抬起头，看着台阶上王座旁的苏和，他居高临下地看着他，猩红的眼睛里似乎涌动着玩味的兴趣。

"我很好奇，一个经历过无数次死亡的人，还会害怕死亡吗？"苏和问道。

"会的。无论多少次，人在走向死亡的时候都是极度恐惧的，这是被刻在基因里的，所以只要有选择，人总是想活下去的。"齐乐人努力平静地回答。

"人类求生的欲望，真是有趣，但就是这种力量，才会诞生不可思议的奇迹吧。"站在高台上的魔王对他微笑着，鲜红的血液流入了高脚杯中，正是在圣墓花园野炊时他们用过的那一种。

只是杯中盛放的不再是香醇的葡萄酒，而是来自恶魔的诱惑。

"对于恶魔而言，'行善绝不是我们的任务，作恶才是我们唯一的乐趣'。如果有人拥有一颗坚贞的灵魂，那就引诱他、折磨他、摧毁他，直到他纯白的灵魂污浊不堪、坠入地狱……但如果不能，那就敬畏它，然后毁灭它。"善于玩弄人心的魔王向他举起高脚杯，温柔地问道，"现在你可以选择了，你是愿意生于背叛，还是死于殉道？"

【6】

生存，还是毁灭？

这根本是个再简单不过的选择。

可是在某个特定的时刻，这个选择却又无比艰难。

齐乐人缓缓闭上了眼，他不能暴露自己的情绪，这一刻他的心跳快得吓人，一种可以称之为狂喜的情绪涌动在他的心头。

他有了一个绝好的机会。

原本他连万分之一的可能都没有，但是现在，他有了。

他需要演技，百分之两百的演技，就像他扮演红的时候一样。

齐乐人深深地、深深地吸了一口气，慢慢睁开了眼睛。

那双褐色的眼睛里流露出人性的挣扎，他动了动嘴唇，似乎想要质问苏和为什么这么做，可最后满腹的痛苦指责都化为了他眼中的动摇。他的眼神、他的表情、他微微颤抖的指尖都写满了活下去的渴望。

有一瞬间苏和几乎以为他要屈服了，可是他却猛地颤抖了一下，后退了一步，望向了已经关上的石门，他似乎为自己软弱的意志而羞愧，所以才要看着来时的路，想要逃开，想要求助，可他又知道自己无法逃避命运，最后只有绝望地、羞愧地、无助地转过身，再一次看向苏和。

他们久久地凝望着彼此，魔王猩红的眼睛里只有观察人类的兴趣，而被观察的人类却有太多太多情绪，从抗拒到挣扎，从犹豫到妥协，最后化为浓浓的绝望和哀求。

那双好看的褐色眼睛又一次闭上了，等到再睁开之时，那里就只剩下了空洞的欲望——活下去。

魔王露出了胜券在握的微笑，鼓励地看着他，可是他却不再看着魔王，他仍然在为自己的软弱而痛苦，所以他不敢看他。

他颤抖着迈出了第一步，走上了第一级台阶。

堕落，就是从这一小步开始。

这一步之后，就是麻木，就是妥协，就是屈服。

他已经来到了魔王的面前，静静地看着他手中盛满了魔王之血的高脚杯，只要喝下这一杯魔王的血，他就可以获得强大的力量，但同时也堕落为一个恶魔。

被魔王引诱的人类用双手捧起高脚杯，杯中的鲜血好似葡萄酒一般，他呆呆地看着那红色的液体，喉结滚动了一下。

魔王笑了。

高脚杯倾斜，玻璃压在了嘴唇上，鲜红的液体即将染上他的嘴唇，可是另一种透明的液体更早地从眼眶里滚落了下来。卑微渺小的人类用他那双褐色的眼睛凝视着魔王，无声地流泪，无声地咽下了来自恶魔的诱惑。

血液流过口腔的一刹那，异化就已经开始了。他褐色的眼睛变得一片猩红，恶魔的图腾从耳垂爬过他的脸颊，留下一片荆棘一般的痕迹，黑色的翅膀从他的后背生出，刺破了衣服，那是黑天鹅一样美丽的翅膀，如同从天界堕落的天使一般。

新生的恶魔手捧着空空如也的高脚杯，被鲜血涂红的嘴唇微微张开着，看着他的主宰。

"你天真地憧憬着爱情的样子，很美，可我却偏偏喜欢看到它毁坏的样子。"魔王俯下身，将赏赐的亲吻落在他宠爱的恶魔的额头上，轻声低语道,"从今天起,你的名字叫'堕落'。"

魔王的鲜血从新生的"堕落"的唇边滑落了下来,猩红黏稠的液体流过下巴,坠向大地。

血液落地的一瞬间,剧烈的爆炸吞没了相对而立的两个人,顷刻间灰飞烟灭。

真实和虚幻交织的场景中,无数幻象从交战的两个人身边穿过,在地狱的熔岩中爬行的恶魔咆哮着,在天堂幻影下降落的炽天使祈祷着,圣光和恶魔之力交缠在一起,掀翻大片大片的树木,甚至扭曲了这一片空间,让战斗中的两个人仿佛置身于另一个时空中。

嫉妒魔女脚下的土地已经化为了燃烧的地狱,无数恶魔从罪恶之中孵化,被幻化出来的炽天使一一射穿,魔女藏在黑纱礼帽后的红色眼睛看着宁舟,嘴角挂着似有若无的笑意:"你在着急吗?你在担心吗?是为了齐乐人吗?我记得他,在地宫里他把我姐姐的东西交给了我,真是个善良的好人,我应该感谢他的……"

"他有一双很好看的眼睛,褐色的,可是我的主人觉得,红色的眼睛更合适他。"嫉妒魔女猩红的眼睛闪动着,恶意从她涂得鲜红的嘴唇里倾泻出来,"只要喝下魔王赐下的血,平凡的人类就能轻易地成为恶魔,就能像我一样,获得从前难以想象的力量。你看,你在教廷里苦修多年,也不过是和我打成平手,力量的诱惑没有人可以拒绝的,没有人。

"他就要背叛你了,可怜的骑士啊,他就要背叛你了!"魔女疯笑了起来,刺耳的笑声歇斯底里。

在恶魔中穿行厮杀的宁舟挥退一只巨型的岩石恶魔,轻盈地落在地狱熔岩上,对魔女冷冷道:"你在嫉妒。"

魔女的笑声戛然而止，僵在她嘴角的笑容慢慢化为愤怒："你又懂什么呢？"

此时此刻，嫉妒魔女完美地诠释着嫉妒的模样，她踏着地狱的熔岩向前一步，用扭曲的声音尖锐地说道："你什么都不知道！我那么处心积虑，那么小心翼翼，每一步都走在悬崖边上，一点点地从地狱里爬出来，只为了能再见他一面，我拼尽全力才成就了今天的我，可偏偏就是有人这么幸运，轻而易举地就能一步登天。他青睐他，夸赞他，引诱他……为什么，为什么主人就是这么中意他？！"

魔女的怒火引动了地狱的幻影，熔岩化为火舌向宁舟射去，宁舟手中的两柄短刀交叉在一起挡在身前，竟不管不顾地冲了过去——岩浆被圣洁的灵光隔开，他利箭一般穿过了暴怒的熔岩，出现在伊莎贝尔面前。

怒火中烧的魔女狞笑着，举起手中的细剑向他刺来。

虚像中的天使和恶魔碰撞在了一起，一同烟消云散。

倏然之间，沸腾的岩浆平息了，震荡的大地平息了，就连奔涌的夜风也平息了。

教廷所在的山林间，只剩下朗朗星空下不知何处传来的圣歌灵乐，悲悯而圣洁。

血沿着细剑的剑尖往下流淌，一滴滴地渗入肥沃的土壤中，近到几乎没有距离的两个人一动不动，然后猛然分开。

伊莎贝尔的黑纱礼帽已经掉落在了地上，露出她那双猩红黯淡的眼睛，她捂着胸口，似乎感到震惊，可是这份惊讶却渐渐化为了自嘲和落寞，一阵狂风吹来，她慢慢倒下，双眼无神地看向夜空。

"已经来不及了……"嫉妒魔女喃喃着，"就算你去了那里，也已经来不及了，你已经失去他了……"

宁舟上前两步，来到她面前。

伊莎贝尔的嘴角流着血，她对上了他的眼睛，梦呓一般问道："你知道……嫉妒的滋味吗？"

染血的短刀悬在她的头顶，血沿着刀刃落在了她的额头上。

魔女看着他的眼睛，露出了一个洞悉的微笑："啊……嫉妒的……味道。"

短刀落下，恶魔结晶在圣光中破碎。

岩石凝聚成的恶魔崩解了，濒死的恶魔的幻影无声地尖叫着，在夜空中消散了，魔女主宰下的这片空间正在逐渐恢复和主世界接轨。六翼天使的残影在虚空中多停留了一会儿，对着山顶上残破的圣殿鞠躬行礼，然后消失在了朔月之夜中。

宁舟轻声咳嗽了起来，可是肺里的动静却牵扯到了腹部的伤口，让血流得更快，他勉强靠在一棵半折的树边，深吸了一口气，面无表情地给自己包扎。

只做了最简单的伤口处理，甚至来不及清理随着伤口侵染身体的恶魔之力，宁舟就匆忙披上衣服，向着山顶的圣殿跑去。

白色的纱布迅速染红，习惯了训练和受伤的宁舟麻木地适应了这种程度的疼痛。他必须快一点，再快一点……

惊天动地的一声巨响，山顶上原本就残破的圣殿更是摇摇欲坠。

宁舟的脚步停了，连同心跳都好像在爆炸中停止了。

胸口一滞，血气从喉咙深处翻滚了上来，宁舟吐出了一口淤血，早该习惯了的伤痛在这一刻却撕心裂肺地涌来。他狠狠擦掉嘴边的血迹，鲜血染红了手套上的银色十字架绣纹。

神啊,如果我有罪,就请让一切严酷的神罚降临在我的身上,哪怕要我在地狱里永世偿还。

请保佑他,平安无事。

逆流之沙,重置技能卡"SL大法"的冷却时间。

存档,喝下魔王之血。

引爆所有微缩炸弹。

轰隆一声巨响,剧烈的爆炸将圣殿深处的高台炸成一片废墟。

读档的一瞬间,恶魔"堕落"灰飞烟灭,复活的齐乐人回到了存档时的状态,那时候的他还没有喝下魔王的血,他还是个人类!

脆弱的人类身体出现在爆炸最中心的位置,顷刻间就被气浪掀飞了出去,重重地摔在地上,连滚了数圈才停下来。

部分皮肤烧伤,多处骨折,擦伤挫伤更是不计其数。可是这些伤势不能被判定为致命伤,SL技能没有第二次读档,眼前还是一片粉尘烟雾,齐乐人撕心裂肺地咳嗽了起来,淤积在胸口的血液从嘴里喷了出来,满嘴的血腥味。

好痛,浑身剧痛,就连呼吸都变成一种酷刑,令人痛不欲生。

眼前一片模糊,这个身体已经失去战斗力了,他必须再读档一次。

匕首的刀尖还未碰到胸口,就被一股不可思议的力量拦住了,齐乐人猛地颤抖了一下,难以置信地看向烟雾。

爆炸后的硝烟中,一个人影正从化为废墟的王座上走下来。

粉尘和烟雾逐渐散去,安然无恙的魔王迈着优雅的步伐向他走来,赞许地说道:"完美的演技,精准的心理把握,出其不意的突袭,为了让我放松警惕甚至喝下了那杯血……唯一的遗憾,大概是你精心准备的一切仍然无法抹平实力上的差距吧。"

苏和在齐乐人面前停了下来,温柔又怜悯地俯视着他。

时间一分一秒地过去,齐乐人握着匕首的那只手却无法移动分毫,SL技能的倒计时已经所剩无几。

齐乐人瞪大了眼看着他,颤抖的手却迟迟无法将匕首送入自己的心脏,魔王微笑地看着他,目送他一步步走入绝望的深渊。

五秒、四秒、三秒、二秒、一秒……技能冷却倒计时0:59:59。

"看来时间到了。"眼看着齐乐人眼中希冀的光芒黯淡了下去,苏和俯下身,轻柔地从他手中夺走了匕首。

齐乐人冷漠地看着他,他已经意识到自己难逃一死,虽然苏和的神情依旧温柔,但他不自量力的反抗已经激怒了他,欺诈魔王不接受蝼蚁的欺骗。

"没有读档,说明你此时的伤势不足以致命,但只要稍稍施加一些,你就要告别这个尘世了,乐人。"苏和把玩着齐乐人的匕首,眼带冰冷笑意地看着他,"我很好奇,当你真的面对死亡考验的时候,你的选择会是什么呢?"

锋利的刀尖划开喉咙,血液汨汨流出,这种程度的痛苦和此时浑身上下的伤痛比起来不值一提,齐乐人知道,如果得不到救治,几分钟后他就会死于窒息,或者失血过多。

苏和站起身来,将另一个盛满了鲜血的高脚杯放在几米远的地方:"现在,你可以选择了。"

呼吸困难，无论他怎么努力吸气，被血沫堵塞的气管还是越来越难得到充足的氧气，血液不断流失，氧气不断减少，意识也变得模糊。

死亡即将来临，齐乐人几乎看见了死神狰狞的幻影在他的头顶盘旋着，它高举着镰刀，随时都会挥下……

他不想死，不想……

不，他不会死，他还有复活彩蛋！

但如果他轻易放弃挣扎接受死亡，苏和会相信吗？如果他看穿了他的有恃无恐，他又会怎么做？

必须……再演下去……再一次……

对生的渴望再一次浮现在了齐乐人的眼中，视线已经模糊了，他侧过脸，看着几米外那杯鲜红的血，染血的嘴唇微微翕动着……

魔王饶有兴致地看着濒死的人类用意志点燃了最后的力量，他艰难地翻过身，用唯一完好的右手拖动着身体往前爬，他失血得更厉害了，地上触目惊心的血迹，昭示着此时此刻他求生的意志有多么强烈。

只是几米远的距离，他却耗尽了所有的力气。

等爬到目的地时，孱弱的人类已经气息奄奄了，他用最后一丝力气握住了高脚杯，颤抖的手让杯内猩红的血液不停摇晃着……

他哭了，破损的气管让他的哭声像是夜鬼的哀鸣，那么刺耳，那么凄惶。

魔王喜欢这样的声音，看着一颗坚强的灵魂在摧残中失去底线，变得堕落污浊，而偏偏他还在挣扎抵抗，最后却依旧屈从于自己的欲望。

真是有趣。

一声清脆的声响，高脚杯被重重摔在了魔王的脚边，鲜血洒了一地。

魔王意外地看着垂死的人类，然后对上了他那双不屈的眼睛，他已经说不出话来了，他努力扯动着嘴角，对他展露出一个极尽嘲讽的笑容。

——滚吧。

他无声地咆哮着。

俊美的魔王笑了："真是没想到，你会为了他做到这种地步。人类啊，明明如此软弱，却总是在不经意间出人意料，这大概就是人类有趣的地方吧。"

齐乐人艰难地翻过身，仰面躺在废墟中。

气息奄奄的齐乐人无神地看着远处的苏和，苏和也看着他，片刻之后，他向他走来，却在中途停下了脚步。

"什么事？"苏和头也不回地问道。

角落的阴影中，不知何时出现的模糊人影伫立在那里，对苏和微微鞠躬："谨转达吾王的指令，'金鱼缸'发出警报，它极有可能要再次逃脱了，吾王请您回去主持大局。"

"看来我的假期要结束了。"苏和淡淡道，"替我转告权力，我现在就强制脱离任务回去，顺便带一份大礼送给她。"

黑影又一鞠躬，魔王与魔王之间的特殊联系并不能在圣修女的领域中维持太久，它很快就无声无息地消失在了阴影中。

冷寂的空气中，苏和低沉的声音传来，夹杂了嘲讽一般的感慨："……女人啊。"

齐乐人几乎已经什么都看不见了，死神的披风已经遮住了他的眼睛，空气越来越冷，寒意从地下慢慢往上涌，他就快死了。

他听见苏和的脚步声在他身边停下，窸窸窣窣的衣料摩擦声响起，他似乎蹲了下来，轻柔地拨开了他额前的发丝。

"本来还想再陪你们玩一会儿，不过很遗憾，游戏得提前结束了。你的好朋友赢了伊莎贝尔，正在赶来的路上，不过算算时间，他大概见不到你最后一面。没法看到他那时的表情，倒是有些可惜。"苏和温柔的声音在弥留之际的齐乐人耳边响起。

"为你的勇气和执着，我允许你在此安息。"一个轻若无物的吻落在了齐乐人的额头上，那是告别的吻。

"堕落的样子很美，只可惜，你终究没有成为它。"

苏和从容离去的脚步声越来越远，消失在齐乐人的耳畔。

齐乐人就快死了。

欣慰，并且焦虑着。

虽然大脑已经快停止运转，可他还是听懂了苏和和那位不知名的人的对话，他现在有急事会立刻离开这里，也就是说宁舟是安全的了。

太好了……太好了……真的，太好了。

七天后他就可以复活，只要把这个消息传达给宁舟……

已经连挪动一根手指都困难的齐乐人从身体里挤出最后一丝力气，用沾满了血的手指颤抖着写下了一个七，他还想再写一个"天"字，可是拼尽全力都无法让手指再挪动一下。

齐乐人力竭地闭上了眼，呼吸已经无法继续，意识因为缺氧沉入了混沌之中，就连疼痛都变得迟缓，仿佛他的灵魂已经开始逐渐脱离这具伤痕累累的身体。

他迷迷糊糊地想着，只有一个数字，宁舟能明白他的意思吗？

七天,七天后他就可以复活,只要等七天就好了……

回忆开始片段似的在脑中闪过,像是从相机里拉出来的胶卷一样,然后倏然定格在了某一张上。那时候他正在古堡惊魂的任务中,因为思考任务线索而心不在焉,而苏和正对吕医生解释数字的含义:"噩梦世界的数字很有意思,很多数字有特殊的含义,比如四代表着幸运,七是代表……"

代表了一个让冰川崩解的秘密。

一个不允许被说出来的秘密。

他犯下了一个不可饶恕的错误。

绝望中的齐乐人挣扎着维持呼吸,可是堵在喉咙里的血沫却让他无法再吸入空气,他睁大了眼,死不瞑目地要去擦掉这个用血写成的数字。

他拼尽全力地从神经里、从骨髓里、从每一个快要停止工作的器官里榨出最后一点力气,去抹掉这个数字,可是他已经无能为力了。

他动不了,根本就已经动不了了。

悔恨的眼泪从眼角流下,他哭了,不是面对魔王时演出来的眼泪,也不是面对死亡时恐惧的哭泣,而是真正失控的泪水,怎么也止不住。

这种绝望的恐惧甚至超过了他对死亡本身的恐惧,快要消散的意识在呐喊,在挣扎,在忏悔。他不敢想象,也不能想象宁舟看到它时的表情——这个简单的数字,也许就是毁掉宁舟的最后一根稻草。

世界缓缓地沉入黑暗的死亡深渊。

他想起了几小时前的分别,那时候天那么黑,他鼓足勇气,也只敢问宁舟要不要跟他一起走，那颗胆怯的心让他甚至不敢等到宁舟的回答就匆忙告别，他总以为他们会再相见，于是他说：我马上就回来，你要等等我！你一定要等等我！

多么天真，又是多么愚蠢的自信，在现实面前脆弱可笑，不堪一击。

即将失去意识的最后一刻，齐乐人看到了圣墓花园的那一天。

那时候，他从铺满了落花的树墩中醒来，跟着吕医生向苏和所在的地方走去，他一边走着，一边回过了头，于是看到了宁舟。

他站在那棵断木旁，远远地看着他。

那么疏远，却又那么温柔，有太多太多的情绪沉淀在他的蓝眼睛里，就像是包容了一切的天空和大海。

宁舟总是那么孤独那么沉默，所有的伤痛都深埋在自己的心中，不言不语。

如果他不回头，就永远不会看到。

只差一点，就是永远。

穿过残破的石柱群和雕像，宁舟目不斜视地向前走，终于来到了圣殿大教堂前。

圣殿的前半部分已经严重损毁，在星空下书写着庄严和历史。

宁舟快步走到大殿深处，看着眼前两扇巨大的石门。

大地还在震颤着，毁灭已经奏响了终结的乐章。

宁舟深吸了一口气，腹部的伤口正灼烧一般地疼痛着，他在胸前画了一个十字，然后推开了这扇石门。

巨大的圣母像和被刺穿逆鳞的巨龙扑面而来，占据了视野，宁舟的视线却沿着地上触目惊心的血痕，一直追向那倒在地上的熟悉的身影。

心跳在这一刻停止，无论是天堂还是地狱，在这一刻都不复存在。

他不知道自己是怎么走到他的面前，跪倒在那里。

那双没有合上的褐色眼睛空洞地看着前方，眼角还有未干的泪痕，他沾满了鲜血的手指停在一个红褐色的数字上。

临死前的这一刻，他写下的数字。

幽暗的大殿深处，传来他压抑到崩溃的哭泣声。

夜色沉沉，万籁俱寂。

大地的震动还没有停歇，而且越来越强烈，越来越频繁。

这个早已死亡多年的领域正在缓慢地走向崩溃，就像他的世界一样。

宁舟抱着齐乐人的尸体，走在教廷旧址的石阶上，一步步往下走，从云端，到地底，从天堂，到地狱。

夜风送来一幕幕回忆，曾经那些平淡又微小的喜悦被埋没在无数的苦痛和彷徨中，他还来不及细细品尝，就猝不及防地翻到了悲剧的终章。

圣墓花园已经近在眼前。

墓园角落，那棵直径足有两米多宽的巨木早已被蛀空倒下，剩下的木桩里长满了青草，被蓝白色的落花覆盖着，像一张天然的睡床。

他们又回到了这里，这个他曾经惬意小睡，他曾经温情注视过的地方。

这一次，他会睡上很久很久，他也会等上很久很久。

也许灵魂中的一部分将被永远留在这里，伴随着已经死亡的他，直到永远。

他小心翼翼地擦干净齐乐人脸上和手上的血迹，曾经白皙漂亮一看就是养尊处优的手上到处都是爆炸造成的烧伤，还有更久之前在地下湖中刮出的早已结痂的伤痕，从无数细节中宁舟早已勾勒出了圣殿中发生的一切。

伊莎贝尔侍奉着欺诈魔王，她会出现只代表一件事——欺诈魔王进入了这个领域中，而他的身份已经毋庸置疑。

魔王引诱了乐人，但他拒绝了。

圣殿中那杯打翻的魔王之血静静地诉说了一切。

是背叛，还是死亡。

他选择了死亡。

为什么？宁舟无声地问着，为什么要选择死亡？

他明明对他说过，任何时候，活着都是最重要的。

他宁可看到他喝下魔王的血，从此走入地狱，至少他可以活下去。

也许未来他们会因为立场相对兵戎相见，他愿意双手奉上自己的性命，回报他当年为他一次又一次的牺牲。

可偏偏，他选择了死亡。

夜风清冷，吹落了周围林木枝梢上的花瓣，就像那一天一样，他安静地睡在午后温暖的阳光中，只是这一次，他不会再醒来了。

语鹰悄悄落在了这张天然的睡床边上，它歪着头，不解地打量着睡在那里的齐乐人，蹦跳着来到他的身边，用鸟喙蹭了蹭他冰冷的脸，又来到宁舟的肩上，蹭了蹭他的脸。

一样的冰冷，一样的死寂，语鹰哀叫了一声，拍着翅膀飞走了。

宁舟从未感觉到这么冷过，哪怕是终年冰雪的永无乡，也从来没有这么冷。

宁舟慢慢地在树桩边单膝跪下，拉住了齐乐人的手，就像他在梦中无数次做过的那样。

但是没有一个梦，有现实万分之一的残忍。

满是创伤的手冷得像一块冰，死亡的冷意沿着血管，一直冻结了他的心脏，那里好像裂开了一道永远不会愈合的伤口，这道伤口将伴随着每一次心跳，陪他度过一生。

世间最残忍的酷刑，也抵不过这一刻的痛苦与煎熬。而这样的绝望还将持续下去，直至他走入死亡的深渊。

亘古不变的星海下这棵蛀空的朽木中，沉睡着他温柔的梦境，银河在头顶东升西落，世界逐渐明亮，星辰湮灭，东方渐白，黎明即将到来。

但也许，永远也不会到来。

语鹰在黎明的风中盘旋着悲鸣。

被送回古堡后就一直昏迷到现在的吕医生一路跑到了教廷旧址，他找不到任何一个同伴，不知所措地在附近徘徊。

语鹰从天空中降落，领着吕医生向山脚下圣墓花园的方向走去，惴惴不安的吕医生跟着它，来到了几天前他们野炊过的地方。

在花园的角落里，他看到了宁舟，他背对着他站在断木前。

欣喜的吕医生跑向他："宁舟！宁舟！总算找到你们了，你怎么会在这里？齐乐人呢？苏和呢？昨天晚上……"

脚步慢了下来，声音戛然而止，吕医生呆呆地看着那个铺满了青草和落花的树桩，脸色瞬间惨白。他仿佛梦游一般走到了宁舟身边，看着昔日同伴毫无生气的脸和他衣襟上满满的血迹，脑中一片空白。

吕医生颤抖着伸出手，可是刚一碰到他冰冷的颈部，他就触电一样收回了手，号啕大哭了起来。

他意识到他的朋友已经不会再回来了。

朝阳冉冉升起，驱散了夜的黑，沐浴在温暖的阳光中的两个人却丝毫没有感觉到温暖。

时间悄无声息地流过，葬礼在静默中开始，在静默中结束，宁舟甚至没办法为他念悼词，因为他的齐乐人是一个无神论者，他只能用沉默与他道别。

死去的人已经死去了，而活着的人却要用漫长的一生去缅怀，这是何等的残忍。

吕医生的哭声渐渐低了下去，只剩下一下又一下的抽泣声。

地面还在震颤着，越来越频繁，摇晃的大地让整座圣城陷入了恐慌中，就算是远离居民区的教廷旧址，也能依稀听到那嘈杂的声音。

雕塑一般站在树桩前的宁舟终于动了，吕医生不安地看着他脱下了教廷制服外套，盖在了齐乐人的身上，这时他才发现，宁舟的腰上有一大片殷红的血迹。

"你……你受伤了？我帮你……帮你治疗一下吧……"吕医生颤声说。

宁舟默默地摇了摇头，转身走向花园的角落，在那里，大片大片的野玫瑰盛开着，那是当年玛利亚种下的，历经二十多年，它们在风吹雨淋中顽强地生长，灼灼盛开。

他摘了白色的野玫瑰，七朵，坚硬的茎干上长满了刺，扎得他鲜血直流，可他却好似无知无觉一般，将茎干上的刺一个一个地剔掉。

他捧着鲜花，走向他，他睡在落满了花瓣的树洞中，沐浴在温暖的阳光下。记忆情不自禁地将过去和现在重叠在一起，只是这一次，他不会再睁开双眼迎上他的视线。

纯白的玫瑰花被放在了齐乐人的身上，隔着一件黑色的教廷制服，也相隔了生与死。

这真是再遥远不过的距离。

曾经照亮他生命的太阳已经落下,剩下的年岁里,将是永恒的漫漫长夜。

如此漫长的人生,他已永远失去了一个人。

走出圣墓花园的时候,吕医生仿佛还在梦中,他跌跌撞撞地跟上宁舟的脚步,一次又一次地回头,眼眶通红。

"昨晚到底怎了?梦魇魔女死了吗?苏和人呢?"吕医生仍不清楚昨晚的事情,疼晕过去后他就一直迷迷糊糊的,隐约感觉到他似乎被人背着回到了领主的城堡中。天快亮的时候他醒了,枕边有齐乐人留给他的纸条,说他已经拿到了解药,他身上的毒也已经解除了,让他好好休息。

吕医生猜测他们是在教廷旧址,醒来后就立刻赶来了,谁知竟然收到这样一个惊天噩耗。

"没有苏和。"宁舟沙哑的声音传来,冷冷的全是杀意,"只有,欺诈魔王。"

吕医生僵住了,寒意从脚下蔓延了上来,温暖的阳光都无法让他感到一丝一毫的暖意。

苏和是欺诈魔王?

吕医生猛地回过头,齐乐人的死……

"是他……是他做……做的吗?"吕医生几乎无法完整地说出一句话来。

宁舟点了点头。

吕医生踉跄了一步，摔倒在地上痛哭了起来，哭得几乎喘不过气。

那些曾经被他忽略的细节都一一浮现了出来。如果说苏和在新手村离奇的出现可以被新手村 Bug 解释，那么古堡惊魂中他究竟又为什么突然出现？他和他们两个人单独的谈话，到底又涉及什么？从那以后，齐乐人对苏和那似有若无的提防和戒备，又究竟是为什么？

他竟然从来都没有细想过。

齐乐人来邀请他参加圣修女的梦境这个任务的时候，恰好撞上来向他们道别的苏和……如果这一切都不是巧合，而是欺诈魔王处心积虑的计划……那么他在这一幕悲剧里饰演的角色，就是将齐乐人推向死亡的帮凶。

"走吧。"宁舟低哑地说道，向着教廷最高处的圣殿走去。

留给他的时间已经所剩无几，这个早已死去的领域正在失去平衡，如果再任由它发展下去，最后它会坍塌成一个黑洞，让整座圣城陷入毁灭，他必须在那之前，打破这个领域，将被困在这里的人释放出去。

回到圣殿前，阳光下这座已经半毁的建筑恢宏壮丽，广场上那些残损的天使像簇拥着那个直径足有四五米的圆盘，现在宁舟知道那是什么了。那是教廷的圣母像，玛利亚的意志让它复活，高举着她的审判之剑，杀死了魔王。

再一次来到石门前，早已千疮百孔的心竟然又一次感觉到了哀恸，只是想起上一次推开这扇门时的心情，他就几乎要失去再一次推开大门的勇气。

没有时间了。

宁舟深吸了一口气，腹部的伤口撕裂一般地疼痛着，他将手放在大门上，向前推开。

阳光从穹顶的破损中照射下来，如同一道璀璨的光刃，割开黑暗。

宁舟小心地绕开地上那道血迹，游魂一般来到大殿最深处，那被圣母像手中的利剑刺中逆鳞而死的黑龙遗骸前，他是如此厌恶它。

那把剑，就是毁灭的信物。

拔出它，斩开这个已经死亡的领域，然后一切都将终结。

吕医生来到圣殿后看到的就是这样一幕——

宁舟单膝跪在圣母像前，虔诚地在胸前画下一个十字，金色的光芒从他身上亮起，那无数璀璨的光点密布成一个匍匐的六翼天使的幻影，羽翼蜷缩在背后，随着炽天使的起身逐渐舒展开来，巨大的六片羽翼扩散开去，连成一片片金色的光影。

炽天使的虚影逐渐清晰，宁舟站起身来，向前跨出一步，庄严伟岸的炽天使也同样踏出了一步，伸出手。

插在黑龙逆鳞上的巨剑开始发光，金属的巨剑被神圣的力量感召，缓慢地从龙身中拔出，落入了炽天使的手中。

崩毁的圣殿中传来了缥缈的圣歌，脚下无数金色银色的光点仿佛萤火虫一般涌了上来，圣光亮起，纯净的白色淹没了一切，让世间的罪恶湮灭在圣洁的光芒中。

歌咏声响起，这座在大战中毁坏的圣殿仿佛回到了过去的鼎盛岁月中，站在石门边的吕医生呆呆地看着眼前不可思议的一切，眼前的圣殿大教堂完好无损，无数身穿洁白祭祀服的信徒们正流水一般地从他身边走过，向着大殿深处走去。

就在圣殿最深处的十字架下，一个金发蓝眼的圣修女正对他们微笑，那看破尘世间一切哀恸的悲悯笑容，轻易抚平人心头的伤痛。

可眼泪还是不知不觉地掉了下来。

吕医生看着宁舟,他身后巨大的六翼天使手捧着那支巨剑,垂眸静思。而宁舟,他悲伤而眷恋地看着大殿深处那位圣修女的幻影,一步步向她走去。

金发的圣修女温柔地对他微笑,捧住他的脸,在他的额头上落下了一个温柔的亲吻。

幻象崩解,圣修女的身影隐去了,无数祈祷的信徒隐去了,富丽堂皇的圣殿隐去了……留下的断壁残垣里,孤独的宁舟站在毁坏的大殿上,面对着巨大的十字架,在胸口画下一个十字。

血与泪,生与死,罪与罚,最初与最终,一切都在这里落下帷幕。

手捧巨剑的炽天使睁开了眼,他举起这柄属于玛利亚的审判之剑,辉煌的光晕在此凝结,就算是太阳也比不过它这一刻的耀眼璀璨。

巨剑举起,向着东方太阳升起的方向挥下——

世界在这一刻静默无声,然后下一秒,天空被撕裂,大地被分割,无数碎片从天空的缝隙中裂开,恍若一面打碎的镜子,七零八落地坠下,然后消失在空气中,曾经被圣修女的领域藏匿起来的圣城终于从时间的罅隙中回归了现实。

圣修女的梦境正在和噩梦世界重叠,活在梦境中的人们正在回归现实——一个恶魔肆虐的、血腥又残酷的世界。

斩下这一剑的炽天使对着正在坠落的太阳叹息,那并不是真正的太阳,只是圣修女在自己的领域中构造出来的幻影,当领域破碎的时候,它也一同陨落了。

炽天使身上的光芒越来越淡,某种诡异的黑色雾气从他的脚下升起,开始污染圣洁之力，炽天使愕然地看着宁舟，他不明白为什么这位虔诚的信徒突然动摇了。

审判之剑正在坠落，巨大的剑身渐渐缩小，化为一柄利刃插在宁舟的面前，他慢慢睁开眼，湛蓝的眼睛里隐隐闪动着赤红色的光芒。

宁舟痛苦地捂住了脸，握住了插在地面上的审判之剑，源自玛利亚的力量无声无息地涌入他的体内，平复了躁动不安的邪恶力量，等到他再次睁开眼时，眼底的红色已经消失得无影无踪。

被信仰力召唤出的炽天使消散了，金色的身影逐渐化为虚无，他背后美丽的羽翼四散飘零，恍如被风吹散的蒲公英，金色的、银色的，还有零星几片黑色的，无数羽毛在风中飞向大地。其中有一片黑色的羽毛在空中旋转着和一小片蓝白色的落花碰撞在一起，花瓣被那黑色的羽翼推动，又一次乘风而起，飞向更远的地方。

它慢慢坠落，飘入静谧的圣墓花园中。

温暖的阳光下，蓝白色的花瓣旋转着落下，轻轻地吻在了齐乐人冰冷的唇间。

"玩家宁舟，完成圣修女的梦境任务。任务完成度百分之一百一十七。获得特殊任务线索，在三十天内抵达地下蚁城深处的炼狱将自行触发任务，逾期视为放弃任务。"

"奖励生存天数九十天，意外因素干扰任务进程，额外奖励生存天数十天。"

"数据同步倒计时，十、九、八……"

"取消传送。"宁舟低声道。

包裹在他身上的光束消失了，原本任务完成后他将被传送回自己的住所，但是在主世界的任务也可以取消传送自行回去。

被传送光束包围的吕医生急切地说："那我也不去……取消传送！"

传送停止。

"你不回去吗？"吕医生小声问道。

宁舟摇了摇头，眼神黯淡地看着前方，虚幻的朝阳已经陨落了，真正的太阳正悬挂在天空中，圣城外的迷雾已经散去，那些游荡的恶魔们很快就会发现这里。而圣城的居民已经安逸太久了，他们甚至不知道如今外面的世界有多么恐怖。

他们被圣修女的羽翼庇护着，整整二十一年。可他们不知道，他们的安宁早已无法维持下去，虚伪的和平终究会被打破，而习惯了和平的他们在现实面前脆弱得不堪一击。

"联系教廷据点，疏散转移居民，必须赶在恶魔之前。"宁舟说道，向着圣殿外走去。

吕医生仓皇地跟着他的脚步，看着他的背影，讷讷无言。

他们走下了教廷旧址的台阶，在经过圣墓花园时停下脚步，吕医生以为宁舟会走进去，但是他没有。

原本盘旋在圣殿上空的金银光芒慢慢地落了下来，笼罩在圣墓花园四周，灿金色的结界将它包裹了起来，语鹰从花园中飞出，嘴里叼着一小片蓝白色的花瓣，丢在了宁舟摊开的手掌中。

宁舟静静地看着花瓣，慢慢地攥紧了手心。

他一言不发地转身离去。

他已准备好迎接任何审判，哪怕死后他将在地狱的火湖中永世煎熬，他也要勇敢地告诉他的神明，无论对错，也无论生死。

离开教廷旧址,他们穿过人来人往的街道,茫然的居民们还不知道发生了什么,大声讨论着昨晚的朔月之夜,零星的对话飘入吕医生的耳中,他一下子掉了眼泪。

"罗伊死了,天哪,他竟然自杀了,昨晚发生了什么?""自杀?朔月之夜不是会让人失踪吗?为什么他自杀了?自杀的人是去不了天堂的!""他在遗书里说,他要到炼狱里去洗清自己的罪孽,他做了什么吗?""可怜的罗伊,几年前他的妻子苏珊消失之后,他就一直郁郁寡欢……""我刚才看到太阳掉下来了!这到底是怎么回事?""据说城外的迷雾已经消失了,我们可以出去了吗?""真的吗?太好了!我们可以出去了!""感谢上帝,我们自由了!"

人们对歌舞升平下的污秽和牺牲一无所知,只是单纯地感受着希望和快乐,他们是如此喜悦,那一张张洋溢着欢乐笑容的面孔让整个世界都变得明亮。

这美好的结局中,两个格格不入的人从欢乐的人群中穿过,一个行尸走肉,一个泪流满面。

起风了,轻柔的风拂过树梢,那摇摇欲坠的花瓣被吹落,纷纷扬扬地洒在了地上。

被结界保护起来的圣墓花园中,蓝白色的落花已经多到快盖住地上的青草。

安静地睡在树墓中的齐乐人身披黑色的教廷制服,那些落花偏爱着他,一次又一次地吻上他冰冷苍白的脸颊。他将沉睡在这里,在时光中慢慢腐朽,直至化为白骨——如果,没有意外的话。

复活彩蛋——持有彩蛋的玩家，在尸体保持完整的情况下死亡，将在七天后复活并返还所有技能和道具。如果玩家持有其他复活类道具或技能，复活彩蛋的使用顺序排在最后。剩余使用次数 0/1。

复活倒计时：六天十七小时三十二分五十八秒。